Diário dos mundos

LARANJA ● ORIGINAL

Diários dos mundos

**Prefácio
Benita Prieto**

**Letícia
Soares
&
Eltânia
André**

1ª reimpressão, 2024 · São Paulo

*Para Julinho Manfre,
o menino do sorriso mais encantador do universo.*

Sumário

9   Prefácio

17   Capítulo I
103   Capítulo II
235   Capítulo III
297   Capítulo IV

Prefácio

Benita Prieto

O Ronaldo foi quem me ensinou que não devo dizer que sou estranha, extraterrestre ou doida, mas devo explicar que é apenas meu jeito idiossincrático, nefelibata e maravilhoso de ser. Anotei no meu caderno de emergência, para ler nas horas difíceis. Se exótico é aquilo que não cabe no olhar, então a deficiência está em quem olha.

Cada dia um novo desafio, assim é a vida. Parece lugar-comum, mas não é no caso de Luna. Ter um turbilhão de ideias, tentar fazer as tarefas diárias, organizar o pensamento, lidar com os sentimentos, sentir-se só e, apesar disso tudo, ainda, às vezes, conseguir sorrir não é tarefa fácil, principalmente quando se tem uma síndrome como a do espectro autista.

Relaxar fica difícil, se penso no tamanho do Atlântico.

É como se houvesse dentro do corpo um oceano quase sempre tempestuoso, mas sonhando com a calmaria. Nessa travessia ela encontra Telma, psicóloga, amiga e confidente. A única pessoa com quem consegue falar ao telefone e que pacientemente recebe, dia a dia, centenas de mensagens, intervindo com precisão em momentos pontuais, como relata a protagonista.

Luna é uma personagem complexa e adorável. Filosófica, poética, ética, sonhadora, inteligente, criativa, mas com tantas dificuldades de sobrevivência e sociabilidade. E tem um desejo especial pelo qual se esforça muito: visitar a amiga Telma em Portugal. Ao longo do livro, vamos acompanhando o movimento da jovem para realizar seu objetivo, também conhecendo sua forma de pensar, as histórias pessoais, a vida de seus amigos e parentes, seus medos e suas conquistas.

Diário dos mundos é um mosaico que desconstrói preconceitos sobre o autismo, possibilitando ao leitor compreender as necessidades diversas. Embora a sociedade tenha avançado nos últimos anos, ainda estamos longe da inclusão justa e digna em todos os setores. A tendência é tratar, mas ocultar. O diferente ainda está distante de ser incluído sem um olhar de desconfiança.

Transformar em literatura mensagens trocadas por WhatsApp não é uma tarefa fácil, pois a escrita vem carregada de traços da oralidade e normalmente é breve e coloquial. Eltânia André foi a tecelã deste relato, utilizando os textos enviados por mensagem instantânea e por e-mail pela Letícia Soares de Freitas. O resultado é cativante, faz pensar. Vários mundos se entrelaçam, e vamos entendendo o pensamento instantâneo de Luna, mas também conhecendo sua biografia.

> *Quando uma de nós morrer, não se esqueça, vamos nos encontrar no planeta Ab-sinto. Aquele que ainda não foi descoberto. Não perca tempo, vá o mais rápido que puder, para podermos explorar sossegadas o lugar, antes que algum morto normativólatra o invada e comece a aplicar as mesmas regras inúteis da vida. E, se eu me desviar para outra galáxia, toque a flauta pan. Seguirei em sua direção.*

Há encontros que são definitivos.

Dentro de nós há uma coisa que não tem nome,
essa coisa é o que somos.
JOSÉ SARAMAGO

Capítulo I

Dois meninos estavam brincando. Um era cavalo e o outro, cavaleiro. O cavaleiro monta nas costas do cavalo e grita: "Ooooo..." e o cavalo relincha: "Aiiiii". De noite, o cavaleiro amarrou o cavalo a um poste. Uma ponta da corda estava presa no poste, e a outra estava na boca do cavalo. E, então, o cavaleiro foi para casa jantar, dormir e sonhar. E o cavalo ficou na rua. Chorou porque era tarde e estava escuro. Passou um homem pela rua, viu o menino e lhe perguntou: "Menino, por que é que você não vai para casa? Já é tarde, e certamente estão preocupados com você". "Não posso", disse o menino, "estou amarrado ao poste". "Então por que é que você não abre a boca e solta a corda? Daí você estará livre para ir!" "Sim", responde o pobre e esfomeado menino, "mas daí deixarei de ser cavalo".

YORAM KANIUK

São 20h33. Aaaaaaahhhh! Sinto como se a voz-de-dentro estivesse muito distante de mim. E eu, encolhida dentro de um cubo estreito, numa esperança inútil de que a minha voz ganhe força num eco interminável. Aaaaaaaaaaahhhh! Além de minha respiração, não ouço nada. Parece apenas possível gritar num idioma irracional, numa língua ruminante, o som se parece com isto: chuachuauchuaaaaa. Não dá para reproduzir a essência, o real. Isso salta da minha garganta e se perde no vão do mundo. Chuachuauchuaaaaa, chuachuauchuaaaaa, chuachuauchuaaaaa. E meu corpo não sabe se chora, se está triste, se está confuso, se está irritado, se está maluco. Minhas mãos não sabem se estão com vontade de esmurrar a parede.

Preciso encontrar estratégias para evitar as crises. Certa vez, lendo um livro, me senti protegida. Sabendo que me sentiria sozinha no fim, reli lentamente cada palavra. Quando cheguei às quatro últimas páginas, não consegui prosseguir. Ler a última frase seria me render. Talvez, até hoje, eu esteja perdida naquelas páginas. Tanto tempo escondida dentro de um livro, que já não posso mais escapar.

Da mesma forma, é terrível quando preciso urgente de que a crise dos mundos venha à tona. Uma coisa vai crescendo dentro de mim e fica tão extraordinária que parece ganhar a forma áspera do chuachuauchuaaaaa. O que resta é me imaginar gritando, quebrando objetos e chorando, chorando muito, pois não consigo fazer isso quando quero ou preciso. É insuportável quando a tensão não rebenta em atos. Aaaaaaaaaaahhhh! Nesses momentos, precisaria ter um urso gigante de pelúcia para abraçá-lo. Abraçar alivia. Estaria abraçada a ele com toda a força. Funcionaria bem melhor se eu fosse o urso e alguém me abraçasse firme por alguns segundos.

Aaaaaaaaaaaaaaaaa. Quando grito aaaaaaaaaaaaaa no seu *zap*, é porque estou precisando falar bem alto. Se eu gritasse de verdade, os vizinhos iriam estranhar. Quando mando aaaaaaaaaaaaaaaaaaaaaaaaa, alivia um pouco. É uma forma de demonstrar a agonia. Preciso descarregar: aaaaaaaaaaaaaaaa. Ainda bem que você suporta os meus gritos virtuais. Ainda bem que não se importa quando eu fico brava e xingo o mundo todo. Mundo inútil. Aaaaaaaaaaaaaaaa. Os sentimentos que não saem de mim estão corroendo meus órgãos, agem como cupim na madeira. Estou oca.

...

Nunca havia reparado que o oceano separa as pessoas, até o dia em que você se mudou para o outro lado do Atlântico. Fico dias e dias tentando elaborar um plano infalível para te rever. Já pensei em entrar num navio cargueiro e ficar escondida entre os contêineres. Já fiz os cálculos, teria que levar comida para catorze dias. É o tempo que o navio gasta. Tudo o que eu faço, planejo detalhe por detalhe. Nada pode me pegar desprevenida. Não sei me comportar diante do imprevisto. Que horas são aí em Portugal? Aqui são 10h54. Daqui até Zuhause são 7h30 de carro, para Littis são 7h00. As duas melhores viagens que fiz na minha vida duraram o mesmo tempo partindo de S. Blander. Quanto tempo gastaria num supersônico até Portugal?

Nem cem milhões de amigos podem diminuir a sua importância. Mesmo que eu faça amizade com seres de outras galáxias, você é insubstituível. Por que não entendem isso? Como perita da Terra do Nunca, você conseguiu entrar no meu mundo. Parei de falar fora de casa aos dez anos de idade. Aos vinte e dois anos, te conheci, e você me ajudou a falar com a boca. Naquele tempo, a minha oração de todas as noites era: *pai, por favor, que eu tenha pelo menos um amigo*. Custou, mas meu pedido foi atendido. Quando ouvimos a minha voz saindo com aquela urgência, foi como se foguetes cobrissem a imensidão do céu. As palavras se atropelavam, tanto tempo presas no tubo da garganta. Nós pulamos de alegria, comemoramos muito. Eu fui embora me sentindo leve, mas ansiosa para voltar no outro dia para falar mais. Você me ajudou de um jeito mágico porque você é incrível.

• • •

Gosto de estar perto de pessoas que não me exijam normalidade. Ser normal deve ser como estar o tempo todo de ressaca. Tenho dó dos normativólatras!

• • •.

Namorar, por exemplo, exige que eu saia do meu mundo. Tento não sair, mas não controlo tudo. Quase ninguém topa se relacionar do meu jeito. Não gosto de beijo na boca nem que me contem sobre aquilo que os casais fazem. Permito abraço rápido, segurar na mão ou no braço. Na época em que namorei o Tadeu, por ser cego, eu precisava segurar o braço dele para gente andar, correr e se aventurar. Quando ele ia embora, as minhas mãos ficavam sentindo falta de um braço para tocar. Isso era mesmo estranho.

. . .

    Estou parada no ponto de ônibus há um tempão, observando as pessoas atravessarem a faixa de pedestres. Ao longe, o letreiro luminoso anuncia uma marca de roupa. É noite! Chove! Elas estão vestidas com blusas grossas para se protegerem do vento gelado. Uma cadela se encolhe debaixo da marquise. O farol abre, outros pés atravessam correndo a larga avenida. Eu continuo parada, desconheço um lugar em que possa me abrigar. Essa nem sequer é a parada ideal, nenhum desses ônibus passa perto da minha casa. É que o mundo é bem grande. Será que esse senhor que aguarda a sua condução não percebe quantos carros já passaram ao seu redor? Há gente demais no planeta. Multidões devem ser evitadas. Os ônibus são como caixas acumulando seres humanos. Pensei em seguir umas meninas que passaram por aqui, mas correria o risco de chamarem a polícia, poderiam me confundir com uma assaltante ou mesmo uma sequestradora e assassina. Que pena, seria a aventura de hoje. Não devo seguir moradores de S. Pablo, pois não sou *expert* em labirintos verticais. E não seria nada prudente ir tão longe a esta hora. O certo é seguir pessoas, aparentemente, simpáticas. E não devo seguir ninguém com cara de mau. Evitar sempre os olhos vermelhos. Bom, ficar longe dos chatos. Regra fundamental: seguir pessoas que tenham chances de se tornarem *haleboppes* — nome que dei para as primeiras pessoas que segui. Hale-bopp foi o maior e o e mais brilhante cometa do século XX. Pôde ser visto por um longo período sem nenhum equipamento. Nomear quem eu seguia foi uma maneira de codificar a grande missão da minha vida: encontrar amigos no universo. Além disso, o C/1995 01 (outro nome do cometa) foi registrado no dia do meu aniversário, vinte e três de julho. Só conseguia tentar me aproximar das pessoas dessa maneira. Já quis ser amiga de muita gente, mas poucos mostraram potencial para entrar na minha terra.

A neblina encobriu a esquina, não vejo quase nada. Mais cedo, vi um belo moço de rosto angelical e cabelos compridos. Estávamos no mesmo ônibus e descemos no mesmo ponto, mas, quando me virei para trás, ele havia desaparecido. Se eu tivesse seguido o moço angelical, seríamos amigos? É quase certo que nunca mais o verei. E se ele for o Peter Pan? Não saberei. Não é fácil encontrar *haleboppes* pela rua. Poucas são as possibilidades em meio a rostos sérios e estressados e tantas pernas apressadas. Ainda chove. Sombrinhas e guarda-chuvas colorem a noite. Espero não seguir uma pessoa que vá até Roma, dizem que quem tem boca chega fácil lá. Esse ditado me faz sofrer. Deveria ter seguido aquele anjo. Ficaria frustrada se optasse por seguir uma pessoa e percebesse, depois do esforço, que ela estava a caminho do trabalho. Anotarei esta regra: jamais seguir alguém com aspecto de trabalhador. Sabe quando estamos andando na calçada ou atravessando a rua e uma pessoa vem em nossa direção, e na tentativa de nos desviarmos acabamos nos esbarrando num desafio à lei de Newton? Sempre quis que isso acontecesse comigo e que se repetisse mil vezes.

...

Minha mãe viu os meus remédios no fundo da gaveta, mas não me questionou. Entre nós há segredos a serem preservados. Intimidades são evitadas. Demonstração de carinho apenas em momento de despedida. Isso não é falta de amor, é estratégia mesmo. Ela mexeu na minha cômoda para procurar alguma coisa. Quando puxou uma roupa, as cartelas estavam junto com a receita do doutor Felipe. Deve ter confundido com os remédios para a dor de dente que sinto há anos (não conseguia coragem para ir ao dentista, mas, esta semana, mandei um e-mail para a Alcione pedindo a marcação. Não aguento mais tanta dor e me bateu um medo de perder todos os dentes). Pode ter pensado que eram os remédios de alergia que eu tomei durante uns meses. Senti um alívio inexplicável quando ela fechou a gaveta. Não gosto de mentir, se ela me questionasse eu estaria perdida e sem palavras. Seria péssimo, assim como naquele dia em que a professora dedo-duro contou para ela que nunca me viu falando na escola. Ela ficou furiosa, *não fala por que, se tem língua?* Com você eu não fico muda, já fiquei, mas agora tenho apenas 20% de vergonha, não, às vezes tenho mais, às vezes tenho menos, mas fica em torno desse percentual. Por escrito tenho apenas 10%. Minha mãe não sabe nem mesmo que faço o curso de cinema. Sabe apenas que estou estudando, mas não sobre o que ou onde. Acho necessário o modo particular da nossa convivência. Ela nunca decifra quem sou. Ano passado, insistiu para que eu me candidatasse a uma vaga de telefonista numa loja que vende botijão de gás, *corta essa franja que fica tampando seu olho e se ajeita para a entrevista. Se for aprovada, vai ganhar um bom salário, e quem sabe lá você arruma um moço bom e se casa com ele.* Sei que precisamos de dinheiro, as contas estão atrasadas, três meses de aluguel sem pagar, a da água ela ainda não sabe como irá se virar para pagar os últimos dois meses. Tentei trabalhar no McDonald's, mas não soube lidar com o enigma: como ser eu carregando aquelas bandejas? As empresas não preparam os funcionários para receber os contratados para as vagas de especiais. Eu jamais alcançaria a habilidade exigida, queriam que eu fizesse tudo correndo. A Paula, coitada, chorava o tempo todo, ela não compreendia o que os chefes pediam, e eles não tinham paciência para repetir mais de quatro vezes. O lugar ficava sempre lotado, muitas vozes, muitos problemas, rapidez para tudo, até os clientes comiam rápido, jamais compreenderei por que pressa para tudo. Dava uma aflição, me chamavam a todo o instante: *onde está o ketchup?* (aquela coisa vermelha gosmenta), *moça, me arruma mais guardanapos*; *ei, amizade, esse sanduíche está frio, não dá para comer*; saía de fininho, apavorada, despistava que varria do lado de fora ou me escondia em algum canto até a respiração voltar ao normal. Me desesperava quando me mandavam limpar o chão do banheiro, não sabia o que fazer com a espuma que o material de limpeza produzia. Nunca acertava. Ela se espalhava por todo lado, e eu não sabia conter aquela onda branca. Desengonçada, sem saber o que fazer, ajeitava ainda mais o meu franjão para tapar o meu olho direito, mas não resolvia o problema — o banheiro ficava um caos maior. Era proibido ficar muito tempo dentro do quartinho dos esfregões, mas, como sou curiosa, fiz de lá o meu laboratório científico. Deixava o quartinho cheio de vapor para ver o teto produzir uma chuvinha artificial. No dia em que apaguei a luz para me esconder do gerente, descobri que as imagens do lado de fora eram projetadas por reflexo na parede, como se fosse um retroprojetor ou uma câmera escura — fiquei admirada com a descoberta daquele fenômeno. Os cientistas fazem suas descobertas reparando os mínimos detalhes do universo. Consegui falar sobre a câmera escura com a Ana, mas ela não deu a menor importância para o meu deslumbramento. Por isso há poucos Einsteins e Darwins no mundo. Eu tinha necessidade de ficar muito tempo em algum esconderijo para pensar em paz, não sei como as pessoas trabalham tantas horas e não dão importância para seus pensamentos, gosto de ficar horas por conta deles. A equipe do meu turno não me incluía nas festinhas que aconteciam depois do trabalho. Todos participavam, menos eu. Tentei continuar por causa do salário, mas não consegui, ainda mais tendo de enfrentar três horas entre um ônibus e outro. Aquele barulho ensurdecedor me causava pânico, muitas pessoas falando; tentei colocar o fone com música que acalma, como você me sugeriu, mas não funcionou por muito tempo. O ronco do 406 era terrível, e nada o enfraquecia. Pedi demissão com poucos meses de experiência e muitas faltas. Ainda não consegui ganhar dinheiro com os meus vídeos, mas vou insistir, porque é o que sei fazer sem sair do meu mundo.

...

Você pode me mandar mensagem a hora que for, pois nunca desligarei meu celular. Nunca. Nunca. Promete que também não desligará o seu?

...

Você se lembra do quanto desejei entrar para a escola de cinema do centro audiovisual de S. Blander? Desde o primeiro ano do ensino médio, quis entrar para o CAV. Já editava vídeos em programas profissionais, mas eu queria aperfeiçoar e ser uma cineasta de destaque. Fui reprovada várias vezes, mas em 2016 fui classificada. Você acreditou mais em mim do que eu. Sei que não tenho chances de me formar numa universidade, são tantas as etapas: ENEM, vestibular, trotes (soube coisas assustadoras que obrigam os calouros a fazer), salas de aulas com professores falando rápido e mandando fazer trabalhos e até provas em grupo, alunos que não entendem as idiossincrasias alheias. Teria que padecer diante do insuportável por cinco anos. Não, não, não! Por isso, optei pelo curso profissionalizante de nível básico com apenas três semestres, um ano e meio. Precisei escolher entre o curso de animação e cinema & televisão ou cine e TV. Escolhi cine e TV.

Terminei o primeiro semestre, mas você sabe que não foi nada fácil enfrentar uma sala cheia de gente. Ainda bem que não são crianças, senão eu seria o alvo perfeito para a maldade precoce. O Daniel tem um jeito de adolescente, por isso fiquei com medo de que começasse a me chamar de mudinha. O que seria uma calúnia, já que agora falo. Pouco, mas falo. Com você indo morar tão longe, meus dedos não aceitam se calar. Quando noto a quantidade de *zap* que te envio por dia, tenho medo de que você se canse de mim. Pessoalmente tenho dificuldades de me comunicar, pelas redes sociais é um pouco mais fácil. Perdi o medo de ser vítima da tirania do Daniel, quando percebi que ele levou a sério o meu texto sobre a Anna Muylaert. Ela e o Cao Hamburger são excelentes cineastas. Basta ver o *Castelo rá-tim-bum* e *Um menino muito maluquinho*. Quanto ao Daniel, fui precipitada, ele só tinha pinta de adolescente besta, mas é um cara legal.

...

Sempre que a professora Danúbia ia ao restaurante, eu planejava, eu tentava falar *oi* com ela. Era divertido andar atrás dela e uma espécie de libertação, porque ela não era uma *halebopp*. A matrícula do segundo semestre será entre os dias onze e dezoito deste mês, e as aulas recomeçarão no dia vinte e um. Até gostaria de continuar com a turma da noite, mas são vinte e cinco minutos a pé até a minha casa, e é difícil retornar sozinha. Farei a matrícula para a turma da manhã, pois o sol matinal é mais brilhante do que o da tarde. Acho que a maioria das pessoas não nota esse tipo de observação.

...

Na Suécia já há pessoas andando com microchips implantados nas mãos para pagamentos de transporte público. São do tamanho de um grão de arroz. Logo-logo, essa prática se espalhará por todo o mundo. Por favor, não aceite nenhuma oferta do implante. Você será monitorada a todo instante e enlouqueceria. Qualquer um enlouqueceria. Não basta sermos controlados pelo celular e pelas redes sociais? Mesmo com o celular desligado, eles conseguem monitorar onde estamos e o que desejamos. Imagina com um chip implantado! Se precisarmos fugir, teremos que abandonar os celulares. Correremos em direção às cavernas. Somente no passado estaremos seguras. Mas com o chip implantado no nosso corpo não haverá fuga possível, seremos perseguidas até nas catacumbas, grutas e falésias. Não sei por qual motivo teriam interesse em nós, mas sei que iam nos caçar... nem que seja para treinamento. Além disso, se você virar uma fugitiva e você estiver com um chip, a gente não poderá se encontrar, porque irão me rastrear através da sua pele. Isso não é loucura da minha cabeça. É mais uma estratégia dos *ill*. Suspeito que os ônibus de S. Blander estão equipados com câmeras de reconhecimento facial, iguais às da China. Deve aparecer nome, idade e várias outras informações a respeito dos passageiros na tela dos controladores. As câmeras foram instaladas nos ônibus para flagrar quem está usando indevidamente o cartão de quem é isento do pagamento. Digo isso porque o Danilo estava usando o cartão especial do vô dele, e a câmera tirou seis fotos em dias diferentes. Sinistro, né? Agora ele está com medo de que o avô perca para sempre as vantagens do cartão. Se as câmeras estão nos ônibus, deve ter outras instaladas por toda a cidade. Não estamos seguros nem quando fazemos cocô. (Mandei uma mensagem de alerta para o Ronaldo para ele não aceitar ser voluntário dessa experiência. Já que ele é seu marido, peça que me ouça.) Caramba, revendo um vídeo sobre os *ill*, voltei a analisar com mais atenção os absurdos e perigos do mundo.

Oi, Telminha!

Demorei para concluir por onde deveria começar este e-mail. Aí me lembrei de que, antes dos sete anos de idade, já ia ao mercado sozinha. Naquela época, no interior, as crianças faziam "mandados" para os adultos, às vezes ganhávamos uns trocados como recompensa. Quando eu tinha essa sorte, comprava o pacote de bolachas com formato de desenho animado. Nunca mais encontrei outra tão boa quanto aquela. Outra lembrança importante era o momento em que a minha mãe me dava banho no tanque de lavar roupas. Eu adorava, mas ficava morrendo de medo de que algum vizinho me visse pelada. Ainda bem que isso nunca aconteceu. Era tão bom caber naquele tanque de cimento junto com os meus bonequinhos, a gente fingia que estava numa cachoeira ou numa cordilheira durante uma tempestade.

A nossa casa era pequena, no único quarto dormiam eu e meus pais, na sala dormia minha avó com mais duas pessoas — uma delas infelizmente era a Carla, minha prima chata; mas agora não quero falar dela nem do seu irmão Antônio Carlos. À noite, os dois sofazinhos se transformavam na minha cama. Parecia um berço, só que maior. Tudo ia bem, até o meu primo comprar um telefone fixo. Ele ficava furioso, porque o aparelho tocava, tocava, tocava, tocava até a pessoa desistir, e eu não atendia. Eu tinha meus motivos, mas ele nunca tentou me compreender. Certo dia, antes dele sair para o trabalho, me chamou num canto e ordenou que eu atendesse o telefone. Ameaçou atazanar a minha mãe até ela me bater, caso eu não o obedecesse. Ele estava esperando uma ligação ultraimportante. Fiquei ao lado do telefone, torcendo para o aparelho não tocar. Tremi dos pés à cabeça, quando escutei o trim-trim estridente. Que azar! Com medo de levar umas chineladas da minha mãe, coloquei o fone no ouvido. Embolei tudo no cérebro. Não decorei nenhuma palavra. Percebi apenas que era voz de mulher. Desesperei-me e me acabei de chorar. Por um milagre, minha mãe não me bateu e ainda xingou o meu primo de folgado. A namorada (provavelmente a voz do telefone) dele ficou grávida, e ele se casou logo e levou o telefone. Foi um alívio duplo, sem telefone e sem o Antônio Carlos. Felizmente, ele se esqueceu de cancelar a assinatura da TV a cabo. Sabendo que seria por pouco tempo, eu acordava às 6h da manhã e ficava assistindo aos desenhos do canal Cartoon Network. E, aos sábados à noite, assistia a uma série sinistra de terror que passava no canal FOX.

Acho importante contar sobre os muitos vizinhos que tivemos. De cima da nossa laje, eu avistava uma piscina de mil litros, onde morava a Luciana — uma criança bestial. Com frequência, ela me acenava com as mãos. Naquela época, fazia um calor de uns trinta e tantos graus, por isso eu a invejava. Surpreendentemente, a vó da Luciana apareceu lá em casa, pedindo autorização para que eu fosse brincar com a sua neta. Fui. No segundo dia de convivência, a garota passou a me ameaçar, e, quando a vó dela aparecia, fingia-se de santa, dizendo que estávamos muito-bem-obrigada. Ela aprendeu muitas técnicas vendo a nossa série de terror predileta e se transformou numa malévola. Eu sabia que corria perigo, mas queria me banhar naquela piscina junto com o tubarão azul de plástico — era enorme, ideal para cavalgar naquela água refrescante. Vendo que eu não falava quase nada e que, provavelmente, não teria condições de denunciar suas diabruras, ela me beliscava, me arranhava, falava palavrões. Ainda assim, eu continuava indo lá, sem dar ao menos uma bronca nela. Na verdade, eu não dizia nada. De tanto medo daquela estúpida, desenvolvi estratégias de defesa: mantinha, sempre que possível, uma distância razoável e ficava sempre atenta quanto ao trajeto de fuga. Na piscina, eu me mantinha do lado oposto ao dela. Mas ela me convencia: *pode vir, não vou te afogar desta vez; juro, pode vir*. Eu tentava enganar a pestinha, dava quatro passos e retrocedia dois. Em qualquer instante de distração, ela dava o bote. Foram muitos os caldos que sofri. Era difícil aguentar tudo aquilo para fugir um pouquinho do calor infernal.

Outra coisa: ela possuía o patinete dos meus sonhos, mas a Luciana só permitiu que eu andasse nele se jurasse por-tudo-quanto-é-mais-sagrado e pela-minha-mãe-mortinha-atrás-da-porta que nunca revelaria a ninguém sobre as suas maldades. Só confiava em mim depois que me via beijando os dedos cruzados. As regras dela eram tenebrosas. Por isso, quando me convidou para assistir à série de terror que passaria às 22h, fiquei mais assombrada em ficar sozinha com ela no quarto do que com o ventríloquo assassino.

Saí correndo daquela casa para nunca mais voltar, quando a Luciana, encarnando o boneco assassino, veio em minha direção com uma tesoura enorme em punho. Fui salva por um triz, a velhinha chegou na hora certa trazendo uma jarra de limonada. Ainda hoje, quando estou em perigo, me vem à mente o barulho do gelo batendo no copo de vidro. É que não tive tempo de raciocinar, e levei comigo o copo cheio. A cada galope que eu dava, o líquido ia se perdendo pelo caminho. No final, tive que retornar para o calor escaldante.

O jeito foi brincar com o Igor, ele também colecionava bonequinhos em miniatura. Os dele eram nojentos, não tomavam banho como os meus, e não tinham histórias, nomes ou poderes. O Igor era chato e molambento, mas era o único por ali que ainda brincava. Eu tinha sete anos, e ele seis. Uma vez, me enganou dizendo que sua mãe havia autorizado que ele brincasse na pracinha comigo. Tentei avisar ao meu pai que a gente ia sair, mas ele estava sendo um pai distraído, ignorando a aflição da filha, e não largou o saxofone de jeito algum. Fui com o Igor ao parquinho, e nos divertimos por horas. Quando voltávamos, vi um monte de gente na entrada do prédio e me assustei. Fiquei escondida atrás do Fícus, enquanto o pirralho correu ao encontro da sua família. O pai dele reclamou com a minha mãe: *por que não levar essa menina num doutor de cabeça? Ela é bem esquisita.* O Igor é quem deveria apanhar, e não eu. Mentiroso de uma figa! É claro que sobrou apenas para mim. Mas quem disse que o mundo é justo?

Mudamos para um imóvel com quatro moradias no mesmo quintal. A nossa casa ficava no segundo andar. E todos os moradores tinham acesso à laje, onde ficavam as caixas de abastecimento de água. Era um bom lugar para estender as roupas para secar, para mim, um verdadeiro *playground*. O que eu mais gostava era de observar o céu estrelado e de cantar canções para atrair estrelas cadentes que apareciam e sumiam no breu daquelas noites solitárias. Ao nosso lado, moravam a Donana com o filho Zé Maria e seu neto Roque Lana. Todos os dias, outros netos vinham para ficar com ela, enquanto os pais iam trabalhar. Lembro-me bem de que a Donana fazia deliciosos bolinhos de chuva cobertos de açúcar e canela. Hugo tinha um ano a menos do que eu, Hudson aparentava ter uns 16 anos. O Roque Lana, o vizinho-mau, era o mais velho deles, e vivia exibindo os seus golpes de capoeira, a todo momento um martelo, uma rasteira, uma meia-lua, gingava fora de hora e de contexto para mostrar valentia. Por mais que sua vó insistisse, não quis continuar os estudos depois que tirou de qualquer jeito o diploma do ensino médio. *Rum... esse aí, não trabalha nem estuda, às vezes faz bico na oficina de lanternagem do Zuca, mas não tem um emprego fixo...* — era isso que a Donana vivia falando para a minha mãe. E ela dizia mais: *mas vive se gabando de que conquistou a última faixa de capoeira, como se isso servisse para quitar a conta do açougue. Esse é um que adora filé sem pelanca. Respeita mais o tal mestre Careca do que o seu pai ou a mim, né fácil não, dona Cidinha.*

O Hudson e o Hugo tinham uma montanha de tazos — discos colecionáveis que vinham no salgadinho da Elma Chips. Eu possuía os poucos que herdei do filho do patrão da minha mãe — Robertinho tinha muitos brinquedos e doava aqueles que não lhe interessavam mais. Bater tazos era uma das diversões. Joguei com os netos da Donana algumas vezes, mas nunca aceitei participar quando era permitido roubar o monte inteiro. Se eu perdesse, perderia toda a coleção. Esse risco eu não poderia correr de forma alguma. Jamais! A maioria dos meus bonequinhos de porcelana também foram doados pelo Robertinho. O Gegê, meu preferido, foi herança da filha da Carla — que teve uma coleção esplêndida que servia apenas para enfeitar a cômoda. Quando pediam para brincar com os meus, eu recusava, pois não queria que meus bonequinhos mudassem de histórias. Sabia que hoje valem um bom dinheiro e que há colecionadores espalhados pelo mundo? Nos Estados Unidos são vendidos no câmbio negro. Lá havia uma lei que proibia a venda de brinquedos junto com alimentos, por isso as crianças dos anos 90 não tiveram acesso a essas preciosidades. E os alemães que dão fortunas por uma raridade! Foi desenvolvido um *software* para ajudar a identificar se os Leoventuras, Marefantes, Fantasmini, Senhor dos Anéis, Crazz Crocos são falsificações ou não. O mercado internacional de brinquedos antigos é lucrativo, mas nunca vendi nenhum dos meus bonequinhos de porcelana. Eu também tinha o Afonso e o Leleco, ursinhos que minha mãe raptou da casa da minha prima-má. Quando descobriu, a Carla ficou brava, mas acabou aceitando, *só serve para juntar poeira. Pode ficar.*

Todos adoravam a arte de soltar pipas, até o José Maria se juntava à diversão. Eu ficava com muita vontade de participar, mas eles não me aceitavam por ser uma garota e por ser ainda pequena. Brincava sozinha, então. Adorava observar o céu, era capaz de flagrar qualquer bola de fogo se desmanchando na escuridão. Durante o dia, fingia que os prendedores de roupa eram pipas, amarrava uma linha neles e os jogava por cima do varal. Tentava desbicar como se o varal estivesse preso às nuvens do azul do céu. O Hudson me imitava. Mas, como ele era da cultura dos pipeiros que cortam, tentava o tempo todo cortar a minha pipa-prendedor. E ficávamos numa emboleira — uma das formas de corte. As linhas se enroscam, e quem corta mais rápido vence e tem a posse das duas pipas, no nosso caso, dos dois prendedores. Os netos da Donana tinham uma caixa cheia de pipas de diversos modelos, cores e estampas. Eu ficava sonhando com o dia em que eles me dariam uma. Achava emocionante quando faziam as manobras radicais. Vou te dar uma aula teórica sobre o assunto; quando eu estiver aí, seguiremos para a prática: desbicar é levar a pipa no ar de um lado para o outro; retão é descer rapidamente em linha reta; relo é cortar a linha de outra pipa em pleno ar, mas aparar é mesmo para os profissionais. Quando eu for a Portugal, levarei umas raias que têm formato de losango e as de modelo tradicional, mas terão rabiolas bem coloridas e compridas. No Brasil são conhecidas como papagaio, raia, maranhão, peixinho; já a capucheta é um protótipo ordinário da pipa.

Quando o Roque Lana apareceu com uma maranhão-águia-modelo-grande, a garotada ficou louca. As pipas usadas que já estavam rasgadas ficavam jogadas no cimento, eu pegava algumas para fazer gambiarras que nunca davam certo. Tentava ingenuamente que a capucheta voasse ao menos um pouquinho, mas usava linha de costura e ainda não sabia fazer as amarrações. Hoje, pode acreditar, sou uma extraordinária pipeira. O Roque vivia dizendo ao Hudson que ele deveria arrumar uma namorada para fazer coisas de homem em vez de passar o dia todo brincando com moleques. E tinha mania de dar petelecos na orelha do primo. De nada adiantava, pois o Hudson vibrava mesmo era quando via a sua pipa dançando no espaço. Eu passei a desejar, com toda a força do querer, ter ao menos uma única pipa, mas meus pais não podiam me dar e achavam que era brincadeira de menino.

Desculpe-me, pois contarei uma coisa triste e feia. É que, um dia, acordei com uma vontade incontrolável de ter a minha pipa, era mesmo uma vontade acima do limite, sem controle. Então, pedi à minha mãe para vasculhar se restavam algumas moedas nas bolsas e nos bolsos. Não encontrou. O Roque me viu chorando e perguntou para a minha mãe: *Dona Cidinha, por que a Luna está chorando?* Minha mãe respondeu: É que ela tá doidinha por uma pipa. Ouvi quando prometeu arrumar uma para mim. Parei de chorar e esperancei. Será que ele vai me dar agora?, pensei. Depois de alguns dias, ele me levou ao seu quarto: *vem, Luna, quero te dar uma coisa, entra.* Fiquei curiosa e animada. Quando ele abriu o guarda-roupas, vi quatro pipas esplendorosas. Mal pude acreditar quando ouvi: *Você quer?* Balancei a cabeça dizendo que sim, e um contentamento saltou dos meus olhos rebaixados. *Vou te dar todas, até a minha pipa predileta, se você fizer uma coisa.* Quando me contou o que era para eu fazer, desesperei, balancei várias vezes a cabeça em sinal negativo. Tentei sair correndo, mas ele balançou as chaves, foi aí que compreendi que a porta estava trancada. Continuou: *Confia em mim. Não vou te fazer mal.* De repente, ele fez algo sem me avisar, e eu senti muito medo da humanidade.

Não saía mais no quintal quando sabia que ele estava em casa. Tinha medo. Mas, certo dia, eu estava na laje tentando soltar uma das pipas que ele me deu, e de repente ele apareceu. E novamente me obrigou a fazer o que eu não queria. E outra vez, e outra vez. Evitei ir à laje. Fiquei sem avistar estrelas, sem explorar as galáxias com a luneta feita num gesto mágico de mãos. Quando ele viajou para Lemebel para passar uma temporada com a sua mãe, comemorei. Foi um alívio poder andar livremente pelo meu quintal e poder ficar horas na laje observando o céu dia e noite. Cheguei a avistar um passarinho que pousou na antena da casa que ficava do outro lado da rua, parece que virou pedra como a esposa de Ló. Fiquei com medo, pois o pastor Josafá adorava assombrar os fiéis como essa história.

Outra vez, estava no quintal quando o vizinho-mau apareceu com a mesma conversa. Criei coragem e disse: *vou contar para todo mundo!* Ele me respondeu com a voz baixa e ameaçadora: *muito antes disso, a qualquer momento, vou contar tudo para sua mãe, e ela ficará furiosa e decepcionada com você.* Aí, Dona Cidinha, a Luna fez tudo aquilo por causa de umas pipas sem valor. Fiquei muito triste naquele momento, pois a minha coragem foi invalidada. Entendi que dali para a frente precisaria andar com uma espada. A última vez foi quando meus pais saíram de casa para resolver umas coisas no centro da cidade e não puderam me levar. Minha mãe me disse: *Luna, não abra a porta para ninguém*. Assim que saíram, ouvi batidas do lado de fora. Não respondi, mas o vizinho-mau tinha a certeza de que eu estava atrás da porta, *Luna, sei que você está aí, abre, por favor. Quero saber como é o seu jogo de Super trunfo para comparar com o meu. Vou comprar amanhã mesmo um novinho para o Hudson. Abre, por favor. Não farei nada de ruim*. A voz dele me hipnotizou, parecia uma ordem. Abri e, assim que ele entrou afobado, vi com o poder do meu terceiro olho que os olhos dele estavam vermelhos como das outras vezes. Abrir a porta foi o meu erro fatal. Desculpe-me!

Agora, preciso te contar uma história feliz, fora da ordem cronológica.

O sonho do Márcio, personagem do filme *Colegas*, era voar. Por coincidência, eu sempre tive essa vontade. Pesquisei muito sobre as possíveis formas do humano voar e decidi que seria de asa-delta. Saí de casa sem avisar ninguém e entrei no primeiro ônibus com destino a Ulla. Pensei em gravar umas músicas do Raul Seixas para repetir a sensação que senti ao ver aquelas cenas, mas desisti por vários motivos, principalmente pelo fato de que irei reservá-las para quando eu for a Portugal te ver. As asas-deltas enfeitando o céu pareciam pipas gigantes. O teleférico era o único meio de transporte para se chegar ao topo do morro, senti a boca seca e um gelo na barriga, início do medo maior que teria ao sentir a cabine balançando no ar. Eu estava assustada, mas me lembrei de você falando "vá com medo mesmo, igual ao Platero" e segui em frente. No ponto mais alto do teleférico, o medo aumentou, mas fui me acostumando com aquela sensação de horror e orgulho. Só para ter certeza da minha valentia, me sentei bem na ponta do banco. Que boba, pensei ser possível perder todo o medo que acumulei dentro de mim. De altura, perdi 85%.

Chegando nas proximidades da bilheteria, fiquei um tempão paralisada, mas depois de uns trinta minutos me posicionei na frente da atendente, que automaticamente me perguntou: *o que eu você deseja?* Sem hesitar, respondi: *voar.* Gelei, mais uma vez, quando ela me disse: *deveria ter agendado.* Mas, ao invés de me ignorar, continuou me enchendo de perguntas. Certamente, teve consciência de que estava diante de um caso de ultracoragem e quis colaborar. Era um acontecimento raro: uma menina com um franjão de emo e voz de criança veio de S. Blander sozinha para voar feito os pássaros. Ela conversou com o instrutor, e ele topou me guiar.

Era um dia de muita ventania, e ele me confidenciou que poucos instrutores voariam com aquele tempo terrível, mas me garantiu que não iria me colocar em perigo. Confiei. Quando estávamos em posição de decolagem, o medo retornou 80%. Tanto era o poder daquele vento que o nosso corpo não parava no mesmo lugar. Sabia que não iria desistir, então, quando recebi as instruções, prestei muita atenção: *tem que fazer direitinho, nada pode dar errado.* Fiz "tudo certinho", mesmo com o vento sobrenatural puxando a gente com violência.

Quando dei por mim, era o pássaro que desejei ser. Lá de cima vi os prédios se transformarem numa estrutura de Legos e as pessoas em minúsculos seres. Foi uma experiência magnífica. Não queria que acabasse, mas infelizmente o instrutor finalizou o voo antes da hora programada por culpa do mau tempo que se agravou. Conto isso para você ter a certeza de que voar é possível.

Até o próximo e-mail. Abraço virtual de loba.

Luna.

...

    Pesadelos dão medo, mas entrar nas cavernas do terror não (por que temos medo dos pesadelos se escapamos num abrir de olhos?). Digo isso porque, na época da escola, fizemos um passeio para conhecer o Hopi Hari. Não senti medo algum, desdenhava dos monstros malfeitos. O que me apavorava era aquela criançada toda tão perto de mim. Às vezes, tenho medo da escuridão, nessas horas durmo com a luz do abajur ligada e nunca, jamais, olho para o relógio. Posso, por azar, olhar para os ponteiros justamente às três horas da madrugada, horário do pânico e do temor sem limite. Esse é o horário oficial das assombrações saírem da toca com seus vultos esvoaçantes. O filme que me deixou com medo foi o *Invocação*, assisti no dia primeiro de janeiro de 2014. Não deveria ter visto, logo no primeiro dia do ano, corri o risco de carregar o azar até o último segundo do dia trinta e um de dezembro. Essa noite, sonhei com uma sacola cheia de bonequinhos e, de repente, eles ganharam vida como se fossem marionetes durante um espetáculo. Fica combinado, então, quando eu conseguir ir a Lisboa, iremos ao museu das Marionetas. Sim, será bué fixe! Acordei tensa e feliz. Deve ter sido influência do que ocorreu comigo durante o dia; ganhei vida quando fui aceita num grupo de estudos. Estudar cinema não é fácil, e ser convidada para fazer parte de um grupo é ainda mais desafiador.

...

    O doutor Felipe prometeu que me dará de presente os óculos de realidade virtual compatíveis com o meu celular. Estou aguardando na recepção, ele está atrasado dez minutos. Poderei ir a Portugal em realidade virtual, passarei na frente da sua casa, visitarei vários países e outros planetas, Catu-auá está no topo da lista de cidades junto com São Pedro do Estoril. Vou a Pandora, a Nárnia, à Terra do Nunca. Ouvi meu nome sendo chamado. A consulta foi tranquila. Pedi ao doutor Felipe para colocar um vídeo de terror nos óculos que me deu, mas não senti medo ou não funcionou comigo. Gosto de adrenalina verdadeira, por isso fazer aventuras é o meu foco para lá de hiper. Irei ao planeta do filme *Avatar*. Espero que em trinta anos já possamos viajar com os nossos avatares. O meu será lindo, com imensas pernas para pular feito canguru. Será perfeito cada segundo em Pandora. Chegar aí através dos óculos de realidade virtual será incrível. Incrível é o adjetivo que eu mais gosto de usar. Irei ainda hoje a Lisboa. Baixei três vídeos de realidade virtual de Portugal para ter uma visão panorâmica da capital portuguesa. Irei à estação do Rossio, ao Chiado, à avenida da Liberdade, ao Bairro Alto, à ponte 25 de abril. Andarei em vários lugares de Portugal e depois seguirei para outros países. No GTA de realidade virtual, a emoção do jogador é roubar carros, não importando os meios, se pelo menos fossem navios...

• • •

Fico estranha quando algo muito esperado acontece.

• • •

... cortei três milímetros a mais da minha franja. Cabelo cacheado encolhe demais quando seca. Estou com vergonha de sair de casa com ela esticada. Vai demorar mais de um mês para crescer. Terei que andar com o casaco de capuz nesse calorão de 34 graus. Aff!

• • •

Minha mãe viu os óculos que ganhei em cima da mesa e, como é previsível, ficou brava. Ela não fica contente com nenhuma novidade que trago para casa, por isso mostro tudo para o mundo todo, exceto para ela. Se eu contar que ganhei passagens para Dubai, irá reclamar; se contar que ganhei uma luneta, irá reclamar; se eu contar que ganhei um X-box, irá reclamar. Estava até com medo de contar quando ganhei uma cesta básica. Se eu disser para ela que ganhei um curso completo com tudo pago, irá reclamar do mesmo jeito; se contar que vou viajar numa nave espacial, irá reclamar. Todas as mães ficam satisfeitas quando os filhos mostram as novidades e as conquistas, mas ela sempre desaprova: *Pra que isso? Em vez de dar uma coisa melhor. Por que não dão dinheiro? Você parece besta. Tem que trabalhar. Espia. Que besteira! Parece o João, que não tem uma banda do cérebro.* Ela falou esse tipo de coisa quando eu consegui o tripé dos meus sonhos. Tudo o que consigo, ela repete *você não é mais criança.* Você entende que não posso mostrar os meus vídeos para a pessoa que eu mais gostaria que os admirasse? Ela precisaria ser outra mãe. Não conto para ela que estudo cinema, porque é o meu futuro, e não posso ficar triste para sempre.

...

Você é extraordinária. É mesmo admirável. É de outra galáxia! Deveria existir uma ponte em linha reta daqui até Portugal, assim eu iria de bicicleta... pedalaria por quantos dias? De navio são 14. A velocidade média do *Queen Mary 2* varia entre os 24 e os 26 nós, isso equivale a 48 km/h, mas a velocidade máxima chega aos 30 nós — algo em torno de 56 km/h. O navio mais rápido do planeta anda a 56km/h, mas os normais andam a 48km/h. De patinete eu chegaria mais rápido, alcançaria a velocidade de 40 ou 50km/h, depende da gordura de quem dirige, eu chegaria em 35km/h. Até me arriscaria a ir de patinete, mas precisariam colocar postos de serviço no caminho; é que não existem muitas rodas de patinete no mundo. Vou calcular quanto tempo demoraria de bicicleta. O recorde de velocidade de um veleiro foi de 56km/h, então ele andou na velocidade do navio mais rápido do mundo.

Qual é o aeroporto mais próximo de sua casa? Quanto tempo eu posso ficar com você quando eu for aí? Não sei bem calcular isso. Eu poderia ficar amiga do dono de uma companhia aérea, quem sabe ele me emprestaria um de seus aviões ou o seu barco particular, caso tenha algum. Poderia ganhar uma viagem para a Lua e de lá pular de paraquedas e descer em Lisboa (já vi um vídeo de um homem pulando de paraquedas do espaço); poderia conseguir amostra grátis de carros aquáticos; poderia ser sorteada para uma viagem às Três Marias e na volta pousar direto no Estoril; poderia ganhar um dos discos voadores da Área 51 — foram fabricados e estão sob o domínio dos Estados Unidos, o sigilo absoluto é mantido por toda a equipe, e o mundo segue apenas imaginando o que acontece de fato lá. Há dezenas de anos, testaram o primeiro disco voador... Não deu muito certo, voou menos de cinco metros de altura e rodopiou doidamente no ar, sem direção. Se há dezenas de anos conseguiram aquela máquina, imagine com a tecnologia ultra-mega-super-avançada. Deve ter muitos guardados em segredo no estacionamento de naves. Além disso, eles desenvolveram uma técnica para que os discos não apareçam nos radares, mesmo os mais potentes. E se eu me tornasse uma agente secreta da Área 51 para possuir sob o meu comando um aparelho desse? Faz sentido, eu sempre acreditei na existência de vida em outros planetas, e possivelmente eles furtaram a engenharia dos extraterrestres e os capturaram há séculos e os torturam para contarem tudo sobre a vida interplanetária. Os Estados Unidos jamais revelarão o que acontece na Área 51 nem divulgarão sobre os drones de guerra que constroem às escondidas. Devem ter desenvolvido drones espiões que chegam na América do Sul em menos de duas horas. Mantêm os drones sem tripulantes para atacarem os países que possuem qualquer coisa que valha roubar.

•••

Não me dou bem com crianças e adolescentes quando estão em grupos, tratam mal pessoas como eu. Não percebem o estrago que causam? Quando eu era criança, sabia diferenciar o mal do bem. E era inteligente o bastante para evitar catástrofes. Você não está dormindo?

•••

Não sou um ventríloquo, não bato palmas quando todos batem nem rio quando todos riem. Sequer olho para as pessoas, evito sair do meu mundo. Mas, quando olhei para os seus olhos, eu não os evitei nos primeiros instantes; pois você é da Terra do Nunca. Que coisa inédita! Não entendo como você pode ser tão incrível. Você que entende tudo, me explica?

•••

Depois que comecei a tomar Risperidona, engordei alguns quilos. Mas já estou recuperando a forma. Emagreci um pouco, mas segundos os cálculos do IMC (índice de massa corporal) ainda estou quinze quilos acima do peso ideal para uma pessoa da minha altura/idade. Por isso deu aquilo no meu exame de sangue. Isto aí: glicemia alta. Comerei doces na Páscoa. Desde que passei a tomar a Quetiapina, me sinto melhor em alguns aspectos, parece que os meus sentimentos ficaram comportados — agora não jogo mais as coisas no chão. Para o SUS é um remédio de alto custo, por isso preciso ir de tempos em tempos ao hospital MC pegar o remédio. Tomo todos os dias antes de dormir. Já fui lá três vezes esta semana e não consegui nada, na primeira vez exigiram o xerox dos meus documentos, por duas vezes o sistema estava fora do ar.

A Luna que você conheceu é a Luna mais legal, porque pôde ser ela mesma, sem precisar se conter ou fingir. Aff, ser normal é entediante. Por causa dos vários modos de ser que criei, não posso misturar os amigos num único encontro. A Alcione, por exemplo, é chata na casa dela, mas é muito legal quando está em outros lugares. A Úrsula, então, é chata ao extremo com a família, nem mesmo sorri, mas fora de casa ela é a pessoa que ri mais alto na face da Terra. Com o Nando, sou igual à Luna da minha casa, tirando a parte de ser briguenta, isso quer dizer que com ele não sou eu mesma. Uma vez eu estava passeando com ele e queria sair pulando, fiquei agoniada e, para me aliviar, os meus pés simulavam, silenciosamente, o ritmo de um tambor com leves toques no chão. Conheci o Nando quando fui à aula de roteiro na cidade vizinha, de cara percebi que ele é um cara cheio de projetos e sonhos. Ele me convidou para trabalhar nas edições de vídeos e para participar de gravações em um projeto de cinema que desenvolvia junto com a saúde mental de S. Alce. Nos demos bem, fizemos uma boa parceria e muitos vídeos. Já estava conseguindo conversar, e isso deve ter me ajudado a fazer amizade com ele.

. . .

Estou tentando cuidar de mim, como você me pediu. Pensando bem, será que estou? É que não sei bem como cuidar de mim. Mas sei que, para fazer coisas que me fazem bem, preciso de ideias e planejamentos. Acabo me deparando com tarefas quase impossíveis de realizar, pelo menos para mim. Como, por exemplo, entrevistar pessoas ou dirigir atores.

Acho que, aquela vez em que não morri, não fiquei agradecida, fiquei apenas aliviada de não ter ido para o hospital tomar soro. Me desculpe. Melhor, seria se tivesse experimentado alguma droga como o Charlie do filme *As vantagens de ser invisível*. Se eu tivesse uma *bad trip*, estaria perdida. Teria que me esconder em um matagal e enfrentar as aranhas que vivem por lá. Morro de medo desse bichinho! O causador da *bad trip* foi o medo da rua. Correria o risco de ficar deitada pelas calçadas, os cachorros se deitariam comigo por pura afinidade, pensariam com toda a lógica canina: *a mais nova integrante da nossa rua*. Não conseguiria me levantar sozinha e não saberia fazer nada além de sacudir as mãos. Se ninguém me socorresse, eu poderia parar em outra cidade e me perder de vez. Vi tantos vídeos de *bad trip* que fiquei enjoada e com ânsia de vômito. Acho que só vou beber a minha *Smirnorff Ice* de limão que está na geladeira. A *bad trip* tem outra causa acoplada: medo dos meus amigos ficarem chateados comigo. Sempre que falo alguma palavra, tenho um medo enorme de não gostarem daquilo que falei. Às vezes, fico quieta para não arriscar. Cocaína deve causar uma *bad trip* pior. LSD é terrível, as pessoas enxergam tudo com uma única cor ou com cores alteradas. A parte de fechar os olhos e já se imaginar em outra cena é cotidiana, mas com LSD as coisas se passam entre as piscadas, de modo rápido e confuso. Em uma *bad trip* de maconha, quando os olhos piscam, a pessoa se perde em uma realidade paralela; o que não sei ainda é se isso é bom; em princípio, sem fundamentação em pesquisas, me parece interessante. Sei que pode acalmar pessoas agitadas, como alguns autistas. Quando os olhos piscam, não dá para identificar com segurança os acontecimentos, se as coisas mudaram de lugar ou se a pessoa está anestesiada ou em câmera lenta. Veja o exemplo: uma mulher está sentada em uma mesa após usar droga: se de repente surgir outra mulher na sua frente, ela não saberá se a pessoa veio andando, flutuando ou é um holograma em 3D. Algumas pessoas veem gnomos, aposto que eu veria extraterrestres. Com *Ice* isso não acontece, pois seguro firme os meus pensamentos e a minha percepção para não fugirem do meu controle.

...

Gostei de saber que pirilampo é um modo poético de falar vaga-lume e que fogo é lume em Portugal.

...

Você gosta de receber flores? Minha mãe adora. Eu? Preferiria se fosse um buquê de doces. Exemplos de presentes perfeitos para mim: uma caneta, uma régua, um caderno, uma lupa, um laser, uma pedra, um boneco, Legos, livros, filmes, moedas, lousa, giz, canetinha, ursinho, carrinho. Em lojas de brinquedo me interesso por mini bonecos, carrinhos, Legos, trem, navio, espadas. Comecei a gostar de navios por serem extremamente indispensáveis para a minha vida. Mas uma miniatura de boa qualidade é quase o preço da viagem em um verdadeiro.

...

Estou com vontade de andar de trólebus de novo, na verdade todos os dias vou e volto, faço todo o trajeto diversas vezes, só desço quando me canso ou quando fica muito cheio ou barulhento. Essas viagens contribuem para o aprofundamento do pensamento filosófico (foi você quem me disse, um dia: *Luna, você é uma filósofa empírica*). Lá fui eu recorrer ao dicionário para saber o que era empirismo.

...

... Ficar bem é indecifrável. Como vivem as pessoas estando bem? Me sinto nula nessas horas. É como se uma força maligna fizesse a gente esquecer de que a lógica da sociedade não faz sentido. Há alguma programação no cérebro coletivo que não permite que se percebam os acontecimentos do mundo? Caramba! Então na depressão as pessoas se tornam mais sábias. Percebem com intensidade todo o sem-sentido do viver. Perceber o mundo é trágico, e não perceber é igualmente trágico. Quando estou bem, esqueço do mundo e não analiso nada. Quando estou mal, entro em guerra contra o mundo, e ele se revela como é.

...

Andar de trólebus durante a semana pode ter me ajudado. E gravar um novo curta-metragem também. Você gostou? Já estou tramando o próximo, mas as dificuldades com o roteiro aumentam. No modelo norte-americano há a exigência de que a obra tenha começo, meio e fim. 1) Apresentar o personagem: como ele é, o que ele faz, onde mora, o que quer fazer etc. 2) Escrever sobre algo que o impeça de fazer o que ele quer fazer. 3) No final, a personagem supera o problema e realiza o que tinha que realizar. Aff, isso não me parece compreensível ou possível. Meus personagens não se encaixam nessas regras tolas. Por isso, sou um fracasso como roteirista brasileira, não dá para seguir lógicas pré-fabricadas.

...

Por que sonhamos com o mesmo lugar várias vezes? Sempre sonho que estou no alto dos telhados.

...

Os filmes *Em busca da terra do nunca* e *Mary e Max* estão entre os vinte melhores filmes de drama disponíveis na programação da Netflix. Estou assistindo ao especial do Charlie Chaplin no canal Nostalgia. Enviarei uma carta para você na semana que vem, quando terei dinheiro para pagar a postagem, receberei a bolsa do projeto de inclusão pelo meu trabalho de edição. Em homenagem ao Chaplin, estou tentando construir uma história para um curta-metragem. Já tenho o título: *Sonâmbulas*. Quero fazer um curta-mudo. Para minha alegria e surpresa, o meu último vídeo fez um baita sucesso na escola. Não imaginava que estava tão bom. A professora mostrou para todas as turmas.

...

Previsão da temperatura em S. Blander amanhã: máxima de 21°, mínima de 13°. Sabia que no grupo da igreja me chamavam de garota-do-tempo? Talvez eu me torne também a garota do euro, todos os dias vejo a cotação; ainda não surgiu nenhum valor animador, o real está fraco.

...

Você é de outra dimensão! Gosto de assistir aos filmes de suspense sobre os alienígenas, mas não aos de alta tecnologia. Já assistiu *Sinais*? Acho que preciso melhorar o nível dos meus vídeos, pois estão aumentando os inscritos no meu canal. Não estou conseguindo fazer filmes e documentários toda semana. Está difícil sem a sua ajuda. Talvez fosse uma ideia revolucionária entrevistar as pessoas que tiveram o direito negado quanto ao uso gratuito do transporte. Se eu fizesse, iria chegar às redes de televisão, tamanha importância social o tema alcançaria. Aprendi que temos que fazer arte com temas que indignam a humanidade. O oceano e a distância são temas que me agradam e ao mesmo tempo me causam uma indignação furiosa.

...

Precisaria de dinheiro para comemorar como nunca o meu próximo aniversário. Iria ao cinema; comeria bolo e brigadeiro; compraria um boneco em miniatura para aumentar a minha coleção; finalizaria o dia, é lógico, com um sorvete gigante. Sim, o seu amigo Evandro Affonso Ferreira concorda comigo. Quando lhe perguntaram se "os piores dias da sua vida foram todos?", ele respondeu: *De vez em quando entro numa sorveteria*. Ele é um sujeito sábio.

...

A teoria da Conspiração considera que os rastros que os jatos deixam no céu são produtos químicos lançados para sedar a população. Não acredito nem duvido, mas seria uma ótima explicação para justiçar a matrix mundial. Há quem defenda que esses rastros são consequência do aquecimento global, mas isso não explica o conformismo e a mesmice da população? Eu não me encaixo na matrix, e não me moldo às leis invisíveis... nem com a distância geográfica entre amigos. Por falar nisso, andei pesquisando sobre o tráfico de mulheres. Sabia que há quadrilha lusófona atuando nessa área criminosa? Levam e trazem escravas para países que falam o português. Seria uma maneira de chegar a Lisboa. Apesar do risco, me colocaria à disposição para ser escravizada; na chegada, fingindo-me de frágil e pouco inteligente, surpreenderia o segurança da quadrilha meu *spray* de pimenta; sairia correndo com a minha capa da invisibilidade em direção à sua casa. Tem tudo sobre o tema na *deep web* — lugar perfeito para recolher dados sobre criminosos. *Deep web* é a internet proibida que fica em uma camada abaixo da internet normal. Há matadores de aluguel; tráfico de drogas, de órgãos e de pessoas; seitas macabras; máfias; há coisas terríveis. É preciso muito cuidado para navegar na *deep web*, porque está infestada de vírus. A *dark weeb* é mais horripilante ainda. Um departamento do inferno. Não se arrisque, por favor. Não seja curiosa! Matadores cobram muito caro; se eu fosse rica, contrataria um para me eliminar.

• • •

Preciso excluir 100GB de arquivos do meu computador para aumentar a velocidade. Conhece alguma nuvem gratuita de 100GB ou mais?

• • •

Tenho escutado disparates do tipo: *você tem vários amigos, não precisa ficar assim, só porque a Telma foi morar fora.* Não penso em quantidade quando penso em amizade, um milhão de amigos não substituem uma amiga como você. Não gosto quando tentam me consolar de forma estúpida. Quando relato a coisa mais triste que me aconteceu nos últimos tempos, quando digo: *uma amiga partiu*, estou revelando um sentimento que exige boas intervenções.

...

Sonhei que eu era guarda de dois presos, depois de vários acontecimentos, os presos viraram rafeiros (foi você quem me ensinou que vira-lata em Portugal é rafeiro. Tenho aumentado meu vocabulário com fixe, giro, bué. Gosto de palavras pequenas). No auge do sonho, meu pai os deixou soltos, e eu passei o tempo todo correndo atrás de um filhotinho que escapou pelo portão. Foi impossível alcançá-lo. Acordei cansada.

Tenho guardado uns cinquenta sonhos que reproduzi em texto — trabalho desafiador para uma cineasta, pois nós, ao contrário da lógica dos sonhos, transformamos as palavras e emoções em imagens.

...

Fotografarei todas as caliandras que surgirem no meu caminho. Aquela que vi na semana passada era vermelha. Virei caçadora de caliandras. Você e o Ronaldo estão vendo muitas? O dia todo, faço as contas de quantas horas são aí em Portugal. Gosto de ouvir as músicas brisantes de *Daughter*. Dia dois de abril, irei a Sorôco filmar o evento de conscientização do autismo. Os pesquisadores e os curiosos não sabem como é a mente de um autista, e nós não sabemos explicar de maneira única. Eu tive que negociar com o mundo para voltar a falar. O problema é que os acordos falham. Alguns autistas não conseguem trabalhar, outros começam e param, há os que encontram um bom caminho, mesmo com todas as dificuldades. Há os que, como eu, não conseguem ir à faculdade. Não renuncio ao meu mundo. Não dá para renunciar a mim. Impossível. Minha amiga aspie de Zuhause — que a mãe quer que eu vá visitá-las — não consegue pegar ônibus sozinha nem frequentar uma universidade, também não conversa muito, mas fala espanhol e adora teatro. Muitas coisas que são simples e fáceis para os normativólatras (palavra que inventei para falar dos normais, súditos das leis e normas) são confusas ou irrealizáveis para alguns de nós, mesmo para aqueles que são considerados moderados ou leves. Necessito que tudo, ou quase tudo, seja explicado detalhe por detalhe. Preciso saber a gênese detalhada das coisas. É como se eu tivesse que anotar uma lista sequencial de ações para executar tarefas. Pegar o ônibus, por exemplo. Veja a minha lista: 1) Sair pelo portão; 2) Andar até o fim da rua; 3) Virar à direita; 4) Esperar no ponto de ônibus; 5) Avistar um ônibus azul de número 147; 6) Entrar pela porta certa (é que, às vezes, me atrapalho); 7) Dar o dinheiro para o cobrador (quando conseguir o meu cartão, precisarei alterar este passo); 8) Ver se o troco está certo; 8.1) Se não souber fazer a conta de cabeça, usar a calculadora do celular; 8.2) Se o troco estiver errado, aí tem que ter outra lista para ensinar como resolver o enorme problema, pois eu precisaria falar. Eu sei fazer contas, mas, para o meu azar, imprevistos acontecem; outro dia o motorista ficou com meus sessenta centavos, ele apenas me disse: *desculpe aí, garota, não tenho trocado*. Não soube o que fazer, desci do ônibus, porque ele me induziu a sair sem o troco. Imprevistos são terríveis.

...

Minha mãe não para de dizer que a minha franja cresceu demais. Ficaria sem a proteção de que preciso, se meus olhos ficarem totalmente à mostra.

...

Agora eu e a Alcione assistimos ao filme *Efeito borboleta*. Hã! Será que é possível aquilo? Queria muito que existisse o teletransporte, é o poder que eu necessitava possuir. Não é justa a distância. O oceano é um obstáculo. E se eu pedisse carona para um pirata? Embora não conheça nenhum. Ou se pedisse carona para um piloto de avião? Ou num carro voador? Já existe um carro voador, você sabia? O moço do correio entregou a sua carta nas mãos de minha mãe, e ela me perguntou se você me chamou para morar aí. Respondi que iria apenas te visitar, mas ela franziu a cara e ficou dizendo que é difícil e que tem que ter documento e dinheiro. O que ela não sabe é que assim que você se mudou juntei todo o dinheiro que recebi do projeto de edição e vendi o violino a prestação para o Robson, paciente do Kapaxis, daí a cinquenta dias eu já estava com o passaporte em mãos. Fiz tudo sozinha, e não foi difícil, pela internet é fácil. Quando te mandei a foto do meu passaporte, aposto que até você se assustou com a minha perspicácia. Ou persistência, sei lá!

...

O José, o tal que conheci num grupo de autista, me escreveu dizendo que gostaria de passar o aniversário dele comigo. Pensei imediatamente em Ilha Bela. Um quarto de frente para belas paisagens seria perfeito. Ele poderia me ensinar a dançar. Espero que não queira me namorar. É que nunca sei quando alguém quer me namorar. Mas, se alguém chama a gente para dançar, não dever ser à toa. Se quiser me namorar, terá que conquistar o meu mundo primeiro. Ele é o aspie, o capitão de navio, lembra-se? Já te contei, meu sonho romântico sempre foi dançar uma valsa. Nos filmes os pares dançam como se estivessem flutuando. Na minha formatura, queria ter dançado com o Josias, a professora foi quem sugeriu, mas ele se recusou. Que triste, fiquei sem par na valsa da formatura. Quando a música estava quase terminando, o professor de matemática me pegou pelo braço. Bem no finalzinho! Quem sabe desta vez acontece, caso haja formatura do curso de cinema. Se eu conseguir seguir até o último período do curso, formarei em julho do ano que vem. Ainda faltam dois semestres.

• • •

O Ivan tem um péssimo hábito de falar comigo sobre aquilo que os casais fazem, acho que ele não sabe se comportar de maneira elegante. Quem o ensinou a ser amigo ensinou bem errado.

• • •

Quando pesquiso sobre a morte na internet, meus olhos ardem e ficam vermelhos feito brasas acesas.

• • •

Meta mínima: comprar um sorvete por dia. Tem casquinha de um real no centro da cidade. Na praça principal tem gelinho natural. Outro dia, tomei quatro gelinhos. Fiz as contas: uma casquinha por dia, custará trinta reais por mês. Vale a pena o custo-benefício, é gostosa e barata. É bem melhor do que a do Village. E tem gosto verdadeiro de baunilha. Não gosto muito de sorvete de chocolate, então nunca experimentei a casquinha de chocolate. Raros lugares vendem casquinha de morango, mas no final do 006 que vai para o Parque da Cidade descobri uma lojinha que vende. É a minha preferida, mas é muito longe, não animo sempre. Já existem casquinhas trufadas, mas o que gosto mesmo é de um bom copão de sorvete. Quando tenho dinheiro, para todo o lado que ando, compro sorvetes. Quem inventou o sorvete merece a lua e as estrelas.

...

Amanhã de manhã, irei ao dentista. Tenho vontade de sair correndo só de imaginar aquele motor estridente vindo em minha direção. O meu pânico de dentista causou um estrago enorme na minha boca, ainda bem que foram os dentes de trás que sofreram mais, um canal atrás do outro. Demorei esses anos todos para ter coragem de ir pela primeira vez. Os homens das cavernas tinham bons dentes, porque não havia doces e comidas industrializadas, só frutas e carnes; pão também, mas isso foi bem depois. Os egípcios faziam pão. O hiperfoco do Rodrigão é a Era Paleolítica. Ele é revoltado com a moda da paleodieta. Ele diz que os nutricionistas entram em contradição, porque não estudaram corretamente a alimentação da Idade da Pedra Lascada, *uns incompetentes*. Ele fica furioso e xinga todos que discordem dele. Diante dos assuntos polêmicos, os autistas do grupo do *zap* vivem se desentendendo. Muitos são radicais... e tem os chatos. Acabo sempre me estressando com qualquer grupo virtual, mando *emojis* de revolta e de xingamentos. Entrei e saí um montão de vezes. Parece engraçado, mas é trágico.

...

Sabia que *wolf* quer dizer lobo em inglês, e Luna, lua em espanhol? Nome completo é Luna Sousa Wolf, mas gosto de assinar: Luna Lobo, porque cada palavra tem quatro letras e começa com "l". Viu como tudo se encaixa? Os Wolf estavam onde? Não me lembro de ir com meu pai visitar os meus tios. No enterro do meu pai foi que reparei nos parentes. Depois disso, me adicionaram no *zap* da família Wolf. Convivi muito mais com os Sousa.

...

Enviei outra carta para você. Colocaram uns dez selos. Custou seis reais e setenta e cinco centavos. Quanto custa aí? No caminho entre a minha casa e o correio, tomei um belo *milk-shake*, depois fui ao Kapaxis para buscar a quarta parcela da venda do violino. Demorei a encontrar o Ednei, ele estava participando da atividade física. A Lina estava lá, combinamos de jogar pebolim e tocar violão na próxima sexta-feira. Você já colecionou selos? Tenho uma pasta cheia. Preciso de um baú maior, no meu não está cabendo mais nada. Já podemos marcar um dia para as nossas ligações? Acabou a carga da sua bateria? Já te mostrei o vídeo que eu e o Nando fizemos da Banda Lira? É só um tipo de *trailer* para os documentários que iremos fazer.

...

Daqui a dois meses, não terei mais trabalho nem salário, terminará o projeto de inclusão do qual participo como editora de vídeos. Me sugeriram procurar a assistente social do Kapaxis para pedir que tentasse me incluir na equipe da pastelaria Kidelícia, projeto de geração de renda, mas sei que não conseguirei vender nem um pastel nem fazer a massa ou mesmo ser responsável pela fritura, pois ficaria escondida dos funcionários e dos clientes. Melhor me conformar, ficarei totalmente na miséria.

...

Estou preocupada, pois estou gostando de tudo quanto é navio, mesmo os piratas. Tenho pesquisado sobre os draga-minas, conhecidos como varredores; os baleeiros; os canhoeiros ou contratorpedeiros e até navios da espécie navio-tanque. O que eu queria mesmo era ter um transatlântico. Vi uma fragata à venda numa loja do shopping Village. Era muito linda, pena que custava trezentos reais. Uma fortuna para um objeto tão pequenino.

• • •

Médico burro me irrita profundamente. O doutor Orlando me perguntou a cor do ônibus que eu pegava. Que pergunta besta! Respondi: azul, branco e laranja. Poucas pessoas reparam em todas as cores dos ônibus. Sei cada detalhe daquela frota. Costumam dizer que o ônibus é branco, mas esquecem dos detalhes azul e laranja. Os metropolitanos têm as cores azul, cinza e vermelho.

• • •

Quando eu era criança, cheguei a ter preconceito com as meninas que brincavam de boneca. Eu até tinha bonecas, porque me davam de presente. Mas as colocava na sala na hora de dormir, tinha medo delas me atacarem à noite. Bonecas dão medo. Inventava armadilhas para instalar na porta do quarto, caso alguma delas quisesse entrar e me pegar distraída no sono profundo. Pode rir, é mesmo engraçado. Credo, eu tinha aquela boneca assombrada da Xuxa. Só faltava amarrá-la na sala, de tanto medo daquela coisa. Preciso ser sincera com você, não maltratava as bonecas porque tinha medo delas se vingarem, mas a assombrada bem que merecia. Meninas brincam de ser mães solteiras? Elas brincam de casinha — lugar que o papai nunca chega; a mamãe faz tudo; a filhinha que não faz nada, além de chorar, mijar e cagar. Bonecas dão trabalho e são odiosas. Me interessei pela bonecona que a Carla guardava desde a infância por motivos científicos. Por causa do tamanho, pensei em transformar aquela coisa numa pessoa humana. Cogitei (treinando o verbo que você me ensinou) emprestar as minhas roupas para ela. Ainda bem que ela nunca cedeu aos apelos da minha mãe, *dá pra bichinha, Carla. Você já é uma cavalona velha.* As meninas que tentavam se aproximar de mim com bonecas eram devidamente ignoradas, eu queria mesmo é que se aproximassem de mim com um carrinho de controle remoto. Existem carros de brinquedo que têm motores iguais aos de verdade, dá para dirigir por muitos lugares. Aff!

A Amy, personagem da novela, era confundida com um menino. Ela usava um chapéu e participava do grupo dos caçadores de tesouro. Eu e meu pai interpretávamos a trilha sonora da novela, enquanto eu gravava em fitas cassetes. O gravador era o meu diário-falante. Quando precisávamos de um baterista, ele batucava na mesa ou numa caixa de fósforo (tinha jeito e ritmo), e eu era a vocalista. Que contradição! Quando cantava o tema principal da novela, eu estava tentando fazer uma declaração de amor, pois a letra falava de um pai muito amigo. Nunca revelei que era para ele que eu cantava, sempre tive vergonha de demonstrar meus sentimentos. O problema é que havia momentos em que a emoção se enfiava no meio da voz e quase me fazia chorar. Aí eu segurava bem firme os olhos para as lágrimas não caírem ou fingia que queria ir ao banheiro. Acabava sempre sem que nenhum dos dois soubesse ao certo como se faz uma declaração de amor. Queria produzir outro diário-falante, mas não existe mais fita cassete à venda. Não tem a mesma graça gravar áudios no celular. Quando percebi que minhas antigas gravações corriam o risco de se danificarem, transferi para o computador. Ainda bem que fui esperta, caso contrário teria perdido todo o material. Poderia fazer um canal-diário: Diário dos mundos. Não poderia fazer igual ao que eu fazia quando pequena: *acordei, abri os olhos, tomei café, escovei os dentes, fiz lição, tomei banho, almocei, meditei, fui para escola.* O mundo da maioria é muito chato para ter chance de entrar no meu diário.

Crianças pobres como eu, que não tinham TV a cabo, assistiam às novelas infantis do SBT. Algumas casas tinham dois aparelhos de televisão, um para as mães verem as novelas, outro para os desenhos, é que passavam no mesmo horário em emissoras diferentes. TV a cabo era muito cara, só os ricos podiam pagar. Por isso, todas as crianças tinham coleções iguais, assuntos iguais, assistiam à mesma programação, a televisão aberta padronizava a humanidade. Hoje em dia, com a grande quantidade de crianças que acessam a TV por cabo e a internet, as modinhas são diversas. Meu sonho é ter acesso diário ao canal *History*, ao canal *Discovery Civilization HD* e àquele que passa matérias sensacionais sobre o espaço. Gosto muito da página do YouTube chamada *Mistérios da antiguidade*. Queria que a minha mãe gostasse de ver filmes, mas só se interessa por novelas, pelo Datena e pelo Gugu. Todos os filmes que passam, até os que já saíram de cartaz, ela diz que já viu, mas nunca assistiu a nenhum. É uma velhinha mentirosa e engraçada! Aposto que, se fosse meu filme no cinema, ela iria e depois ficaria se exibindo para as amigas, *foi a minha bichinha que fez.* Quando ela fala assim, gosto, pois é o elogio que ela aprendeu a fazer. Sabe qual é o elogio que mais gosto de ouvir? *Você não existe!* Adoro ouvir isso! E acredito firmemente que você não existe, o que significa que nós duas não existimos e que não há outras iguais a nós.

Na quarta série, eu tinha o hábito de falar sozinha e bem baixinho, mas a professora achou que o meu sussurro atrapalhava a aula e me deu uma bronca. Será que ela não compreendeu que eu estava forçando as palavras para que saíssem um pouquinho mais alto e que alguém as escutasse? Por causa disso, não treinei a fala nas outras séries. Para os normativólatras é fácil saber o momento certo para falar e para se calar. Como não sabia, achei melhor não arriscar. Percebi que as crianças da minha faixa etária estavam metamorfoseando, e eu não. Me consideravam muito infantil, e eu as considerava crescidas demais. As chances de ter companhia para as brincadeiras de antes diminuíram drasticamente. Quando digo "crescidas", não me refiro apenas ao tamanho, mas a todo o foco e interesse. Meu destino (ainda bem!) era preservar para sempre a criança. Passei a brincar sozinha nos parquinhos. Lamentava, achava injusto. Ora bolas, por que não se pode imaginar, divertir, brincar, se aventurar para sempre? A imaginação é um dom que deve ser bem utilizado a vida toda. Brincar e se aventurar é um modo de praticar a imaginação e não pode ser rejeitado ou diminuído. Vou me aventurar infinitamente. Einstein disse que a imaginação é mais importante que o conhecimento. Ele tem razão absoluta.

E teve outra... você se recorda da professora de matemática e ciências de quem eu gostava muito e só tirava dez? Brigou comigo porque estava tirando notas baixas nas outras matérias. Lamento que a professora, que dava as outras aulas, falava muito rápido, e eu não conseguia acompanhar aquela velocidade. Mas continuava, sei lá como, a melhor em matemática e ciências. Era a única que acertava toda a tabuada. As meninas-chatas e crescidinhas colocavam o pé quando eu passava para me verem esborrachar no chão. Também lamento por isso.

...

Que raiva, a biblioteca que você montou está toda mudada, tudo fora do lugar. As fileiras estão em frente à janela, a administração agora fica nos fundos. Desenharei para você ver como ficou. E agora funciona das 8h às 16h. Aquilo entre as fileiras são os pufes. E aqueles dois retângulos lá no fundo são dois computadores. Acredita que a pessoa da administração empresta os livros sujos, incapaz de dar pelo menos uma sopradinha? Limpar de verdade, como você fazia, ninguém está disposto. Já estou indo embora, para mim o Kapaxis ainda é um lugar em que confio, porque tem a Vanilsa, a Else e a Marcela, e elas são muito legais.

• • •

A professora do CAV falou sobre mim de novo com o cineasta famoso de S. Blander. Ela me contou que ele me convidará para fazer parte da equipe do seu próximo curta-metragem. Foi ela quem me indicou, portanto deve gostar dos meus vídeos. Ela dá aula de história da arte e é muito exigente. O Caetano Miller já fez mais de vinte filmes que ficaram em cartaz durante meses nos cinemas de S. Pablo.

• • •

Gosto de fotografar o que chama a minha atenção, seja um formigueiro ou as hélices girando num ventilador velho. Tirar fotos em festas de aniversário, casamento ou montar *book* de modelo não é comigo — se for para fotografar gente, prefiro a surpresa do momento, a cara suja, os pés que pulam a poça d'água. Tenho dúvidas se conseguirei ser cineasta com diploma. A Petra Costa não é formada em cinema e é ótima, isso me anima um pouco.

• • •

Sonhei que estava num circo, fiz uma mágica perfeita e trouxe o meu pai de volta à vida. Mostrei o vídeo da Banda Lira, ele festejou muito e ficou me perguntando pelos conhecidos. Em seguida fiz outra mágica desastrada, e o Pimenta, meu cãozinho, que já era pequeno, ficou ainda menor e pulou do segundo andar como se fosse uma rã. Já sei me equilibrar nas alturas, mas o Pimenta não. Bem que eu poderia treinar numa pista de obstáculos e ser uma atleta do *le parkour*.

•••

Repito: ficar bem é complicado. Penso no futuro e não me vejo. Não serei uma grande cineasta, não terei sequer emprego. Me desculpe. Quando a gente toma Quetiapina, o cérebro engana a gente, a gente pensa que está conformada, mas não. Ainda bem que estou conseguindo fazer meus vídeos. Me desculpe. Hoje está um dia ruim. O documentário *Pitanga* está nas salas de cinema de S. Pablo. Assisti à pré-estreia. Me desculpe. Queria ter visto *O espaço entre nós*, mas acho que já saiu de cartaz. É um filme romântico de ficção científica. O ator é o mesmo de *A invenção de Hugo Cabret* e do *X+Y*. Ele só atua em filmes bons, pode confiar. Assisti ao *Hugo Cabret* em 2011, e foi por causa dele que comecei a pesquisar sobre cinema, graças à bela homenagem que fizeram para Georges Mèliés. Você tem a mania de esquecer o *zap* aberto. *À procura da felicidade*, você viu?

•••

Estava pensando em ir ao shopping, mas minha mãe voltou de viagem. Acabei ficando em casa com ela. Me tornei uma garota solitária depois de janeiro. Que raiva, nenhum amigo teve tempo para me ver. A Úrsula diz sempre que não tem tempo, quando sugiro um encontro. A Alcione também não tem tempo, mas nela eu acredito. Já a Úrsula não é confiável, sempre tira foto com as visitas que recebe e posta no Face. Era mais fácil ela dizer que não gosta de me ver do que se mostrar uma mentirosa sem talento.

...

Beber causa depressão, isso não é uma regra, mas para mim provavelmente. Bebi três semanas seguidas e pretendo beber hoje. Que coisa! Mas soube que Mark Zuckerberg criou o Facemash enquanto bebia. Ou seja, boas ideias podem surgir em momentos improváveis.

...

Trocaram o sorvete de M&M's por Diamante Negro com Lacta. Erraram de novo. São os meus chocolates preferidos, mas com sorvete não deu certo. Demora muito tempo para mastigar o chocolate, enquanto o sorvete derrete. Quase não sentimos o gosto do sorvete, perdendo tempo mastigando o chocolate duro. O melhor é o de Ovomaltine. Estou aguardando inventarem o sorvete com brigadeiro e com beijinho.

...

Sonhei com aquela casa onde morei aos sete anos de idade. Na laje não havia mais as caixas de água nem os muros de proteção nem o vizinho-mau.

...

No último encontro com o pessoal da igreja, eu estava encostada em um balcão, e sem querer derrubei uma jarra inteirinha de suco. Saí correndo para ninguém desconfiar de mim. Ficou tudo alagado. Tentei pensar em probabilidades a meu favor e contra: a) talvez ninguém soubesse que a jarra estava lá. b) talvez ninguém se lembrasse de que a jarra existia. c) talvez a dona não procurasse nunca mais pela sua jarra. d) talvez a jarra nem mesmo tivesse dono. e) talvez alguém tivesse sede e perguntasse: tem suco? f) talvez a jarra ficasse caída atrás da mesa para sempre. g) talvez eu tivesse que fugir definitivamente para um lugar distante. Pensar na última hipótese me deixou tensa. Aqui, estou sempre com medo de receber broncas. Eles me tratam de um jeito que não gosto, como se eu fosse uma pessoa que eles precisam educar ou comandar. O jeito foi ir embora antes da festa acabar.

...

Que raiva! A minha mãe voltou a jogar na minha cara que, se eu ainda estivesse fichada naquela fábrica onde trabalhei por apenas três dias (me demitiram por sumiço!), estaríamos numa situação melhor, *aí, Luna, as contas todas estariam pagas, a despensa cheia de mantimentos, a carne fritando na panela*. Ainda passou um tempo falando sobre décimo terceiro e férias. Não consegui continuar nesse nem nos outros empregos. Tentei, mas era impossível. Ela jamais me compreenderá. Fiquei bastante irritada, batendo a porta e repetindo: *vou morar na rua, vou morar na rua, vou morar na rua, vou morar na rua, vou morar na rua, vou morar na rua, vou morar na rua*. Cedi à necessidade de me machucar e agora tenho que andar com blusa de manga comprida por vários dias.

Pessoas falando dentro do ônibus mais o ruído do motor causam pane no meu cérebro. Papéis que tenho que levar à assistência social me causam pane. Pessoas me chamando ao telefone me causam pane. Pessoas me fazendo perguntas me causam pane. Quando me odeio o estrago é pior. Não posso ajudar minha mãe e, quando consigo, é pouco. Não consigo trabalhar nessas malditas fábricas nem no telemarketing, ou em açougues, supermercados, granjas, hamburguerias... não consigo, não conseguirei preencher as folhas da carteira de trabalho. Para piorar, em maio terminará o projeto do qual faço parte, o dinheiro que recebo tem ajudado um pouquinho. Num sábado pedi uma pizza, e minha mãe inteirou para comprarmos também um refrigerante grande. Breve, serei, novamente, completamente pobre, não poderei comprar nem mesmo uma casquinha de um real. Mas nada pode estragar o meu plano de ir te ver. Senão, prefiro morrer.

...

Anunciei o meu patinete na OLX por mil reais.

...

Você está em outra dimensão. Já assistiu ao filme *As vantagens de ser invisível?* Penso que o trauma de infância do personagem Charlie tenha despertado as alucinações. No ensino médio, ele conquistou amigos, e isso o ajudou a ficar bem por algum tempo. Durante uma crise, ele ficou deitado na neve por horas, desenhando grandes asas com os braços. Concorda que é uma bela imagem? Enormes asas congeladas. A polícia o resgatou. Ele havia usado drogas. Gosto do frio, a rua fica silenciosa, e a gente ouve sons ao longe, como instrumentos medievais ecoando de algum lugar do passado. Quase ninguém sai, e a rua se torna acolhedora. Em Portugal neva?

Não há maneira nem motivo para que um filme retrate os detalhes de um livro. Conheço a linguagem cinematográfica, as técnicas utilizadas são outras, as imagens são tão importantes quanto nos sonhos. Muitas pessoas ficam insatisfeitas quando leem um livro antes de ver o filme. Mas a linguagem é outra. O Charlie queria ser escritor, eu não consegui escrever um bom roteiro nem ser ilustradora como Toni Lopes ou jornalista como Felipe Sousa Tavares. Infelizmente, não serei uma cineasta de talento. Me desculpe por não conseguir.

...

Minha mente parece um liquidificador quando a crise acontece. As vozes se misturam, e eu não consigo ouvir nada além de ruídos. Entende? Tipo estar no recreio de uma escola infantil ou num bar lotado. Um embolado de sons. É assim que o meu cérebro fica. Já consegui evitar, indo para um bom lugar, ouvindo uma música. Ouvir a música certa em determinado momento é uma estratégia. A música ativa o sentir sem ser necessário explicações. Ouvir o piano da *Beethoven's 5 secrets* me faz correr pelos campos, isso em pleno ônibus lotado (entendeu a metáfora?). A trilha sonora certa chega para que eu encontre a sensação de liberdade — me transforme em pássaro e avatares com o poder de suas notas.

...

Trancaram o Charlie dentro do armário da escola. Aqueles alunos americanos eram profissionais de *bullying*. Ainda bem que não estudei numa escola parecida com a do Charlie, senão seria verdadeiramente liquidada em poucos dias. Até hoje tomo precauções, evito passar em frente às escolas em horários de entrada ou saída dos alunos. Se encontro algum grupo uniformizado pelas ruas, mudo de calçada ou ando mais rápido ou finjo ser num ravel-asiático — animal que é desprovido do medo e adora mel. Nem sempre tenho comigo a capa da invisibilidade.

...

Sonhei que ganhei dois bolos de aniversário. E que um padre conversava comigo dentro do meu quarto, acabei adormecendo de tanta monotonia. Desprezado, o padre fechou os olhos como se tivesse morrido. Pela simpatia, relacionei a imagem dele à do Papa Francisco e fiquei tentando ressuscitar a alma dele com a minha voz, cantando a canção que aprendi bem pequenina. Acordei sem saber o final, mas com uma sede infinita.

...

Quando uma de nós morrer, não se esqueça, vamos nos encontrar no planeta Ab-sinto. Aquele que ainda não foi descoberto. Não perca tempo, vá o mais rápido que puder, para podermos explorar sossegadas o lugar, antes que algum morto normativólatra o invada e comece a aplicar as mesmas regras inúteis da vida. E, se eu me desviar para outra galáxia, toque a flauta pan. Seguirei em sua direção.

...

Acho graça nisto: você nunca entende o que é uma célula. É quando um grupo formado por pessoas da igreja evangélica se reúne para várias coisas, mas sempre diz que é para falar sobre a Bíblia. Cada célula tem um líder que é considerado como o pai ou a mãe do grupo. As células consideradas saudáveis devem se multiplicar, e é bom que sejam capturados novos crentes. Quando a Úrsula foi líder, ela dizia que era a minha mãe. Eu não deveria ter acreditado, de qualquer forma fiquei órfã. Que tola fui!

Teve um dia que a Nilsa ficou endemoniada fora de hora. Sem a presença do pastor, o grupo tentou tirar o capeta dela. Eu nunca passei por isso, porque não me rendo à influência psicológica das religiões nem à hipnose. Sou um caso perdido.

Ainda bem que não sou só eu que passo vergonha. No terreiro de S. Pablo, a moça ficou um tempão no meio da roda, e a entidade não veio. Deve ter sido vergonhoso para ela. Colocaram a coitada no meio do desenho geométrico com velas vermelhas, e nada. Até ovo passaram nela. Ficamos esperando um tempão, e a entidade não veio de jeito algum. Em mim não viria nunca. Na igreja evangélica o espírito santo nunca me derrubava. Ele está em nós. Se sabiam disso, por que continuavam com aquele teatro? Toda vez eu saía deprê da igreja, me sentindo ainda mais anormal. Eu domino a minha mente até quando estou bêbada. Não sentir a energia negativa é uma vantagem e tanto. Se os *aliens* sentissem a energia do planeta Terra, jamais navegariam nas nuvens terrestres. Não fazem sentido as profecias que dizem que pessoas evoluídas são aquelas que sentem tudo. Na minha perspectiva, ter uma personalidade empata (veja o significado no Google) é ser atrasado. Para mim os seres altamente evoluídos são aqueles que expandem as suas mentes seguindo a lógica do universo, mas a maioria segue a formatação da matrix. Só posso lamentar muito por eles.

...

Mandei mensagem para o Ronaldo, seu marido, contando sobre o barulho infernal que estão fazendo aqui, e ele me disse que essas pessoas são as matracas do Éden e concubinas do barulho. E que estão passando por um processo de pulverização sensorial para poderem assimilar o silêncio como prática terapêutica, e que não descobriram que eu sou a mentora da confraria dos palimpsestos. Disse ainda que existem seres sobrenaturais, visíveis para poucos, que se escondem debaixo das folhas de papiro encontradas na margem esquerda do rio Nilo, e na margem direita do Eufrates, na Mesopotâmia. Ele me disse isso tudo em mensagem de voz, custei para acompanhar, tive que escutar várias vezes e anotar palavra por palavra. Ele é giro. Acho que é meu amigo. Várias pessoas já me questionaram: *será que a Telma quer mesmo te receber? Não seria melhor ela se afastar de você? O marido dela o que acha disso? Você tem tantos amigos, e Portugal é tão longe.* Essas pessoas não acreditam em nada, nem em matracas do Éden, muito menos em confraria de palimpsestos, e nunca terão chance de que os seres escondidos nas folhas de papiro se mostrem para elas. São descrentes de tudo e gostam de ser engolidas cada vez mais pelas regras invisíveis. Ainda bem que sou nefelibata e idiossincrática, como me disse o Ronaldo. Que se danem os outros, então!

...

Não gosto de tênis com amortecedor, mas devem ser bons para pular. Você tem algum? Só uso aquele modelo que parece o *redley*. E tem que ser preto com pouca coisa em branco — como os furinhos para colocar o cadarço, mas se tiver esses detalhes em rosa, é melhor. Nunca iria parar de pular se tivesse um *kangoo jumps*. Ficaria magrinha sem precisar de diminuir os doces. Será que consigo instalar o arco de molas no lugar das rodinhas dos meus patins? Um *kangoo jumps* na OLX custa uma fortuna. Imagina um novo!

...

... corri muito. Corria, enquanto conversavam. Grupos de pessoas me deixam extremamente irritada, não consigo acompanhar a conversa, falam todos juntos, uma confusão. Queria que levantassem a mão na hora quando quisessem falar. Um de cada vez. Já tentei falar ao menos uma palavra no meio de uma dessas conversas tumultuadas, mas ninguém me ouviu, então desisti de tentar novamente. Quando, finalmente a matilha (a forma engraçada e secreta que encontrei para falar dos Wolf) parou para me ouvir e não perdi a oportunidade, expliquei, calmamente, quais as melhores opções de sites para baixar filmes. Assim que recolheram o passo-a-passo, o zum-zum-zum recomeçou. Ah, me lembrei... houve outra ocasião: no meu segundo encontro com os lobo, que o grupão parou para me fazer perguntas, foi um interrogatório sobre a ira do meu primo. Estavam curiosos para saber o que tinha acontecido com o Fabrício. A curiosidade se juntou ao espanto, pois era a primeira vez que estavam me ouvindo falar. Ouviram atentamente e acreditaram em tudo o que contei. Não é sempre que falo, tinha créditos. Estávamos voltando do parque em sete carros da família. Eu estava no primeiro da fila. A estrada de terra estava molhada por causa do toró que caiu, o barro crescia de tamanho. Meus dois primos começaram a discutir sobre a possibilidade de termos ficado mais um pouco. O Fabrício teve um ataque de fúria dentro do carro, começou a gritar de repente, deu socos para vários lados. Aí saiu todo mundo do carro. O Fabrício desembestou (minha mãe fala assim) a andar pela estrada de barro, os outros seis carros pararam sem saber o que estava acontecendo. Resgataram o Fabrício no meio da estrada, ainda assim ele demorou para aceitar retornar para o seu assento no carro. Na hora em que ele surtou, fiquei com medo daquela fúria, mas, quando ele chorou, tive vontade de dizer algo engraçado para ele acalmar, mas não encontrei na memória uma boa piada. Permaneci calada repetindo mentalmente: né, Fabrício, né, Fabrício, né, Fabrício. Sou mesmo atrapalhada. Sujei o chinelo de barro (ficou igual a um tamanco de sola alta). Não teve como evitar: lameei o chão do carro. Os outros tiraram o chinelo para entrar no carro, eu nem pensei nisso. Tiveram que lavar o carro antes de o estacionar na garagem. Ajudei na limpeza, pois sou legal e porque sempre tive vontade de cobrir um carro de espumas. Eles não aprovaram a quantidade de detergente que usei.

...

Por indicação do doutor Felipe, vi o filme *Donnie Darko*. Te garanto que é muito doido. Não é possível alguém desvendar o que se passa, só mesmo um gênio. É um filme muito enigmático, feito para pessoas inteligentes. Mesmo não entendendo, gostei. Quem precisa entender de imediato uma obra de arte para gostar é preguiçoso. Já havia pesquisado sobre os buracos de minhoca interuniversos, sei que conectam os diversos mundos. Dizem que é basicamente o atalho entre o tempo e o espaço. Mas saber isso não serviu para que eu entendesse como aquele avião do filme caiu no mesmo lugar no passado e no futuro. No passado não encontraram nenhuma informação sobre queda de aviões naquele local. Caiu no futuro, mas apareceu no passado. Uma loucura! No tempo futuro, o menino morreu com a queda do avião dentro do quarto dele. Sinistro, não se está seguro nem dentro de casa! E quem era aquela senhora no meio da estrada que saía toda hora para olhar a caixa de correio? Uma manipulada-viva? De acordo com um vídeo a que assisti, os manipulados-vivos são pessoas utilizadas para contribuírem com determinado acontecimento. O personagem quis morrer no futuro para salvar a menina que ele amava ou ele morreu sem nada ter valido a pena? Foi diagnosticado com esquizofrenia paranoide só para confundir os espectadores. O que aconteceu foi verdade ou ele estava tendo alucinações? Esse negócio de realidade paralela é um rebuliço (adoro repetir as palavras que a minha mãe costuma falar. O som parece com o rebuçado, que quer dizer bala em Portugal)! Eles namoraram no passado, mas no futuro eles não se conheceram. O futuro é um novo passado? Talvez seja isso. Quando me lembro do quanto sofria quando a Úrsula me ignorava e que eu já não sofro por isso, sei que o passado foi alterado. Gosto de analisar as coisas, e esse filme me pôs a refletir ainda mais. Esse filme tem várias linhas de um mesmo tempo. Acho que você não deve estar entendendo nada do que digo, teria que assistir ao *Donnie Darko* primeiro. Você percebe que esse negócio de passado, presente e futuro não funciona em linha reta. Isso é muito interessante. Dizem que é um filme *cult*. Você que sabe tudo, me diz o que é *cult*? Se é assim, desconfio que o curta-metragem que eu fiz seja *cult*. Foi o primeiro curta que fiz na vida, o ano era 2013. Ficou bom para uma primeira experiência, apesar de ter sido filmado com um velho celular que não tinha os recursos de que eu precisava.

...

Estou escutando a melhor música da trilha sonora do filme *Sinais*. Vou olhar como se escreve. O nome da canção é *The hand of fate* (parte 2), dura 3 minutos e quarenta e sete segundos.

Já há algum tempo pesquiso sobre drones, antes de ficarem populares. Em 2007 e 2008 ainda eram temidos pela população, anos depois foram apresentados em programas de televisão, e hoje qualquer pessoa com o mínimo de interesse já sabe do que se trata. Foram revelados, e agora não é mais mistério para ninguém, a não ser para os aborígenes que vivem em meio à natureza. Quando eu descobrir tudo sobre intervenção militar, química e estratégia de combate com a participação dos drones em suas diversas formas e materiais, eu compartilho contigo; prometo. Mas talvez seja melhor que você nem saiba, pois não poderemos fazer nada para salvar o mundo dos homens maus com seus drones selvagens.

...

Minha mãe está viajando. Ela adora passear e agora tem tempo de sobra. Acho certo que ela passeie pelos lugares que sempre quis, já não paga mais pelas passagens e é livre. Gosto de ficar sozinha, mas também gosto de saber que ela voltará. Sinto falta da sua comida. O seu tempero é o melhor do mundo e o seu maior segredo.

...

E se eu fosse patrocinada por companhias de navio para fazer um filme em Portugal? Muitas pessoas são convidadas para viajarem pelo mundo e mostrarem a sua arte. Só preciso fazer o *Aspie aventura 3* melhor do que o 1 e 2. Farão parte de meu portfólio junto com todas as minhas experiências futuras. Poderia ser patrocinada por instituições de autismo ou pela saúde pública de Portugal ou do Brasil. Ou poderia fazer um belo vídeo-propaganda sobre um cruzeiro de uma empresa famosa, e como pagamento me deixariam descer em Lisboa. Mostraria como é a vida dos trabalhadores e dos turistas dentro de um navio. Seria um grande desafio: fazer um vídeo de arte para servir de propaganda. Talvez não seja possível. Queria que fosse um navio igual ao Titanic, mas sem afundar. Melhor detalhar: sem descuidarem do fogo ou do gelo. Segundo as investigações, a verdadeira causa da tragédia foi um incêndio nas caldeiras que durou três semanas, e não a versão mais comentada de que o navio se chocou com um *iceberg* gigante. Gosto de fazer as edições, mas seria bom se existisse um diretor ao lado. Não é aconselhável o acúmulo de funções. O diretor teria que me passar o roteiro e o nome de cada vídeo catalogado em ordem numérica. É assim que são feitos os filmes, é preciso catalogar cada vídeo filmado. Isso se chama *take*. Depois de escritos todos os *takes*, é que começa para valer o trabalho de edição. Na minha viagem para Portugal, eu poderia encontrar algum voluntário para fazer dupla comigo. Quem sabe o seu amigo Filipe Ruffato tope? Seria ótimo, pois você me contou que ele tem talento e sensibilidade. Nos intervalos do trabalho, poderíamos nos perder pelos labirintos do grande navio, seria uma aventura perfeita.

...

Lembro-me da primeira e única vez em que ri fora de casa, foi quando bebi dois copos de caipirinha na festa de casamento do Fagundes. A Úrsula foi me resgatar na pracinha. Eu não conseguia parar de rir, e ela furiosa. Naquele estado em que estava, a bronca, finalmente, não me feriu. E aí eu ri mais para aproveitar aquele instante de imunidade. Pena que a ondinha passou tão rápido quanto chegou, e logo eu me vi arrependida. Pensava agoniada: agora que ela não vai mesmo gostar de mim.

Em casa, dou muitas risadas, e minha mãe sempre diz: *tá rindo de quê?* Ontem ela me perguntou por que não vou morar com você em Portugal. Não sabe que preciso dela? Será que quer se livrar de mim? Sim, pode ter sido só um jeito de falar. Para mudar de assunto, contei que fui ao dentista, ela se espantou: *sozinha?* Ela ficou tão entusiasmada que me arrepiei: *a mãe não está cabendo dentro dela, a bichinha tem mais coragem que muita gente por aí*. Ela não sabe das tantas coisas que faço sozinha. Ainda bem! Quanto mais ela perceber a minha independência, mais me soltará no mundo. Pode me deixar sem mantimentos, já pensou? Além do arroz e bife, aprendi a fazer macarrão — graças ao medidor de espaguete que você me deu, não erro a quantidade. A verdade é que não sou independente, mas tive que aprender a ousar. Quando lhe contei que já sabia andar de metrô, ela voltou a repetir a frase antiga: *seu pai te levava pelos cantos, agora não tá mais aqui para ser seu guia*. O que ela disse é certo, meu pai andava comigo por toda S. Blander. No caminho do cursinho de informática, a gente sempre passava na mesma lanchonete para tomarmos suco de laranja. Era bem baratinho. Ele me ensinou a descer nas paradas certas. Para ir ao cursinho, repetia que eu tinha que ficar de olho, pois, quando passasse o correio da avenida BFL, teria mais um ponto, e a minha parada seria a próxima. Foi ele quem me ensinou a fazer arroz soltinho, *quando a água começar a borbulhar, feche a tampa da panela e abaixe o fogo, marque os minutos, desligue, só abra a tampa depois de 10 minutos*. Até arrumar o chuveiro me ensinou, *veja, Luna*, é só trocar a resistência. Me ensinou a medir a eletricidade. Me ensinou um pouco de partitura. Também me ensinou um pouco de teclado, um pouco de astronomia, de eletrônica me ensinou como ressuscitar as pilhas. Ainda me ensinou sobre plantas e frutas medicinais. Ele quis ensinar a minha mãe a tirar dinheiro nos caixas eletrônicos, mas ela não acertava nunca. Me ensinou a ir ao Poupatempo e listou quais os serviços que havia lá. Me ensinou a pegar ônibus no terminal. Me ensinava como dirigir, mas sem o carro, e em 2013 me matriculou na autoescola. Aceitei porque seria bom ir de carro a S. Pablo, naquela época não tinha coragem de pegar o metrô, achava que fosse assustador como nos filmes da Índia. E às vezes é. Guiar, aprendi rápido. A instrutora ficou admirada. Já na primeira tentativa, estacionei o carro numa subida com perfeição. Não tive dificuldades, mas na hora da prova ficava agitada e me atrapalhava. Depois disso, a funcionária me perguntou se eu queria pagar a carteira. Fiquei indignada com a proposta. Pagamos cento e cinquenta reais para um novo exame, e novamente não me dei bem. Desisti. Não queria que meu pai pagasse mais cento e cinquenta reais. Fiquei revoltada para sempre com a máfia do Detran. Até hoje, quando estou revoltada com o mundo, xingo o Detran. Meu pai lia um montão de livros técnicos, estava sempre com um nas mãos. Nessas horas, quando eu ficava perturbando a sua tranquilidade com minhas infinitas perguntas, ele não me respondia nem tirava os olhos das páginas, às vezes assobiava fingindo que nada ouvia. Gostava de compartilhar comigo o que sabia. Era bom quando ficávamos horas falando sobre assuntos inteligentes. Me esqueci de dizer que ele me ensinou as notas do saxofone, mas me deixou tocar poucas vezes. Sentia ciúmes do seu sax, gastava horas lustrando a boquilha, a braçadeira, o pescoço, a campânula, até brilhar como uma estrela. Houve uma fase em que eu falava o tempo todo: né, pai? Eu repetia tanto, *né, pai?*, sem assunto e sem contexto, ele chegava a se irritar: *fala direito, né o quê?* Ficava ainda mais nervoso quando eu começava os assuntos pelo fim. Ainda tenho dificuldades, ainda começo pelo fim ou pelo meio, não sei bem.

...

80% das pessoas que estudam cinema não fazem um único filme, 20% fazem pelo menos um. O sucesso de um cineasta, hoje em dia, é ter uma boa distribuição nos cinemas do país ou conseguir um contrato com empresas como a Netflix. Os filmes da Anna Muylaert foram distribuídos para as melhores salas de cinema do Brasil. Eu queria ser como ela no talento e na fama.

...

Estava muito frio ontem, por isso fui acampar na montanha de S. Blander.

...

A aula está boa, estamos aprendendo a fazer currículos artísticos. Vi um currículo de vinte e uma páginas. Que exagero! Também estamos aprendendo a fazer portfólios. Gostaria de fazer muitos projetos para encaminhar para as empresas. Quem sabe consigo um patrocínio para os meus vídeos *Aspie aventura*? A USP está oferecendo um curso completo: "como fazer projetos". Pena que não consigo acompanhar as instruções. A professora pediu para nos reunirmos em grupos, para bolarmos estratégias para a divulgação dos nossos trabalhos. Ou seja, hora de ir embora o mais rápido possível.

...

Estou ouvindo aquela música do filme, aquela que o Charlie ouviu com a Sam e o Patrick quando passavam pelo túnel. Preferia ouvi-la também num túnel. Aquele a caminho do litoral deve ser bom para isso. Fico com essa música na cabeça o dia todo. É aquela que te mandei. Agora são 4h45. Nossa, aí já é de manhã! Ouço os pássaros do final da madrugada. No bairro em que eu morei quando criança, os pássaros começavam a cantar às 4h, mas eles me davam medo. Pareciam pássaros-fantasmas, quando eu acordava, eles não estavam em lugar algum. Aquela rua também dava medo, a gente ouvia tiros de vez em quando. Havia assaltantes de padarias, supermercados, loterias. Uma vez, o ladrão pulou o portão da minha casa para roubar o botijão de gás, a minha mãe ouviu o barulho e acordou o meu pai. Ele correu feito corisco (minha mãe sempre fala assim) atrás do ladrão. Meu pai era mais corajoso do que o Wolverine, porque não era mutante e sim um homem querendo proteger a sua família. Voltou carregando o botijão nas costas como se fosse o entregador de gás. Meu pai deve ter agido com muita calma quando chegou perto do ladrão e deve até ter feito alguma piada ou até pedido por favor.

...

Está demorando para a minha carta chegar aí. A última que você me enviou chegou em nove dias, mas, se considerarmos apenas os dias úteis, chegou em sete. Me desculpe. Postei há onze dias, a qualquer momento o carteiro tocará a sua campainha.

...

Quase não tenho ido aos encontros com o pessoal da igreja, e ninguém me procurou. Nas últimas vezes em que apareci, levei broncas. Eu estava escondida atrás da porta, quando a Úrsula me viu, foi logo alterando a voz: *Luna, você não é mais criança, ou você senta ou você vai embora! Você só vem aqui para me irritar. Estou cansada disso. Vai se sentar! Agora!* Respondi com um bico de todo o tamanho na cara: *então, vou embora.* Nunca a entenderei, e ela nunca me entenderá. Somos duas fracassadas. Daqui a cinquenta anos ela ainda me dará bronca, e eu protestarei com a testa franzida. O pior é ficar horas ou dias com a sobrancelha caída. Sei que continuarei brigando com ela, brigo sempre com pessoas que não entendem as idiossincrasias dos outros. Ela nunca será nefelibata ou poeta, o Ronaldo tem razão, somos raros. Eu mesma só ousei falar algo nefelibático para a psicóloga no sexto mês de atendimento. Assim que revelei um pouco do meu jeito de ser, ela me encaminhou para o Kapaxis. Que tonta, me perguntou o que eu fazia numa montanha naquela bela noite de luar. Respondi: *aventuras.* Me diz, pessoas comuns não fazem aventuras no alto de uma linda montanha? Não curtem a natureza? Ela insistiu, e eu acrescentei: *brinco de espiã e de missões secretas.* Hoje, penso: ainda bem que me achou doida, pois conheci alguém mais legal do que ela: você. Além de tola, era mentirosa, dizia, descaradamente, que atrás do vidro escuro havia um poço (um buraco, sei lá!). Quando percebeu que eu estava desconfiada, pois não parava de me esconder atrás do meu franjão, deu outra explicação: *tem um espião de plantão*. Bem que eu estranhava quando ela saía no meio do atendimento e desaparecia. Não voltei à terapia depois disso. Mas, claro, tive vontade de entrar escondida na "sala do buraco" para desmascarar aquela estagiária. Os professores não ensinam que não se deve mentir para pessoas inteligentes?

...

Na semana passada, achei aquela revistinha em quadrinhos da Turma da Mônica que tinha um garoto autista. Li a história em 2011, justo no ano em que escutei a Chiara dizendo de mim para a Margô: *ela parece autista*. Daí em diante, passei a pesquisar sobre o tema. Precisava saber quem eu era para os outros. Seguindo a pista da Chiara e do personagem, cheguei em um documentário sobre um garoto com Síndrome de Asperger. O garoto repetia xingamentos o dia todo. Pensei, ainda que cismada: sou de outra maneira. Passei a ver diversos vídeos sobre Asperger e procurei grupos no Facebook. Me infiltrei em vários grupos de aspies, lia e relia todas as postagens para saber se eram parecidos comigo. Ia ficando cada vez mais espantada com as semelhanças. Mas foi apenas em 2014 que me autodiagnostiquei. Só não disse para ninguém.

...

O cineasta Caetano Miller esteve na Boca do Lixo, foi um lugar especial para o cinema independente. O professor contou que os profissionais se viravam, com poucos recursos e boa camaradagem os filmes eram feitos. *Foi uma das melhores épocas*

— disse para a turma com cara de felicidade, pude até ouvir um quase suspiro que queria escapar de sua boca. Quando dou a primeira lambida num sorvete depois de dias de abstinência, solto esse tipo de suspiro. A Wikipédia relata homens guiando carroças carregadas de latas de filmes. Muito emocionante! O professor acredita que somos o futuro do cinema nacional.

...

O cartão bom serve para os ônibus metropolitanos.
O cartão legal para os ônibus que rodam em S. Blander.
O bilhete único serve para metrô e ônibus de S. Pablo.
O passe-livre serve para os ônibus interestaduais.

Falta um cartão para viagens dentro do mesmo estado. Se eu estiver numa cidade de Moabe e quiser ir para outra cidade de Moabe, teria que pagar a passagem. Ou deveria existir um único cartão que desse direito a andar por todo o país. Mesmo eu viajando sozinha para outro estado, o médico atestou que preciso de acompanhante para andar dentro da minha cidade. Atestou errado, né? Tenho o cartão bom, a assistente social do Kapaxis fez o pedido, aprovaram rapidinho. Ela também me ajudará a solicitar os outros. O difícil está sendo aprovarem o cartão legal, já negaram duas vezes. S. Blander é a melhor cidade do mundo para me aventurar, sabia que os tekoas vivem nas proximidades da represa Billings? Atravessei de balsa uma vez, quando eu tinha dez anos, mas não fomos até o bairro Curucutu. Muitas famílias vivem no pós-balsa. Quero investigar tudo por aqui, porque não aguento andar muitos quilômetros de bicicleta depois que engordei.

...

Estou me sentindo uma calculadora, aquelas que fazem o barulho: bip-bip, bip-bip, bip-bip.

...

Poderia vender doces nos sinais ou na porta das montadoras de caminhões, mas sei que, pessoalmente, não consigo oferecer absolutamente nada. Me desculpe! Sou inabilitada para os negócios. O Nando diz que vender é uma técnica. Pensamos em colocar uma plaquinha pendurada no meu pescoço indicando o autoatendimento: 1) coloque o dinheiro na mão da vendedora; 2) aguarde o troco, se necessário; 3) pegue o seu delicioso brigadeiro ou o seu delicioso beijinho no tabuleiro; 4) obrigada. Mas sei que não serei uma boa vendedora nem mesmo com proposta *self-service*.

Pesquisei sobre o programa de milhas, mas não tenho nenhum ponto para transformar em passagem aérea e não conheço quem possa me doar. Nem cartão de crédito tenho para participar desses programas de fidelidade. Não pense, por isso, que desisti.

...

Ontem, estava contando para a Vanilsa uma de nossas aventuras (minha e sua) e não consegui terminar. Quase escapou uma lágrima, foi impossível seguir adiante porque depois viria outra, e outra, e outras. Tomara que ela não tenha percebido. Pena você ter pedido demissão do Kapaxis. Pena você ter tido vontade de morar perto do rio Tejo. Lembra-se da nossa despedida? Você me mandou uma mensagem por *zap* pedindo para eu te olhar uma única vez. O ônibus estava lotado, por isso sentamos em cadeiras separadas, mas dava para a gente se ver frente a frente, mesmo que distante. Respondi *não*. Ouvia a minha música preferida —

prática que utilizo para enfrentar esses momentos de tumulto. Subitamente, fui tocada pela magia e olhei rapidamente em direção aos seus olhos. Foi mágico. Você ficou eufórica. De seu banco se comunicou por mímicas... você dizia: v*iva, viva, você me olhou.* Fiquei deslumbrada porque foi um momento raro, mas não ri como você. Nunca rio fora de casa com a boca aberta aparecendo os dentes, de cabeça levemente abaixada, fecho os lábios e os estico suavemente para dar o semblante de simpatia. Esse é o meu melhor sorriso. Mas, se estou feliz e posso ser eu mesma, eu pulo, pulo sem parar, entro debaixo das mesas, salto os obstáculos, corro, não me contenho. Por que o mundo acha que só devo sorrir com a boca? Meu sorriso mora nas pernas.

...

Seguindo as dicas do Nando, fui ao farol principal da zona industrial para vender uma caixa de balas, tentei me proteger com a franja, mas fiquei paralisada sem saber o que fazer. Me sentei no meio-fio, não consegui pensar em nenhuma estratégia de emergência. Voltei ao farol por três vezes, e nada da coragem aparecer. Acabei comendo todas as balas para tentar acalmar a tristeza. Eu e o Nando temos várias ideias para arrecadar fundos para a compra das minhas passagens para Lisboa, mas nunca conseguimos nada. Após cinco meses de procura diária por uma solução, tivemos, enfim, uma ideia que me parece boa: me cadastrar no vakinha.com.br. É um site famoso de contribuições espontâneas. Preciso de doações para realizar o meu sonho: visitar uma amiga que mora do outro lado do Atlântico. Só não entendo por que se chama vakinha, o que as vacas têm a ver com isso, não seria melhor www.porkinho.com.br? Meu pai teve um de cerâmica, mas, quando chegou o dia de marretar o porquinho, eu reivindiquei a minha parte na herança. Meu pai correu ao minimercado, enquanto eu me dirigia à sorveteria da esquina.

O dinheiro fica na conta do site, e somente quando se atinge o valor final é que fazem a transferência para o sonhador. Vou abrir, esta semana, uma conta-poupança num banco federal. Você sabe como se faz, quais documentos preciso levar? A vakinha existe para atender a qualquer desejo. Preciso escrever o motivo e a quantidade de dinheiro que quero atingir. Preciso contar detalhadamente, dizer quem sou e quem você é. O problema é que não sei quem sou. Você sabe quem sou? O mais difícil é explicar o que significa a distância.

...

Três pessoas esta semana me acusaram de estar ficando gorda. Engordei depois que comecei a tomar Risperidona, agora não consigo perder o peso que ganhei com a droga. Ainda bem que parei de tomar. Embora ainda esteja na fase dos doces sem limites. Poderia patinar todos os dias, melhor se fosse no gelo. Mas onde achar uma pista dessas por perto? Quem sabe ir à cidade da névoa a pé? A Alcione do Kapaxis me deu uma lista completa de dicas para emagrecer. Terei que patinar três vezes por semana. Como é difícil ser magra! Quem me dera ter nascido entre os séculos XVI e XVIII, época em que a matrix da beleza e riqueza era a camada de gordura. Eu seria uma quase deusa.

...

Caramba! A Ursula sofreu uma abdução. Trocaram o chip do cérebro dela. Ela não pode estar em seu estado normal. Acredita que ela se comportou de maneira estranhamente gentil? Toquei *cajón* no culto, e ela não chegou nenhuma vez perto de mim para a costumeira bronca. Eles pensavam que eu toco na maior unção. É que eu disfarço. Sei que nunca deixariam uma agnóstica teísta tocar um instrumento na igreja, então uso estratégias subliminares para não me revelar. Eles levam muito a sério essas regras. Ora, eu gosto de tocar *cajón* e sou talentosa. Há várias pregações durante o dia, todas as equipes vão para a quadra orar, e os crentes se esparramam pelo chão. Se souberem que estudo sobre hipnose e não me deixo levar ou não me deixo cair, irão dizer que não querem uma endemoniada tocando para deus. Cada dia, estou mais desanimada com eles, não pensam nem estudam nem questionam. Acabei arrumando por lá um trabalho para filmar o evento de uma empresa sobre rodada de negócios. Me perguntaram quanto cobro, não respondi na hora, não sabia o que dizer. Pronto. Cobrei cem reais. O cliente me disse que era um valor justo, mas sei que poderia ter pedido mais.

...

Em São Pedro do Estoril já é bem tarde, por que você ainda está acordada? Clicou em convidar amigos para curtirem a minha página? É que ganhei vinte e cinco curtidas ontem à noite. No domingo a mínima será de 10° e máxima de 17°, sou a pessoa do tempo apenas quando está frio, não gosto de falar da previsão de temperaturas quentes. As minhas preferidas são abaixo de 11°. Tenho vergonha de divulgar o meu trabalho, por isso só tenho cento e cinquenta e sete curtidas. Posso te ligar amanhã?

...

Luzes acesas ou em excesso me incomodam. Ando, há mais de uma hora, pela casa escura.

...

Quando diziam que eu me parecia com meu primo de Moabe, minha mãe ficava enfurecida, mas eu gostava.

...

Já percebeu que não estou conseguindo me concentrar num único assunto? Vou de um para o outro, não termino nem fecho, e o sono não vem.

...

Participei da reunião com a equipe do cineasta Miller. Ficou decidido: faremos um curta. Será filmado no casarão da chácara Pinheiro. E fui convidada para filmar outro evento sobre autistas, irão me pagar o almoço. Melhor seria receber pelos vídeos que me pedem para fazer, mas não sei negociar e muito menos divulgar o meu trabalho.

...

O professor pediu para lermos um roteiro de dez páginas. Fiquei meia hora tentando sair da segunda frase, reli dezenas de vezes. Foi como ouvir os áudios que o Ronaldo me manda. Quando eu estiver com vocês, terei que andar com um gravador... e depois, às escondidas, transcrever a fala e, só então, interagir com o assunto. Esqueço o que foi dito-escrito. Se me concentro no começo, esqueço o final; releio o final e esqueço o começo. Aposto que nunca te aconteceu, noto que você é bem concentrada, calma e inteligente. Nunca te vi irritada. Você é sempre tranquila assim? Demorei, mas entendi a primeira frase do texto... uma mulher estava sentada na sala, e nos fundos da casa havia um jardim com um orquidário. Nem sempre sei ligar uma coisa à outra. Mas sei que todas as coisas inventadas no mundo dependeram de uma descoberta anterior. E é um desperdício esquecer uma ideia revolucionária quando se acaba de pensar.

• • •

Estou indo à Caixa Econômica Federal para abrir uma poupança. A vakinha online será o meu navio.

• • •

Uhuuuuuuuuuuuul. Aprovaram o cartão legal. Agora sou um elfo livre. A minha referência do Kapaxis foi comigo. Sim, demos um abraço gigante, abraço de lobas sobre duas patas (cada uma, é claro). Preciso planejar uma aventura comemorativa. Tem ideias? Queria uma parecida com a do filme *Tão forte tão perto*. Uhuuuuuuuuuuuul. Sou um elfo feliz! Jddjjdsjsfguiopdnricfcg.

• • •

Só deixo o meu status do *zap* em branco quando estou com raiva do mundo. Nesses momentos, xingo de nomes feios as leis inúteis. Mas agora estou mais calma. É que entrei, por um descuido, na matrix, mas percebi logo. Na maioria das vezes, as pessoas entram e não reparam. No meu caso, até o que parece rendição é rebeldia.

• • •

Este será o último mês em que receberei pelo meu trabalho no projeto de edições. Minha mãe não sabe ler, mas poderia assistir a filmes dublados ou nacionais, isso a deixaria mais sensível, mas ela não gosta. Resumindo: escolhi uma profissão que minha mãe nunca irá admirar. Gostaria de fazer um documentário que passasse na TV Cultura. Uma aluna da escola de cinema concorreu em um festival e ganhou o financiamento para a realização do seu projeto, depois o filme passou no canal de documentários. Prefiro os curtas-metragens, mas necessito fazer muitos para constar no meu futuro portfólio. Até agora só tenho quatro linhas. Além disso, para fazer um longa-metragem inesquecível, precisarei de experiência com pequenas produções. Talvez, com muita sorte, eu só consiga realizar um média-metragem. Precisaria de uma atriz fiel, responsável e compromissada. Melhor, precisarei de duas. Se o Nando fosse mulher, ele seria ótima atriz. Não posso vesti-lo de mulher, perceberão. Para ter uma atriz compromissada, precisaria ficar amiga dela, para que não abandone o filme por estar trabalhando tantas horas de graça. Mas, se eu ganhasse um financiamento através de edital, pagaria um bom salário à atriz-amiga, é claro! Eu seria diretora e roteirista. O meu futuro filme precisará de uma fotografia perfeita, nisso sou extremamente exigente. Teria que contratar um excelente técnico de som, porque o meu ouvido é apuradíssimo. Também seria a continuísta, *making off* e editora — e com uma editora como eu, o filme seria certamente poético.

...

Estou na rua Palheta, número duzentos e trinta e cinco — é que me enviaram um e-mail oferecendo cursos gratuitos. Havia vagas para o curso de *web designer*, *designer* gráfico, administração, pacote office, *youtuber* etc. Escolhi *youtuber*, pois complementará o meu conhecimento na área de cine e TV. Para ser um *youtuber* de sucesso, o profissional deveria ter conteúdo e qualidade e fazer vídeos com edições inteligentes, mas não é o que acontece. O que mais tem na rede são famosos tolos. Isso me deixa com raiva, pois quero ser famosa, mas não uma besta que reproduz assuntos idiotas para um público idiota. Como pode existir tanta palermice humana?

Eles farão uma palestra para dar explicações. Desconfio dessas chamadas de cursos que anunciam como gratuitos. Eu e o meu pai fomos enganados várias vezes, sempre íamos para ver do que se tratava, na esperança de conseguirmos uma boa oferta. Em uma das vezes, falaram que era sem custo, mas no final queriam cobrar cento e vinte reais por umas apostilas. Nesse já adiantaram por e-mail que até o diploma será disponibilizado sem nenhum custo. Há *youtubers* que, além de famosos, ficaram ricos. Gostaria de fazer vídeos sobre a origem das coisas, o mundo é tão antigo e diverso — as pessoas deveriam se interessar pela gênese das coisas e não ficar repetindo as mesmas conjecturas de século em século. Tem tanta gente aguardando que foi necessário agendarem vários horários para a mesma palestra: às 9h, às 10h, às 11h, ao meio-dia, às 13h e às 14h. Há crianças também.

Você é incrível.

O curso de *youtuber* era na verdade um curso de edição, deveriam colocar o nome certo, né? Perdi meu tempo! Já fiz um curso desse há tempos, minha mãe financiou para mim, por isso sou tão boa. Ela nunca soube o curso que me ajudou a pagar. Regra inegociável: ela nunca pôde saber detalhes sobre mim.

• • •

Estou ficando profissional em andar de metrô, mas para agilizar quero decorar o mapa todo. Já estou em casa. Não sei o porquê, mas, sempre que chego à cozinha da minha casa, começo a repetir a frase: *você está entendendo?* Repito durante todo o almoço ou até sair da cozinha. Repito junto com a frase: *eu te falei!* Faz anos que essas frases me fazem companhia.

No curta-metragem que vamos gravar com o Miller, alugaram um drone para as gravações aéreas. Eles precisarão de: diretor; assistente de direção; roteirista; diretor de fotografia; assistente de fotografia; diretor de atores; *logger*; *making off*; técnico de som; assistente de som; continuísta; produtor; assistente de produção; editor e diretor de arte. Não sei exatamente o que farei. Se me escolhessem para *making off*, ficaria aliviada, porque é uma função na qual consigo me adaptar, basta filmar e fotografar o que acontece nos bastidores. Quem é responsável pela produção tem que resolver muitas coisas durante as gravações, além de arrumar as locações e o figurino. Para o meu azar, sobrou para mim uma missão impossível: tomar conta do local da gravação para ninguém passar e atrapalhar o trabalho. Não suspeitaram nem por um minuto de que isso é impossível para mim? Terei que falar para as pessoas: é proibido passar. Para a maioria das pessoas isso seria muito fácil, até banal, mas já sei que não conseguirei cumprir tal tarefa.

...

Me diz qual o nome do aeroporto mais perto da sua casa.

...

Há um mês e seis dias que não faço nenhum vídeo, isso pode se transformar em um ano rapidinho. Também não consegui fazer outro vídeo para a luta antimanicomial deste ano, acho que podem repetir o do ano retrasado. Você sabia que um editor de vídeo ganha mais de 2 mil reais por mês? Mas quem contrata exige demais dos profissionais. Quando trabalhei no McDonald's, eu ficava escondida debaixo do escorregador ou passava tempo demais varrendo o estacionamento. Eram os locais mais silenciosos. É que preciso de um lugar tranquilo para trabalhar e para sobreviver. Demorava quase três horas de casa até o trabalho, enfrentando aqueles ônibus barulhentos e insuportáveis. Um desafio atrás do outro. Para apreciar uma viagem de ônibus, gosto quando posso escolher a linha e os horários tranquilos. Por causa dessa tortura, fiz aquela besteira quando recebi meu segundo salário. Entrei numa concessionária de motos e, quando o vendedor me perguntou o que eu desejava, eu já tinha a frase pronta na cabeça: *quero uma moto*. O moço logo ajeitou tudo, me mandou mentir para o banco e enfiou um monte de papel na minha frente para assinar. Depois de alguns dias, conforme a orientação do vendedor, voltei para pegar a moto. Você não acreditou quando eu disse que saí dirigindo sem nunca ter pegado numa moto antes e sem carteira de habilitação. O pessoal do Kapaxis se juntou ao meu redor, queriam que eu contasse como tudo havia acontecido, parece que acharam engraçado, percebi que a Alcione não conteve o riso. Mas não teve nenhuma graça quando me apavorei e liguei para o Nando ir me buscar, não conseguia atravessar o viaduto junto com os caminhões. Ele estacionou a moto na rua da minha casa e mostrou o seu desespero, coçava a cabeça de um jeito nervoso e me fazia perguntas, e eu sem voz para responder: *o que você foi fazer; por que fez isso; nossa, e agora*? Quando percebi o erro, nada me importava além do medo da minha mãe descobrir o que eu havia feito. Eu só queria um jeito mais tranquilo para chegar naquele maldito McDonald's. Como o Nando tem mais noção do que eu, ligou para uma advogada e contou a situação. Ela aceitou me defender sem cobrar nada. Depois de várias ligações, ele conseguiu um local para guardar a moto até o final do processo. Queria mesmo era comprar um cavalo, seria bem melhor, mas em S. Blander é proibido o trânsito de cavalos e carroças. Acho errada essa proibição... Ninguém acreditava que o moço tinha me vendido uma máquina de 150 cilindradas com o meu ordenado de funcionária-especial (isso porque não sabem dos descontos por causa das faltas e dos *milk--shakes* que tomava todos os dias. A sorte é que jamais comeria aqueles sanduíches horríveis). Depois me explicaram que ele agiu com maldade; a Marcela, gerente do Kapaxis, disse várias vezes: *foi má-fé*.

...

... teria sido bom se alguém da classe me ajudasse a entender as matérias que não compreendo. No colegial zombavam quando alguém era obrigado a fazer dupla comigo, ficavam rindo da pessoa, mas era a mim que maltratavam.

...

Meu canal está acabado! Um mês e meio sem postar nada, logo serão quatro meses sem nenhuma novidade. Breve, estarei falida! Mas a Lollita, *youtuber* que me inspira, ficou quatro meses sem postar, retornou dizendo que era depressão, e não perdeu nenhum seguidor. No ano passado, o meu vídeo *Pensamento, alma e coração* ficou tão bom que a Lollita deixou o seguinte comentário: *melhor vídeo que vi nos últimos tempos*. Você já assistiu a algum clipe do Ludovico Einaudi? A equipe dele foi bem simpática me autorizando a colocar *Life* na trilha sonora do documentário.

...

A gravação com o drone foi agendada justo para o próximo sábado, dia do meu aniversário. Não posso perder o bolo que farão na igreja para comemoração dos aniversariantes do mês. Trocarei a gravação que tanto esperava por alguns pedaços de bolo. Oh, doces, por que me tentam? Oh, mundo cruel das escolhas! Já desisti de morrer por causa de uma lasanha. É o meu prato predileto. Lasanha é um bom motivo para adiar a morte. Está decidido: participarei apenas das gravações do dia vinte e um.

...

... na hora de passar o cartão legal, a máquina não conseguia fazer a leitura, e a catraca não destravava. O jeito foi sair pela porta da entrada. O motorista ficou me xingando de pivete. Há três horas e vinte minutos que estou na fila para pegar a minha medicação. Impossível me concentrar com todas essas vozes e movimentações, há gente andando por todo lado. As opções de senhas são: AS, NA, AH, AU e AK. Optei pela AS. Havia cento e cinquenta pessoas da AS na minha frente, após quatro horas e vinte minutos ainda há trinta e quatro pessoas na minha frente. Deve ser por causa da demora no atendimento que montaram uma lanchonete dentro da farmácia, a senhora de coque já foi duas vezes lá para comer. Juntei umas moedinhas, mas faltaram cinco centavos para comprar uma coxinha, o jeito foi comer um pão de queijo minúsculo.

Agora faltam onze.

Uhuuuuuuuul, fim da maratona. Cinco horas e vinte minutos na fila. Enfim, peguei as Quetiapinas. Você se esqueceu? O médico trocou, é que não me dei bem com a Risperidona.

...

O Nando compra e vende coisas, por isso ele viaja tanto. Tem uma prancha guardada na Suíça. Disse que, se tivesse trazido para o Brasil, iria me ensinar a surfar. Mal sabe ele que tenho um medo incurável de ondas altas.

• • •

Nunca saio de casa sem ouvir a versão instrumental da música *I see you*. E nunca saio de casa sem ouvir *Casper*. A terceira opção é a *Orchestra arival*, ouço quando sobram alguns minutos. Todas viraram temas de filmes.

• • •

Quando eu tiver uns quarenta anos, será ainda mais difícil para as pessoas me aceitarem como sou, imagine uma senhora gostando de carrinho de controle remoto com câmera para fazer espionagem. Pelos meus cálculos, começarei a ficar com cabelos brancos aos cinquenta e cinco anos. Viver até essa idade é o mesmo que conhecer a eternidade, mas, se acontecer, continuarei aventureira. Prometo! E me tornarei uma velhota revoltada. Terei os cabelos coloridos como a Agnès Varda. Ela me inspira. Somos parecidas. Você também não será uma velhinha comum, porque não somos deste mundo.

• • •

Não cumprimento bebezinhos. Eu, hein, estou fora! Aconteceu agora comigo, a Celina chegou com a sua netinha, logo pressenti que a Luíza iria me esticar os braços, fingi que não vi e saí às pressas.

Meu aniversário será incrível, ganharei três bolos. Minha mãe estragou a surpresa da Celina e me contou que ela trará um bolinho à noite. Mas ainda restou uma parte do segredo, pois ela não soube me contar qual era o recheio: *eu sei lá, capaz que seja de leite condensado e coco, porque é o mais fácil de fazer*. E a Josefa estragou a surpresa da célula, postou sobre a festa no grupo do *zap* que participo. E no Kapaxis será a Vanilsa quem fará o bolo. Dormirei lá e tarde da noite ela acenderá o globo de luz. Muitas pessoas me mandaram mensagens pelo Face, a maioria me desejou muitos doces, lasanhas e aventuras. Você esteve aqui? Você estava usando a capa da invisibilidade que te dei?

...

Percebi que havia um menino me olhando pelo binóculo, então comecei a fazer caretas do tipo bem assustadora, aí ele ficou sem graça e desapareceu dentro do prédio.

...

Esta é a solidão: as pessoas rejeitam o meu mundo, e eu não posso viver no delas.

...

É impossível compreenderem como os meus olhos veem o mundo, eles têm uma porta secreta que se liga ao meu jeito de ser. Ela, a porta, fica sempre trancada, mas consigo entrar por alguns fios que chegam direto do cérebro. Não desvendo tudo, pois uma parte das informações se esconde num lugar escuro que a gente não enxerga porque ainda não fabricaram uma lanterna de iluminar enigmas. Não há a mínima possibilidade da invasão de *hackers* ou da intromissão de neurocientistas.

Enfim, entendi a expressão que ouvi tantas vezes: *ela pensa fora da caixinha*. Estou certa de que você também pensa fora da tal caixa, e isso é muito bom. Einstein pensou fora da caixa, por isso fez tantas descobertas sobre o universo. As caixas são como as dimensões. O entendimento sobre o dentro e o fora da caixa é complicado, mas acredito que há possibilidade do habitante da caixinha provocar um furo no quadrado para olhar do lado de fora como quem olha através de um olho-mágico. Mas infelizmente os antigos moradores e seus ascendentes sentem que o quadradão da caixa é aconchegante.

Imagina uma caixa de papelão e um ser minúsculo lá dentro. Imaginou? Percebe que a única cor que ele vê é o marrom? Agora imagine que a caixa está aberta ao ar livre, e que o dia está lindo do lado de fora. Imaginou? Se a pessoa for curiosa, conhecerá outra cor, o azul do céu. A Úrsula, por exemplo, se recusou a ver a imensidão do céu quando a convidei. Ela me respondeu sem parar de mexer no celular: *outra hora, estou com frio*. É inacreditável pensarmos que existam seres como ela. Quem vive dentro da caixinha não conhece as outras cores, o máximo que seus olhos veem são o marrom e o azul. Está acompanhando? O pior de tudo é que, se a tampa permanecer fechada, então não haverá a mínima possibilidade de conhecerem as estrelas. Viver sem conhecer o brilho das estrelas, que tédio! Quem pensa fora da caixinha imaginará que há mais coisas para explorar e tentará sair daquele lugar apertado, escapará e saltará de felicidade quando se deparar com as novidades. Seguirá saindo de todas as caixas, porque sufocam e são marrons. Se algumas dessas pessoas entrarem em uma das caixas para contarem as suas aventuras e descobertas, os de dentro-da-caixinha darão risadas de deboche ou ignorarão como a Úrsula fez. Só acreditam naquilo que a caixa ensinou sobre a vida minúscula. Estou ficando arrogante, me sentindo superior por ser quem sou, só não controlo a tristeza quando os de dentro-da-caixa me chamam de doida. O Ronaldo está certíssimo, os bobocas não percebem que sou mesmo extraordinária, idiossincrática, nefelibata e adoro desfolhar palimpsestos. Caramba, não compreendem que há infinitas coisas para inaugurarmos e reinventarmos fora da caixinha?

• • •

Há bilhões de pessoas no mundo, e não conhecemos nem 1% delas, por isso temos a obrigação de sair em expedição pelo planeta para encontrarmos (ou reencontrarmos) as incríveis. Essa é minha regra fundamental.

Pelo que pesquisei, se eu fosse a Portugal em um navio de passageiro, chegaria bêbada e com quinze quilos a mais. Transformaram o navio turístico em paraíso da gula. Comida e bebida o dia todo. Ó, deusa da fartura, me encontre em um transatlântico! Ó, deusa da arte, não me abandone, faça com que o transatlântico tenha uma imensa sala de cinema e músicas instrumentais! Será que é permitido entrar na piscina de roupa? Adaptei uma calça preta de ginástica com uma blusa preta de manga comprida para essas ocasiões. Viajar de navio é muito caro, mas, se eu conseguisse, por precaução levaria uma boia particular, porque os náufragos do Titanic ficaram em cima de madeiras, e se os sobreviventes tivessem boias ficariam mais confortáveis. Ainda não sei como faria para me aquecer num mar congelado. Quem sabe levar uma boia grande na qual coubesse inteira? Andaria o tempo todo com ela vazia no bolso, só a inflaria em caso de extrema necessidade. E, se os navios forem iguais ao Titanic, onde faltaram boias e botes, eu estaria duplamente protegida. Isso se o navio afundasse. De avião não consigo imaginar como me salvaria. Vi um vídeo sobre um cruzeiro, gostei de tudo, tirando a parte das músicas altas e daquela gente dançando ao som daquelas músicas tenebrosas. Quero ir em um navio que tenha excelentes trilhas sonoras, mas, se não houver, tudo bem, suportaria. O importante é chegar a Portugal. Na filmagem, o restaurante parecia um lugar calmo, fiquei me imaginando comendo aquela variedade de sobremesas. Iria beber champanhe para acompanhar os brigadeiros. Gosto de excelente champanhe com gosto agradável, pena que na primeira vez em que tomei tinha gosto de ferrugem, mas no casamento de uma prima bebi uma muito boa e tirei a cisma. Quero beber três taças de champanhe geladinha, aguento no máximo cinco, mas não posso ficar bêbada no navio e fazer feio. O Nando faz boas caipirinhas, bebi um copão quando fomos a Zuhause. Pena que o efeito não durou nem duas horas. Por causa dos quinze mil reais que cobram, entendi que esses navios são para cineastas bilionários. Que pena!

...

Naquele dia em que estava debaixo da mesa e encostei a ponta do meu indicador no seu pé, foi para fazer contato, viu? Tive uma vontade imensa de abraçar as suas pernas, mas fiquei com vergonha. Ainda bem que você não se irritou como a Úrsula... nem bem havia chegado perto dos pés dela, ela foi logo me tratando como se trata um cachorro: *levanta daí, Luna, parece boba; levanta, você não é mais uma criancinha para ficar engatinhando pelo chão.* Quando me lembro disso, fico triste. Melhor mudar de assunto. Voltar a sonhar é melhor. Viver nas nuvens é obrigatório para uma nefelibata profissional.

...

Sonhei que a minha família estava me dando carinho. A Carla, minha prima chata, elogiou o meu desenho inacabado. Surpreendentemente, ela me ajudou a terminar a chaminé. Havia uma piscina na casa, e as pessoas se divertiam. Não entrei na água porque estava com frio e fome. Minha tia me deu um beijo na testa, e se deitou junto com a minha prima numa grande cama. Permaneci brincando no chão com outras primas. Isso é o que eu chamo de sonho perfeito! Já o sonho que tive outro dia foi bastante revolucionário: havia uma apresentação na rua, um teatro de marionetes e outras atrações. Notei que não havia nenhuma fotógrafa, então me empolguei e comecei a capturar as imagens. Meus olhos funcionavam como um obturador, a cada piscada um *click*.

...

Minha mãe foi viajar, acabou de sair, ou seja, hoje é dia de pular, de correr e de beber a *Ice* de limão que tenho guardada. Desta vez, beberei só por diversão e não por revolta. Vou iniciar uma balada agora mesmo. Colocarei luzes no quarto. Quer participar da minha balada particular? Você pode vir pelas nuvens. Fadas têm asas. Gostaria que o Pimenta, nosso cãozinho, participasse da minha festa, mas parece que ele não está interessado, rosnou mostrando os dentes de uma maneira assustadora. Desisti do convidado! Regras da minha balada: pulos e correrias; ah, voar vale.

...

Já assisti cinco vezes ao documentário *Elena*. A Petra Costa é mesmo inspiradora. Ainda não consegui ver o filme *Mataram meu irmão*, que o professor nos indicou. Ele me disse que os meus documentários performáticos são ótimos, mas sei que ele não está falando toda a verdade.

...

O café da tarde do Kapaxis está muito bom ultimamente, eles têm servido iogurte da Batavo e suco de uva. A Alcione está te mandando um abraço.

Capítulo II

O mundo mudo é a nossa única pátria.
FRANCIS PONGE

Não disse para a minha mãe que viajarei sozinha, de qualquer forma ela não me perguntou. Sou livre e não aceito que ninguém me controle. Como sou uma filha rebelde, se não me deixasse ir sozinha, iria de qualquer maneira. E isso me causaria uma crise durante a viagem, pois ficaria pensando no não dela. Sei que iria me dizer, cara de brava: *essa menina tá doida, ir sozinha para esses cantos. Tá doida, menina, perdeu o juízo? Vai como? Com qual dinheiro?* Ela não sabe que tenho o direito de andar de graça nos transportes públicos, e não contarei sobre os meus passes-livres. O problema é que nunca tenho uma mentira pronta. Acho mais fácil quando a pessoa faz a pergunta e imediatamente já traz a resposta. Minha mãe sempre facilita, pergunta para mim: *tava onde?* Logo complementa: *com o pessoal da igreja, é?* Só respondo: *sim*. É uma mentira fácil, só uso uma palavra ou balanço a cabeça, não preciso pensar na resposta. Quando está em casa, se coloco a minha mochila nas costas, ela quer saber aonde irei. Só respondo: *vou sair*. Ela nunca questiona essa resposta inútil. Quando vou ao Kapaxis e ela quer saber onde estive; respondo: *fui para os lados dos Sales*. Imagina se ela desconfiasse de que faço tratamento, e que o teste do pezinho não evitou ter uma filha autista. Nós duas não suportaríamos se ela soubesse muito sobre mim. Pena que ela seja a única pessoa que respondo com

105

mentiras fáceis. Quando a Úrsula me pergunta se estou aprontando, digo: *não*. Não sei bem sobre a quais coisas ela se refere, mas sei que fiz algo de que ela não gostou. Para você eu conto tudo (ou quase tudo), porque sei que não me julgará ou ficará me alertando sobre os pecados ou pondo palavras na boca do diabo e de deus.

Às 22h15 partirei para a Rota do Sol. Ficarei por lá apenas uma noite. Aqui são 18h44. Continua o horário de inverno aí? Me desculpe. Pessoas nefelibatas profissionais geralmente perturbam as pessoas normativólatras. Mas não sei que tipo de ser você é. Para ser minha amiga, você deve ser de outro planeta.

Agora são 20h42, estou na rodoviária. Me sinto ansiosa, pois é a primeira vez que viajarei tantos quilômetros sozinha. O bom é que a minha mãe me deu um beijo quando saí. Descobri o segredo para ganhar um beijo dela: viajar para lugares longe.

Queria mostrar meu *spinner* para a Denise, mas a bípede maluca do Kapaxis o quebrou todo sem mais nem menos. Estou levando meu mini-ventilador elétrico que solta bolhas de sabão. Será que ela perceberá a poética das bolhas de sabão navegando pelo ar? É uma boa imagem para o cinema. Estou levando dois *lasers* também, quem sabe ela topa uma batalha sideral. Não trouxe mais coisas, pois não caberiam na minha mochila. Será que ela é crescida ou não crescida? Preciso fazer tudo direito. Traçarei planos para fazer contato, assim me acalmarei um pouco. O que será que ela faz além de ver séries?

Cheguei à rodoviária de Rota do Sol, estavam me esperando. Até aqui tudo bem.

Não estou superando nada. Desde que cheguei não falei mais do que dez palavras.

Almoçamos. Fomos ao lago. Não consegui filmar nem mesmo uma paisagem. Eu e a Denise ainda estamos nos comunicando na linguagem sem som.

Estou assistindo ao canal *Discovery Civilization*, é o meu preferido. Soube que o aperto de mão surgiu com os persas. Estamos assistindo a um documentário sobre as pirâmides do mundo. Quéops, Quéfren e a vermelha estão alinhadas na mesma posição; Gizé no Egito e Teotihuacán no México têm a mesma origem. Caramba, preciso estudar melhor o assunto. Há várias tumbas de faraós que ainda não foram encontradas.

O pai da Denise apareceu aqui na porta do quarto. Ele tem jeito de quem guarda mistérios na testa franzida, estilo Lula Molusco.

O maior interesse da Denise é pela língua espanhola, assiste o dia todo ao Isa TKM. Nunca havia assistido, os atores são bem exagerados na interpretação. Quando formos dormir, se eu conseguir, direi *buenas noches* para ela, é o que tenho para oferecer por agora.

Fui com ela ao teatro. Ela decora todas as falas de sua personagem, não esquece nada, mas errou a senha do cartão três vezes. A sua mãe havia prevenido, se errasse duas vezes, não deveria tentar a terceira. Resultado: cartão bloqueado. Participei de uma peça de teatro na igreja quando estava voltando a falar fora de casa. E a Rosenilda errou feio na véspera da apresentação. Nunca havia visto a líder-diretora tão brava na vida, chamou toda a equipe na salinha e a coitada recebeu a bronca pública. E pior é que a Rosenilda fazia um certo movimento que eu tinha que finalizar, mas ela ficou parada feito estátua. Por sorte consegui seguir diante. É que marquei o tempo pela trilha sonora. A líder me elogiou dizendo que fiz certinho. Primeira e última atuação da minha vida. Mas já fui escolhida como mascote várias vezes: no ensino médio (no último ano); no louvor e na fanfarra. Li no Google que quando uma pessoa é a nomeada mascote é pelo seu grande carisma com o público. Bem que você me disse uma vez que eu era carismática.

O pai da Denise me passou uma informação privilegiada, o duro é que não entendi bem, e olha que ele me explicou três vezes. Aí fiquei com vergonha de dizer que não entendi, apesar de ter dito que me explicaria quantas vezes fossem necessárias. Sei que era um código *ill*. Será que posso confiar num sujeito com cara de Lula Molusco? E se ele for um servidor dos *ill*? Se eu pertencesse à maçonaria feminina, iria revelar os segredos e seria executada. O pai da Denise me disse que, antes de o aceitarem na maçonaria, investigaram a sua vida inteira, seguiam sua família pelos cantos e até hoje os mantêm sob controle e vigia. Espero que não investiguem a minha vida só por estar aqui. Não devo me preocupar tanto, pois ele, certamente, não atingiu o grau 33. Os mais avançados têm tanto conhecimento que adquirem superpoderes, acessam uma dimensão acima da nossa. Para adquirir esse grau de conhecimento, é necessário estudar muuuuuito, a cúpula é formada por intelectuais de alto nível. Com o tempo de estudos que tenho pela frente e a minha dificuldade em me concentrar, nunca chegarei ao nível máximo, mas posso chegar à metade. De qualquer forma, não poderei me candidatar a membro da maçonaria feminina, porque exigem renda fixa e uma casa decente. E não adianta mentir, porque irão à sua casa para investigar (como as assistentes sociais fazem, só que nesse caso vão para conferir se a pessoa é mesmo miserável). Acredita que na maçonaria não aceitam deficientes? Disfarçam o preconceito, afirmando que não conseguiremos cumprir as tarefas. Percebe que fui eliminada antes de me inscrever? Sou pobre e autista.

... ainda bem que gravei os nossos pés caminhando na areia da praia. É mesmo uma boa recordação, e irei colocar no próximo *Aspie aventura*. Ah, tentei dizer o *hasta la vista* antes de entrar no ônibus, mas só consegui dar um adeusinho com a mão levantada na altura da barriga.

...

Outro dia, eu ia ao quarto e voltava para a cozinha, ia ao quarto e retornava à cozinha; aí de repente o círculo se rompia e eu aparecia na sala — como se tivesse me movimentado por teletransporte. Essa sensação me causou muito medo. E teve um momento em que o quarto parecia uma dimensão, a sala outra e a cozinha outra. Tive que pular até a dimensão mais distante, a sensação obscura se dissipou e tudo voltou ao normal.

...

A civilização mais inteligente que existiu na Antiguidade foi a suméria. Porém, o conhecimento adquirido foi herdado dos anunnakis, como: astronomia, medicina, ciência. Consta que os sumérios já sabiam até que Plutão existia...

...

Viva! O Caetano Miller me colocou em outra função, agora trabalho como continuísta, *still* e *making off*. Não poderia ter escolhido uma continuísta melhor, sou perfeita, tenho por essência prestar atenção aos detalhes. A missão da continuísta é observar cada objeto da cena para que nada esteja em lugar diferente na sequência das gravações. Se o ator aparecer suado em uma cena, deve permanecer suado na próxima; se a porta estiver um pouco aberta, é preciso cuidado para que permaneça com o mesmo ângulo; se um estojo estiver em uma posição, deve permanecer no mesmíssimo lugar — levarei a trena da minha mãe para maior precisão. As cenas são filmadas de vários ângulos. Até as sombras têm que ser observadas. No meu filme *Libertas*, fui uma boa continuísta, percebi que um dos atores estava de chinelo depois de ter gravado com tênis nas cenas anteriores.

...

Nunca me esqueço de que não fui à entrevista de emprego para trabalhar no parque de diversão. Que raiva! Hoje, penso que seria interessante se eu fosse a funcionária responsável da caverna do terror, pois tem pouca procura, ou a que vigia os dinossauros, onde quase não aparece ninguém. Já a cidade perdida de Eldorado não tem público algum, é perdida mesmo. Não iria querer ser responsável pelos brinquedos radicais, há gritos graves e agudos e fila lotada; a do carrinho bate-bate é a mais insuportável. Antigamente, o parque só funcionava quinta, sexta, sábado e domingo. Agora, funciona todos os dias, exceto às segundas-feiras. Ou poderia ser a zeladora. Caramba, tive uma ideia maravilhosa! Será que dá para invadir a Cidade das Crianças à noite? Deve ser sinistro fazer uma exploração bem-feita com a minha lanterna.

Adoro buscar ideias nos canais de exploração do YouTube.

Já invadi o Poupatempo, um clube, uma quadra de futebol gigante, a Central de Atendimento ao Cidadão, a Assembleia Legislativa — pena que ainda não tinha a minha arma de água, senão poderia protestar a favor do direito dos autistas. Imagina uma multidão de autistas invadindo os corredores do Congresso Nacional com armas de água, molhando a papelada inútil e exigindo novas leis. Imaginou? Seria bem divertido!

...

Desta vez, irei a Sorôco filmar o evento sobre autismo. Ainda não consegui escrever as possíveis perguntas que farei. Será que namoro e casamento são bons temas? Teve uma novela em que um moço comum conquistou uma autista grave, mas demorou muito para que ele entrasse no mundo dela. Já era fantasioso só do mocinho se interessar por aquela personagem, porque, fora da ficção, homens do mundo comum não se apaixonam por mim. Alguns autistas são chatos, muito chatos, mas os legais são encantadores, a personagem me parecia do tipo encantadora e ficava ainda mais por causa da música que escolheram para as suas aparições. O Nando me disse que nos primeiros acordes já dava vontade de chorar e que isso demonstra a competência técnica do responsável pela trilha sonora.

Você é engraçada! Quando conversamos por telefone, você é ainda mais divertida. Me desculpe se não dou risada, tenho vergonha. Você deixa as pessoas felizes com a sua graça. Sabia que você é a única pessoa com quem eu falo por telefone?

Queria me casar com um Peter Pan, nada de mocinhos como o daquela novela. Conhece a música que fala: *vou caçar mais de um milhão de vaga-lumes por aí, pra te ver sorrir eu posso colorir o céu de outra cor?* Será que é possível caçar vaga-lumes? Queria que no meu casamento com o Peter tivesse muitos deles. Parecem fadas. Espero que os convidados não tenham medo deles, e que cheguem de surpresa. Sentiria medo quando se apagassem, invisíveis, não saberia se estariam perto demais. Poderiam se esconder nos meus cabelos. Pior: poderiam grudar no conforto do meu franjão.

As mães de autistas que conheço não ficam como a minha, sonhando com o casamento da filha, não tentam obrigar seus filhos a trabalharem ou se casarem. Impossível que eu atenda aos sonhos dela, porque vivo na Terra do Nunca. Depois de quatro semanas treinando a coragem, trouxe para casa a caixinha que fiz na oficina de mosaico e lhe entreguei. E ela foi logo reclamando: *para que isso, é para encher de coisas que não tenho? Isso serve para colocar o quê, então?* Ela acha que presente deve ser útil; implica comigo, diz que tenho muitas bugigangas. Tenho um baú bonito e uma caixa de papelão lotada de pequenos tesouros que juntei a vida inteira. Mesmo não tendo concentração para a leitura de livros, tenho um montão. Tem um montão em cima da minha cômoda, é lá que fica o que inspirou o meu filme preferido: *As vantagens de ser invisível*. É a mesma cômoda que joguei a gaveta no chão e quebrei num dia de fúria. Aqui são 20h13.

De qualquer forma, agora ela se convenceu de que o presente serviria para acomodar batons e brincos. Ela me disse que irá viajar para Zviv por muitos dias. Perguntei: *e eu*? Ela respondeu: *se vira, está crescidinha, já sai todos os dias pra cima e pra baixo*. Continuei: *que vou comer*? Ela, enfim, compreendeu: *sobrou um troquinho, a mãe vai comprar umas coisinhas. Ah, vou deixar feijão pronto*.

O problema é que ela não sabe fazer contas, e o que deixou dará apenas para uma semana. E depois?

•••

O próximo vídeo *Aspie aventura* terá que ficar muito bom, senão a minha carreira estará, definitivamente, arruinada. Entrevistar com microfone na lapela é bem elegante e eficaz. Preciso de um que possa ser fixado em cima da câmera, ou poderia optar pelo *gplay mic* de lapela sem fio. O problema é que não tenho dinheiro, mas vou posicionar essa necessidade na coluna de gastos futuros e marcarei na lista de prioridades número um. Tenho que atingir mais de quinhentas visualizações no meu próximo trabalho, o *Aspie aventura 2* está com trezentas. O *Aspie aventura 3* precisa chegar a setecentas visualizações. A meta para o 4 é de oitocentas visualizações, e o 5 de mil. Se meus planos derem certo, no 6 já serei famosa.

•••

Fiquei um tempão chorando paralisada, é que perdi o ônibus das 14h40. Posso seguir com o próximo (e último) que sairá às 18h20. Os ônibus que vão para Sorôco não saem da mesma rodoviária dos trólebus. Só descobri o meu erro quando cheguei lá. Sem saber o que fazer, mandei em letras maiúsculas uma mensagem para o Nando com o pedido de socorro. Ele me encontrou às 17h50, montei rapidamente na garupa da moto; quando estávamos a caminho do terminal, o motor pifou. Não poderia perder o último ônibus, precisava chegar a tempo para cobrir a passeata. Tivemos que voltar para a casa dele, chegando lá faltavam dez minutos para o ônibus sair. O Nando pegou o carro e saímos bem voados — o velocímetro indicava que estávamos a 120 km/hora. A nossa previsão era de que chegaríamos à rodoviária às 18h20. Planejamos que eu desceria do carro correndo e pediria ao motorista para me esperar. Contrariando o combinado, não corri em direção ao motorista; tive vergonha, fui direto comprar a passagem. O Nando estacionou o carro de qualquer maneira e veio correndo me ajudar. A porta do ônibus já havia fechado, mas o Nando socou a lataria e implorou ao motorista que me esperasse. Corri com a passagem nas mãos, e o Nando rabiscou o meu RG. Finalmente, consegui entrar no ônibus. Demorou um tempo para o meu cérebro se organizar.

Chegando a Sorôco, esperei uns trinta minutos até que a Márcia, mãe do Vinícius, autista moderado e coordenadora da passeata em defesa do direito dos autistas, chegasse para me buscar.

Eles moram em um condomínio em que os prédios parecem castelos. Conheci a área externa, inclusive um bosque com um lago (só para os moradores, que desperdício!), andamos pelos arredores até desligarem as luzes, que são apagadas pontualmente às 22h. Já não dava para ver nada, então voltamos pela trilha, com as lanternas dos celulares ligadas, e fomos direto para o apartamento.

Minhas bochechas estão vermelhas, tento, desajeitadamente, ajeitar o meu franjão de emo. Não sei onde colocar as mãos, muito menos o que posso fazer. O apartamento é enorme. Deve ser bom ter tanto espaço. A minha casa só tem três cômodos. A sua tem quantos? O Victor e o Vinícius estão jogando vídeo game no quarto. Sou uma má diretora, precisava ser menos idiossincrática, precisava ser sorridente e simpática ao invés de me refugiar no silêncio e na minha franja. Todas as vezes em que visito pessoas para fazer a série *Aspie aventura*, me encolho num canto para ficar escondida e fico torcendo para que todos saiam de perto de mim. Ainda bem que a Elaine imaginou que eu estava cansada e me trouxe para o quarto de hóspedes. Quantos cômodos tem sua casa?

Acordei há mais de cinquenta minutos, e ainda está todo mundo dormindo. Será que irão perder a hora? Gosto de ser pontual. Tentarei fazer o cachorro latir, ele poderá ser o despertador. Mas o Merlin é tão discreto, será que late? Acho que não. Então, tentarei provocar um barulho gigantesco. Pensei em jogar uma bacia de alumínio no chão, mas fiquei com medo dela amassar. Liguei para o número da Elaine, mas ninguém atendeu, ela deve estar no ciclo REM do sono.

Ufa, acordaram faltando cinco minutos para a abertura da festa. Estão desesperados, correndo pralá-pracá. O Vinícius trombou com a Elaine no corredor.

...

Foi legal a passeata. Havia uma equipe da televisão local cobrindo o evento, a repórter parecia que estava competindo comigo. Quando consegui me posicionar na frente da Maria Rita, mãe de uma autista não verbal, com a minha câmera, a repórter se enfiou na minha frente e fez a entrevista no meu lugar. Que falta de coleguismo! Não reparou que eu estava reunindo coragem e tentando encontrar uma frase para me aproximar. Não consegui dizer nada além de *oi*.

...

Pensei que não havia filmado muitas coisas, mas contei cinquenta e quatro pequenos vídeos. Espero que as imagens estejam à altura de uma cineasta exigente. Cheguei agora em casa, são 22h34. Fiquei algum tempo perdida no metrô. Passei vários minutos paralisada, em crise, quando melhorei gastei outros tantos minutos observando o local, tentando descobrir por onde eu deveria seguir. O jeito foi analisar o mapa gigantesco e calcular a minha exata localização. Demorei, mas consegui. Então, anotei as autoinstruções no meu caderno: quando estiver na estação bota-larga, pegar a linha vermelha sentido Snaihtniroc. Parar na estação Acilbulper. Pegar a linha amarela sentido Atnatub. Parar na estação Atsiluap. Pegar a linha verde sentido Aliv--etnedurp. Parar na estação Amocas.

Para os ninjas não há desafios que não se possa vencer (você vive dizendo que sou ninja).

Desci na estação Acilbulper, mas o acesso à estação Atnatub estava fechado. Tive de refazer as coordenadas: pegar novamente o metrô sentido Snaihtniroc.

Novas coordenadas: parar na És. Pegar a linha azul sentido Arauqabaj. Parar na estação Osíarap. Pegar a linha verde sentido Aliv-etnedurp. Parar na estação Amocas. Pegar o ônibus 004 e descer no ponto do corpo de bombeiros e caminhar até em casa.

E aqui estou.

Quero andar de metrô mais vezes, mas melhor evitar a linha verde, que é muito barulhenta. Precisarei andar com os ouvidos tapados. Para que colocaram um apito tão alto? A linha azul não é tão barulhenta. A vermelha é a mais lotada. E a verde é quase vazia. A amarela parece ficção científica com suas portas mágicas. Quando ia entrar no metrô na linha azul, fiquei com medo da superlotação, mas quando a porta do metrô se abriu num abre-te-sésamo tecnológico e saiu aquele monte de gente apressada, entrei apavorada, custei para me acalmar.

No metrô não é tão ruim me sentar ao contrário do sentido do movimento. No ônibus a sensação pode ser terrível, algumas pessoas ficam enjoadas e até vomitam. Cinetose, enjoo do movimento, é quando o cérebro fica maluco, os olhos veem uma coisa e os ouvidos escutam outra.

...

Já sou grande conhecedora dos ônibus azuis, conheço todo o trajeto do 006, 004, 147, 255, 156, 195, 152. Em S. Pablo iluminaram de azul os monumentos para a população se lembrar da existência dos autistas, mas só isso não basta. Eu mesma deveria criar uma associação em S. Blander para autistas adultos. Como se cria uma associação? Deve ser muito difícil. Há alguns anos, criei uma página no Facebook chamada *Acampamento para autista*, mas só apareceram quatro curtidas. Desisti, né? Fiquei com medo de ser acusada de criminosa, caso algum autista fugisse do acampamento. Poderia ter incluído algumas mães para me ajudarem e para cuidarem de mim também. Precisaria conseguir dinheiro para bancar o projeto, pois seria grátis a participação. Mas quem iria bancar? Ninguém! Poderia ir à capital do país pedir atenção para os nossos direitos, e quem sabe aproveito para sugerir o projeto do acampamento. Quando fui com o Nando numa reunião integrada por funcionários da saúde mental, associações de bairro e moradores, me senti importante, apesar de não ter falado nada e ter saído antes do final.

Amanhã, irei ao correio para te enviar uma carta. Vídeo do evento de Sorôco postado! Vou disponibilizar para o público em cinco minutos. Fiquei com vergonha de falar com desconhecidos e preciso confessar: me atrapalhei com as perguntas. Fiz cartões-manuais com o nome do meu canal, mas só entreguei para um garoto de boné. A Ana foi a primeira a curtir. Ainda bem que ela não é aquele tipo de mãe perturbada que fica seguindo o filho para todos os cantos.

Gostaria de mostrar os meus vídeos para a minha mãe, mas só poderei fazer isso no dia em que eu fizer uma superprodução, pois ela é muito exigente, quase nunca me elogia. Se visse o nome grande em destaque no cartaz, se orgulharia da filha.

Me acharam muito meiga em Sorôco. Não sei o que é meiga. *Cadê o dicionário?* Você sempre diz isso quando pergunto o significado de alguma coisa. Acho muito inteligente a sua estratégia e confio porque você convive bem com as palavras.

Muito giro ser meiga. Fiquei me achando a Luna Lovegood do filme *Harry Potter*. Depois dela, passei a gostar ainda mais do meu nome, além de ter um significado que amo: da lua, lunar.

...

Estou assistindo à série *13 reasons why*. Estou no quinto capítulo. Interessante! O protagonista se parece com o Charlie de *As vantagens de ser invisível*. É sobre uma menina que se suicidou. Pesquisei se o Logan Lerman e o Dylan Minnette são parentes e encontrei uma matéria falando que eles são confundidos com frequência. Já estava com a ideia de gravar uma espécie de diário-voz muito antes de assistir a essa série, mas não encontro fitas cassetes para comprar. CDs não me interessam, muito menos gravadores de celular, *pen-drive* talvez sirva.

...

Sonhei com o telhado do Kapaxis, havia um homem que queria pular lá de cima, e todos gritavam: *pula; pula logo*, apenas eu queria salvá-lo. Noutra noite, sonhei que estava dormindo em um quarto sem teto, e do lado de fora tinha uma pitangueira gigante, as pitangas maduras caíam em cima da minha cama e não me deixavam dormir sossegada. Já viu uma pitangueira? No sonho ventava muito, por isso caíam tantas.

...

O aspie-marinheiro me bloqueou no *zap* depois que lhe perguntei se ele é casado. Ou será que foi por eu ter confessado que nunca me apaixonei? Foi assim: Ele: *você já se apaixonou?* Eu: *nunca me apaixonei*. Ele: *que pena, se apaixonar é uma das melhores coisas*. Eu: *aaaeeeggrrttiiixiiiiiduu*. Eu (depois de muitas horas): *você já se casou?* Foi aí que ele sumiu para sempre.

...

Pessoas como você conseguem entrar em qualquer mundo e em qualquer dimensão. Ninguém consegue, nem eu — não entro inteiramente no mundo dos normativólatras. Você consegue entrar no mundo do Pimenta, ele reconheceria as suas habilidades e se renderia ao seu pó mágico abanando o rabo e lambendo as suas mãos. Você consegue entrar no mundo das formigas, no mundo dos bebês, no mundo dos velhos, no mundo dos adultos, no mundo das crianças. Adultos quase nunca conseguem entrar no mundo das crianças, já você consegue entrar no mundo das árvores, mundo dos grilos, mundo das cigarras, mundo dos pássaros, mundo dos peixes, das baleias, dos tubarões, dos gatos, dos ratos. Sei disso porque você entrou no meu mundo.

...

Alguns aspies famosos vivem de palestras. O Wallace, além de escritor e jornalista do YouTube, é convidado para eventos em várias cidades. Queria ser chamada para apresentar os meus vídeos. Está cheio de congressos, colóquios e outros encontros de estudiosos sobre o autismo. Fico contrariada: por que não estamos lá para mostrar nossas produções? Ao invés de nos estudarem a distância, poderiam nos ouvir. Por que não se aproximam? Poderiam nos aplaudir, se nos dessem mais chances. O Renato sabe muito sobre aviões e tem uma réplica com motor que voa na altura dos drones. A Denise está começando a seguir a carreira de atriz, está indo bem. O Loti é um ótimo guitarrista.

Me desculpe. Me desculpe de novo. Vou assistir a algum documentário. Os arqueológicos me permitem interagir com o universo. Gosto também quando o tema é ciência e astronomia. Assisti a um ótimo que explicava sobre o nível de oxigênio no planeta há quatro bilhões de anos.

...

Estou fazendo arroz, o cheiro está maravilhoso. Também farei jabá. Me desculpe. Só estou querendo dizer da minha raiva... por tudo que o mundo faz contra nós. Soube que a Eliane e a Marcela foram demitidas do Kapaxis, simplesmente porque mudou o prefeito. Para mim, isso é terrível — não restou ninguém. A Vanilsa? Ela trabalha nas madrugadas. Depois falam da importância do vínculo, disso e daquilo; mas na verdade os políticos não querem saber que existimos. Acha que devo fazer um protesto? Sou contra a liberação do porte de armas no Brasil... Me desculpe, por favor. Uma arma seria um substituto na hora da crise — ao invés de jogar uma cadeira no chão, atiraria em mim. É que, nesses momentos, não penso, ajo. Estou desprotegida. Odeio o mundo. Só não morro agora porque os métodos que conheço não estão com nada. Cianeto não dói, mas deve ter o gosto pior do que bicabornato. Mas para quem toma Dipirona, não deve ser difícil. Me desculpe. Não devo falar muito hoje, senão só vai sair: me desculpe. Injusto. As únicas três amigas que fiz no curso foram embora. As do Kapaxis não estão mais lá. A Úrsula mudou de célula — elas se multiplicam em um ano. (...) você já entende isso, né? Acho graça quando me pergunta de novo: *Luna, o que é célula, mesmo?* Acho que no fundo você não concorda e pensa que é ficção científica. E não me importo que não acredite em deus.

• • •

O Juca quer me namorar, só aceitaria se fosse do meu jeito, ou seja, de mentirinha. Sei que não concordará com as minhas condições, pois anda dizendo nos grupos que quer uma namorada para fazer aquilo que os casais fazem. Ele tem trinta e cinco anos e só fez o negócio duas vezes na vida. Foi com prostitutas. Pensando bem, nem de mentira namoraria. O Peter será o meu namorado, quando o encontrar. Me desculpe.

Não entendo de *shutdown*. Queria achar um nome para isso que estou sentindo agora. Estou fora do mundo, não percebo totalmente as coisas ao redor. Quando alguém fala comigo, demoro para raciocinar. Como se estivesse aprisionada em uma câmera lenta. Às vezes, parece que estou anestesiada e que tudo é irreal. Como se estivesse aprisionada num sonho. Me desculpe. Estou te perturbando? Estou tão mal que tive um pesadelo e acordei com o meu grito. O cobertor se mexia sozinho, e um inseto gigante sobrevoava o quarto.

...

Muitos autistas chamam as pessoas normais de NT's, abreviação de neurotípicas. Coitada de uma *autista-fake,* foi descoberta e está sendo julgada por vários grupos. Que injusto! Coitada! Nhá! Os termômetros estão marcando 8°.

...

Estou no Kapaxis, vejo pelo vidro da recepção a grande ventania se formando, as folhas que caíram no outono estão voando alto e entrando pela porta da frente. Não aguentei, fui lá fora na praça dos ventos, precisei correr para voar. Voei. Mas voei depois que o redemoinho de poeira passou, não daria para enxergar nada, e iria me sujar.

...

Já tentei respirar devagar para me acalmar, como você me ensinou, mas não adiantou. Ligar para pedir ajuda, não, isso eu não consigo — só falo no telefone com você. Entrei em paranoia, estou tremendo muito. Estou comendo uma bolacha da marca Glória, mas ela tem gosto de Trakinas, porque dei esse gosto para ela. Vou tomar mais três Dramins agora, só para fazer um teste. Pirei. Agora tomei outro. Testando a fórmula: Dramin + álcool + energético + álcool + sorvete. Sorvete é muito bom, mas parece que estou misturando arroz com banana. Eca.

...

O último banco do ônibus é o lugar mais rejeitado, e é lá que eu prefiro me sentar, porque pula muito. Além do meu gosto por pular, tem a parte que quase nunca se sentam ao meu lado. Perfeito, fico com um ambiente privativo. A chuva já chegou. Estou ouvindo a minha música predileta. Esqueci-me do que aconteceu há um minuto. Estou fora da realidade, mas não estou caída em nenhuma praça. Fique tranquila! Não se assuste, estou bem. Esqueci-me do que quero dizer. Coloquei outra música para tentar me lembrar. Urbanismo, uma floresta para dentro. Parada. Uma árvore. De pitangas? Sorrir, uma arte. Sorrir, fuga para o céu. Não sabemos quase nada. Pingos — restos de chuva. Ouço a orquestra. Passarinhos piam. As notas se multiplicam, ecoam por toda a galáxia. Não sei qual a técnica que utilizam. Tive medo quando ouvi o som de uma porta se abrindo. Sentir nunca é previsível, cada som tem um efeito, surge inesperadamente, pode ser um passarinho, ou um grilo molhado de frio, ou uma sacola voando da lixeira; há uma floresta que fala. O silêncio que é mágico. Me vejo voando com a minha espada de papelão. Já estou voando. Posso ser qualquer personagem. Há cipós por toda parte, caso eu caia de repente. Estive longe e voltei, o frio me trouxe e abaixou o volume das coisas. Estou pronunciando baixinho o seu nome: Telma. Que bom que entendeu e me mandou o pó mágico.

...

Estou fazendo arroz. Você está se lembrando de trocar o nome das pessoas e dos lugares no livro? Menos o meu e o seu, né? Tenho medo de que os leitores não gostem da Luna, se souberem de tudo o que faz e pensa. Gosto quando me acham fofa. A Alcione sempre me dizia que era fofa. Na maioria das vezes, sou mesmo assim, mas nem sempre.

...

Desconfio de que o GTA que estou instalando tem ligação com os *ill*. Sinistro! Quando foi lançado em 2011, fiquei muito entusiasmada, e os conspiradores também, com certeza. Esse jogo na versão 5 foi financiado pelos *ill*, aposto 100% nisso. Fora que o v do GTA V se parece muito com um símbolo maçom. Há mensagens subliminares por toda parte e pistas de assassinatos que não fazem parte do jogo, mas quem estuda há anos sobre os *ill* as encontra fácil. Há uma religião secreta dentro do jogo e uma gangue que mata quem se opõe a ela. E matam também por dinheiro. Tem personagens alucinados e um cachorro misterioso que é encontrado em diversas partes da cidade. Ele está sempre perdido. Há pinturas rupestres em montanhas e cavernas. Há óvnis. Túmulos secretos. Animais, nunca vistos, habitam o ponto mais profundo do mar. Há intervenção dos *ill*, tipo os aviões de agrotóxicos que são usados para irrigar as plantações.

...

Hoje tenho outra reunião com a equipe do Miller, amanhã será a estreia do filme. E vou ao cinema com o Fausto, autista que conheci num grupo de WhatsApp. Já saímos juntos três vezes. É tranquilo passear com ele, pois percebi que tem dificuldades parecidas com as minhas. Às vezes, a gente fica quinze minutos olhando para alguma coisa sem falar nada, e depois comentamos ou não. No shopping, ele sempre entra na mesma loja, olha as camisas e sai. Sempre entro na loja de brinquedos, ele me acompanha, mas sempre repete: é que estou grandinho. Dentro da livraria temos um ritual: começamos a explorar juntos as estantes, sempre ficamos atrapalhados na hora de tocar em algum livro, aos poucos vamos nos separando, vou para o lado contrário ao dele, sigo em direção à seção de arte e cinema. Nunca encontrei na livraria a parte de civilizações antigas. Será que tem? Arqueologia vi em uma. Contamos trinta minutos e nos encontramos na saída da loja. O estranho é que nunca combinamos nada disso.

• • •

A verba que a prefeitura dava para a escola foi suspensa, e não sabemos se o curso de cinema continuará. As aulas não recomeçaram, e ninguém sabe se acontecerá ou quando. Ficar em casa me faz pensar coisas ruins. Estou indo ao protesto no pavilhão.

• • •

Apareci na transmissão ao vivo. O prefeito disse para os repórteres que sou paciente do Kapaxis, mas complementei dizendo que também sou estudante do CAV. Ainda não vi a reportagem, mas alunos e professores vieram me agradecer pela determinação. Eu agradeci, mas sem entender direito. O prefeito explicou que a escola será administrada por uma ONG, que os alunos atuais serão mantidos e que fará o possível para recontratar os professores. Fui embora assim que pude, passei do meu limite de vergonha com todas aquelas câmeras na minha direção. A maioria dos alunos não compareceu, são os ex-alunos que estão à frente da luta.

Ficarei triste se o meu professor de direção não for recontratado, nunca vi aulas tão legais como as dele, ele é mesmo muito bom. Aprendia tudo o que ele ensinava. Que coisa rara! Já sabemos que o professor de roteiro não voltará. No segundo semestre teremos a disciplina de direção de atores e direção de arte. Teremos estudos sobre documentários nas aulas de estética. Ainda não tive aulas sobre documentários, aprendi lendo dicas, vendo tutoriais na internet. Também sigo a minha intuição artística. Uma das minhas professoras me disse no semestre passado que sou muito boa nos performáticos narrados em primeira pessoa. Aprendi assistindo a *Elena*. Você já viu *Ocean heaven autismo*? Emocionante a dedicação daquele pai: sabendo que morreria em breve por causa de câncer fulminante, tenta ensinar Dafu, seu filho autista, a se adaptar ao mundo quando ele não estiver mais presente. Busca também encontrar uma instituição pública que aceite o filho. Chorei o filme todo.

...

Minha mãe ainda está viajando. Ficar sem ela é bom e é péssimo. Tenho medo de que ela desapareça. Não tenho tido habilidades para cuidar da casa, e a comida está sem gosto. Ter voltado a falar é bom e é péssimo. Falar me tira do meu mundo. Meu cérebro possui um sistema automático contra tristezas grandes. Funcionou quando meu pai morreu. Fiquei distante por vários dias. O meu sistema de defesa é acionado e trabalha para deixar a tristeza escondida em um lugar coberto por névoa. Eu a sinto fora de foco, fica embaçada, fora da realidade. Digo isso para te contar que um menino de nove anos, parente de um dos atores do nosso filme, acabou de morrer por causa de um tratamento de canal no dente. Uma bactéria poderosa entrou no sangue dele. Isso acontece quando a cárie está muito profunda. Percebi que a notícia atingiu a todos, mas logo se esforçaram para não pensar na existência da morte. Eles também têm estratégias contra a realidade. A mim, a morte, ao invés de apavorar, seduz.

Cineastas e suas equipes conversam sobre assuntos interessantes. Em todos os fins de gravações, eles falam sobre assuntos profundos. Só ouço, aprecio ficar perto de pessoas inteligentes.

Um deles disse que não suporta ficar muito tempo sem filmar, parece que está faltando alguma coisa quando ele não grava. É verdade, assim acontece comigo. Não consigo ficar muito tempo sem fazer vídeos. O filme será exibido daqui a alguns minutos no Cinesesc da rua Luis-ssaeb. Tomara que alcance um grande sucesso.

Não gostei tanto do resultado, o som estava muito alto. Culpa dos ouvidos do personagem. É que ele tinha um problema que não identifiquei, não conseguia parar de ouvir músicas (tipo o hiperfoco). Precisava ouvir no último volume, obrigando os espectadores a uma espécie de tortura? Será que foi uma falha do responsável pelo som? Ou será que o Miller quis que o espectador encarnasse o rapaz? Eu não suportaria tanto ruído em minha cabeça. Senti um alívio quando acabou.

...

Antigamente, eu costumava brincar de um jogo que apelidei de gincana, me impunha desafios e saía pelas ruas procurando as coisas, corria todo o bairro. Exemplos: um fusca vermelho em uma garagem, uma casa sem número, outra com o número 120, uma casa com uma pessoa no quintal, uma mulher na janela, uma mulher de vestido estampado, uma bicicleta com cestinha, um Palio preto, uma casa com portão amarelo, uma pessoa de blusa laranja, um menino com *skate*. Quando encontrava tudo, a gincana estava totalmente concluída, e eu podia, finalmente, voltar para casa.

...

Fui ao carrinho de bate-bate com o Nando. Foi legal. Sou sempre a motorista mais profissional e às avessas, fujo de todas as batidas com desvios radicais. Eu me daria bem dirigindo um carro de fuga ou fazendo *drift*.

• • •

Espero ter melhorado para não acordar à noite como se estivesse delirando. Veja o que li sobre pragmatismo na net: "Numa analogia com o mundo animal, o pragmatismo é a postura do leão perseguindo sua caça. O foco está todo concentrado em seu objetivo, e o leão não se dispersa fazendo outras coisas que não estejam ligadas à obtenção de sua caça". Aff, não sou nada pragmática. Me desculpe. Preciso de barcos maiores, com um bom motor. A vakinha está sem divulgação. Me desculpe, Telminha. Não poderei te rever. Adoraria conhecer as passagens secretas de Portugal; e, se eu me esconder em uma delas, você me encontrará, pois está profissa em tudo por aí. Por que você é assim? Como conseguiu não ser dominada pelo mundo?

• • •

Me desculpe. Deu tudo errado. Não vou mais à escola. Não aguento mais.
Minha mãe vai embora.
    Minha mãe vai embora.
        Minha mãe vai embora.
        ...vai embora.

• • •

Oi, Telminha

Seguirei contando desde o primeiro período escolar. Demorei três dias para concluir este e-mail, mas acho que não contei nem 60% do que queria.

Apesar do pouco estudo, minha mãe repetia as vogais, e o meu pai as consoantes, depois as sílabas com duas letras e em seguida as com três. Aprendi muito rápido, com quatro anos de idade já escrevia e lia algumas palavras.

Entrei para a primeira série e em maio fiz sete anos de idade. Estava assustada — sabia que seria difícil a socialização. O que mais odiava era quando a professora mandava juntar as carteiras para formarmos duplas. Ainda bem que a menina ao meu lado era a Sofia, pois ela ficava na dela e eu na minha. Sem mais nem menos, começamos um jogo em que eu tinha que pegar o lápis dela com a minha tesoura aberta, enquanto ela tirava e colocava a mão. A minha tesoura acabou conseguindo pegar o lápis da garota, mas o dedo dela veio junto, e foi impossível não cortar um pedaço. Saíram uns pingos de sangue. A sala virou uma baderna, pois a professora não estava na sala. Os alunos ficaram me torturando: *vai pra diretoria, vai pra diretoria, vai pra diretoria*. Eu estava de fato numa grande enrascada. Fiquei tremendo de medo de ir para a diretoria e daquele dedo nunca mais ter conserto. Quando a professora chegou, conversou com a Sofia do lado de fora da sala e em seguida me chamou. Já fui chorando, achando que a professora iria me dar a maior bronca do mundo, mas, com toda a calma das deusas, repetiu o que havia dito um montão de vezes: *não se deve brincar com tesouras, facas, garfos*. Na hora de irmos embora, os pais ficavam todos no pátio esperando os filhos saírem das salas de aula. Achei que os pais da Sofia iriam contar tudo para a minha mãe. Aí sim eu estaria encrencada. Mas tudo correu bem. Nunca mais brinquei com a Sofia nas aulas de duplas.

Na hora do recreio, eu costumava observar as lancheiras das alunas. Certo dia, a Íris me chamou para me sentar ao seu lado. Só fui porque ela era uma patricinha, e patricinhas tinham lanches de rico. Eu não tinha lancheira nem gostava da comida da escola, então imagina a minha fome. Deve ter sido constrangedor comer perto de uma esfomeada. Ela me dava um grão de salgadinho, um grão de bolacha, um grão de tudo que tinha. A Íris era bem miserável, ainda assim me sentava ao seu lado para ganhar aqueles grãozinhos. Depois de um tempo, o pai dela a proibiu de ficar perto de mim, nunca soube o motivo, mas desconfio. Fiquei novamente sozinha durante os recreios e passei a ostentar balas.

Em certa época do ano, a diretora abria as portas das quadras para que o pátio ficasse maior e prolongava o tempo de descanso. O recreio se transformava em recreião. Era ótimo. Ao lado da quadra havia um pilar alto que beirava o muro da escola, e os meninos se arriscavam na arte equilibrista, enquanto umas bobocas cantavam e dançavam o *bom xibom, xibom, bombom*. Eu observava de longe, desejando participar.

Num dia de sorte, andando com a Olívia atrás da quadra, encontramos cinquenta reais. Era muita grana! Enfim adquirimos o direito ao consumo. Compramos vários doces, e ainda havia sobrado bastante dinheiro, até que a Samara se ofereceu para colocar a minha parte em sua carteira, é mais seguro, cuido direitinho e te devolvo no final do recreio. Insistiu tanto, que não tive como negar. Resultado: sumiu com o troco e nunca mais me devolveu. Ladra mirim! Daí a uns meses, a Olívia foi transferida para outra escola. Mas não estranhei, ficar sozinha não era ruim.

Já tinha a mania de falar coisas repetidas, não conseguia novos assuntos para participar de conversas. Então, repeti da primeira até a quarta-série que nos fundos da escola havia o Vale dos Mortos, com várias tumbas e múmias, e que na torre perto da quadra existiam espíritos que arrancavam os olhos de quem ousasse olhar por um buraco que havia no muro que dava frente para o Vale. Fui a maior criadora de lendas que aquela escola teve. Ninguém soube ao certo de onde surgiu aquela história, mas, como não duvidam dos espíritos, só acrescentaram mais um medo ao da lenda da mulher de branco que aparece toda suja de morte nos banheiros das escolas.

Em casa, enquanto a minha mãe assistia ao programa do Ratinho, eu ficava perto dela fazendo as minhas lições de casa. Quando passou uma reportagem sobre abdução, tive um pesadelo horrível: alienígenas me observavam pela janela do quarto. Acordei bastante assustada, sem coragem de investigar se havia alguma nave espacial no quintal. Daí em diante, meu foco era falar sobre os seres extraterrestres. Sonhei com óvnis até os meus 18 anos, só diminuiu quando me interessei pelos anunnakis. Eu e meu pai tínhamos muitos papos interessantes, comentávamos sobre as notícias mundiais de aparições de naves. Não sei onde ele aprendeu tudo aquilo. Ele também não se cansava de falar sobre dimensões; assunto que herdei dele.

Entrei para a segunda série com sete anos e em maio fiz oito. Antes das aulas começarem, ia à laje fazer o cântico da Íris. Era uma mandinga musical que inventei para que ela fosse novamente da minha sala, mesmo sem a garantia de que ficaria comigo na hora do recreio por causa da proibição do seu pai. Acabou que o nome dela caiu para outra sala, mas não foi tão ruim assim, porque a nova professora parecia que gostava mais de mim do que dos outros alunos. Eu adorava isso, né? Nas novelas a que eu assistia tinha sempre uma professora e seu aluno preferido. Passei quase todo o ano sem ninguém para ficar durante o recreio, até que o dia em que a Carol se aproximou de mim. Ela adorava me dar socos na barriga para me ver sem ar, me dava agonia, mas eu sabia que era brincadeira. Sabia que era diferente da Luciana-diaba, aquela vizinha da piscinona. Não vivemos muitas coisas juntas, mas ainda me lembro do dia em que fomos comprar pastel no recreio, pegamos os tíquetes (feitos de cartolina, todos ensebados de tanto passar de mão em mão), entregamos para a vendedora e pegamos os pastéis. Sempre comi o de queijo. Quando estávamos na sala assistindo à aula, a funcionária da cantina e a diretora da escola bateram na porta e chamaram a professora. A conversa parecia tensa. Minutos depois, a professora chamou em voz alta o meu nome e o da Carol. Que medo! Todos da sala ficaram fazendo gestos para sinalizar que estávamos ferradas. Fomos acusadas de vandalismo, *isso não pode ficar assim, danificaram o vale-comida da cantina*. A professora perguntou se tinha sido eu, e eu balançava desesperadamente a cabeça em forma de não. Comecei a chorar; pena que na época não tinha uma boa franja para me proteger das pessoas. A professora Alexandra foi uma advogada primorosa, digna da defensoria pública, me defendeu dizendo que eu era uma ótima aluna e que não faria uma coisa feia daquela de propósito. Ainda assim, a diretora me levou para a sala dela, parecia a encarnação da deusa Themis do *game*. Eu precisava encontrar uma forma de provar a nossa inocência e evitar que chamassem a minha mãe sobre as minhas esquisitices. Mas só conseguia chorar e repetir sem parar, balançando o corpo: *não fui eu, não fui eu, não fui eu... não fui eu*. Acho que a revolta foi se aproximando, pois comecei a bater os pés no chão no ritmo do não fui eu. Não sei o que decidiram, mas desistiram da gente. E ninguém apareceu para nos pedir desculpas. Cada uma que a gente passa nesta vida!

Nos finais de semana, adorava brincar no nosso quintal, que era cheio de árvores, e adorava mais ainda pular o muro do vizinho para roubar mangas. Brincava de pega-pega com o Madruga e, quando ele estava prestes a me abocanhar, eu dava um olé ou subia em uma das árvores. Me sentia com superpoderes. As ruas eram todas de terra, e eu gostava de me divertir naquela quase roça: mato crescendo para todos os lados, cheiro de terra molhada, quando os primeiros pingos de chuva batiam no chão. Eu inventava brincadeiras o tempo todo. Para o meu azar, a prefeitura decidiu asfaltar tudo. Na fase em que estavam furando a terra para implantar a rede de esgoto, dava para eu ficar escondida dentro dos canos de cimento que ficavam empilhados quase em frente ao nosso portão. Eram canos encantados que reproduziam a minha voz e a levavam até a esquina.

Nesse período, não me lembro de muita coisa da escola, nada de diferente aconteceu. Não tinha amigos na vizinhança nem lá, eram crescidos demais para fazerem aventuras comigo, os assuntos mudaram para namoros, intrigas, moda e outras chatices. Eu até participaria se meu cérebro fosse compatível com essas conversas, mas eu não tinha mesmo muito o que dizer. Sabia que algo em mim não mudaria.

Entrei para a terceira série e em maio fiz nove anos de idade. A Carol desapareceu, deve ter mudado de escola, mas não me importei. Naquele ano tínhamos duas professoras por sala. A de matemática e ciências se chamava Neusa, era chata e nos causava pânico quando olhava para a gente com aqueles olhos esbugalhados. Ao contrário do ano anterior, eu não acertava as lições de matemática. Passei a ser conhecida como a burra dos cálculos. Que regressão! E ainda me esquecia de fazer as lições de casa e ficava constantemente de castigo — tinha que permanecer sentada na arquibancada até a educação física acabar. Pior era ouvir a frase: *só não esquece a cabeça em casa, porque está grudada no pescoço*. Aff! Quem dava as outras matérias era a Dinorá, com ela era um pouco mais fácil compreender a matéria. Atrás de mim se sentava a Milena, filha da amiga da minha mãe. Sorte a minha, porque a probabilidade de surgir uma amizade era grande. Desenvolvi a habilidade de escrever na velocidade da luz. A professora mandava a gente copiar alguns textos do livro, e eu era a primeira a terminar, e, para marcar meu recorde, olhava para trás e me certificava de que a Milena ainda não havia largado o lápis. Por causa disso, fiquei sabendo pela minha mãe que a Milena estava furiosa comigo pois, segundo ela, eu a atrapalhava a copiar as lições. Para causar boas impressões, nunca mais me virei para trás após o exercício de copista.

A Íris da primeira série caiu na minha sala ("caiu", era assim mesmo que a gente falava). Não me interessei mais pela lancheira dela. Na hora do recreio ela ficava com a Paola, outra patricinha. Elas tinham do bom e do melhor: lápis Faber Castell de 36 cores, lápis florescente, canetas de gel coloridas, mochila de carrinho, cadernos com adesivos, lancheiras lindas e cheias. Aquelas duas combinavam em tudo e não queriam saber de mais ninguém. Eu fiquei sozinha, até que o dia em que a Milena esqueceu a sua mágoa e me perguntou: *Luna, posso ficar com você no recreio?* Eu não queria, mas aceitei por educação.

Eu, Milena e Paulinha fazíamos os trabalhos extraclasse juntas. Numa das vezes, a vó da Paulinha, dona Jacira, estava rezando o terço na cozinha com várias outras senhoras católicas, tivemos que participar da rezação. Chato que você nem imagina o quanto. Mas sabíamos que teria um lanche no final, então para mim estava ótimo. Apesar da vergonha, era legal fazer os trabalhos na casa da Paulinha, mas o irmão mais novo dela era um pestinha e um dia quis bater na gente com a vassoura. Corri muito, porque ele era forte. Ele tinha quatro anos, e a gente tinha oito. Foi no meio desse ano que mudei de casa, e me livrei do vizinho mau.

Na sala de aula, mastigando uma bala, o meu dente caiu, e o buraco de onde ele saiu não parava de sangrar. Como não conseguia pedir à professora para ir ao banheiro, fiquei segurando o sangue na minha boca. O jeito foi mandar um bilhete para a Kita, que se sentava ao meu lado: *por favor, peça à professora que me deixe ir ao banheiro. Obrigada*. A professora, respondeu: *que venha pedir ela mesma*. Caramba, que maldade! Ela sabia que eu não era de falar, e se recusou a atender o meu pedido, só porque foi feito por outra boca. Não tive como impedir por muito tempo, e a sangueira caiu toda no chão. Enfim, a professora percebeu que tinha me negado socorro e desesperada me levou ao banheiro. Pensei que fosse brigar comigo, mas deve ter achado que eu estava tendo alguma hemorragia interna, de tanto sangue que jorrava.

Entrei na quarta série e fiz dez anos em maio. A Paulinha e a Milena não eram mais da minha sala. Por sorte, a professora de matemática e ciências, Fabrina, era ótima. Para mim, ela era igual à professora Lupita da novela *Viva as Crianças, Carrossel 2*. Em um dos capítulos, o aluno travesso colocou umas tachinhas bem pontudas na cadeira de outro menino, aí ele se sentou e furou o bumbum. Fizeram a mesma coisa com o Daniel; o coitado foi a vítima número um. Queríamos fazer as mesmas travessuras que víamos na novela.

Nas aulas de educação física da Ivete, eu ficava no mundo da lua (já era uma nefelibata mirim), e não adiantava a insistência dela para que eu fosse brincar com as outras crianças. Eu notava: a) que ficava, cada dia, mais incomodada quando era obrigada a socializar; b) sérias mudanças no jeito de falar dos colegas e o interesse por outros assuntos; c) que comigo a tal mudança não acontecia; d) que eu era diferente.

A escola construiu uns brinquedos de madeira, o meu preferido era a casinha com escorregador. Foi ali que as meninas da minha sala montaram o Clubinho das Luluzinhas. A Simone e suas duas comparsas foram proibidas de entrar, porque eram más e repetentes. Para a minha surpresa, fui aceita. Por falta de assunto, quando eu abria a boca, continuava a repetir as mesmas coisas das outras séries: sobre o vale encantado e a torre de fantasmas.

A Cíntia vivia me pedindo lápis emprestado, a professora chamava a minha atenção, achando que era eu quem estava falando. O pior de tudo era que a garota mentia, dizendo em voz alta que eu estava atrapalhando a aula. Logo eu!

A Vanessa era maluquinha, nem me conhecia direito e foi logo me perguntando se eu queria ser a sua melhor amiga. Disse que sim, por educação. Às vésperas de um longo feriado, me chamou para viajar com ela para a chácara da família numa vilinha no sul de Moabe. Foi uma viagem inesquecível. À noite uma fogueira aquecia e animava as conversas, e o sanfoneiro transformava tudo em festa. A Samanta, irmã da Vanessa, virou minha *halebopp* de viagem. Nunca mais me esqueci do que a Vanessa nos contou: ela se fingiu de morta na piscina, e a sua irmã, imediatamente, pulou na água para salvá-la. Já conversamos sobre isso, você sabe bem do que falo.

Mudei de escola. Na metade do ano retornamos para Arav. Ó, vida nômade! Quando eu reclamava, meu pai dizia que éramos como os beduínos, e eu me calava para ouvir as histórias sobre o deserto.

Notei que os alunos da Escola Coronel Vieira se comportavam como crescidos, pior do que os da Carmelita Guimarães. As meninas alisavam os cabelos, pintavam as unhas, pensavam em namorados e usavam cintos largos e feios. Cheguei com a minha franja e minhas roupas folgadas. Logo nos primeiros dias de aula, a professora Elza disse para a turma que eu era quieta e que eles deveriam seguir o meu exemplo. Todas as caras se voltaram para mim, devo ter ficado vermelha. Foi constrangedor, mas gostei de saber que a nova professora havia me notado. A Tulipa se sentou ao meu lado quando a professora pediu para formarmos duplas para fazermos um exercício. No recreio ficávamos juntas. Num dia em que ficamos sabendo que a merenda seria macarrão, a fila ficou lotada num piscar de olhos, foi um alvoroço, um corre-corre. Corri o máximo que pude, acabei batendo a perna no pilar. A coisa foi tão feia que desisti do macarrão, uma lástima, porque cheirava muito bem.

Certo dia, a Pollyana e sua gangue brigaram com a Tulipa por ciúmes da Joana. A Tulipa ficou nervosa e não parava de chorar. Tentei defendê-la daquelas malucas, mas correu tudo muito mal para o meu lado. Acho que tive um ataque de fúria na quadra, fiquei sacudindo as mãos sem parar, corri para todos os lados sem saber onde me esconder. Não conseguia entrar para a sala de aula, não conseguia explicar o que eu queria dizer, falei tudo fragmentando e desencontrado. Não gosto de me lembrar daquela trapalhada toda. A minha intenção era dizer que foram injustas com a Tulipa, e queria que ela soubesse que podia contar comigo. Passados alguns dias, a Joana ficou de boa com a Tulipa, e eu fiquei na merda. Entreguei vários bilhetes criptografados pelo código ZENIT POLAR para a Tulipa, mas ela não deu a mínima atenção. Não teve interesse em desvendar as frases, mesmo sendo um sistema simples de criptografia (aprendi com o meu pai). Cansei de mandar bilhetes e de tentar me comunicar. Fui percebendo que nem a Tulipa nem ninguém queria interagir comigo. Achavam desinteressantes as minhas repetições. Como não havia possibilidade de interação, achei melhor parar de falar. Ou seja, aos dez anos parei de falar fora de casa.

Até o próximo capítulo. Abraço virtual,

Luna Lobo

Ouça, esta é a música que estou aprendendo a tocar no teclado. Parei na primeira parte, porque a energia acabou novamente. Comi um pão, estou melhor. Ficarei sem comer quando minha mãe se for, ela não sabe fazer contas, acho que vai me deixar com vinte reais para o mês todo. Se o BPC for aprovado, terei muita comida, terei um navio de brinquedo e um carrinho de controle remoto e vou te visitar. E farei o meu longa-metragem. Espero não ter sonhos caros. Já pensei em esquiar, mas deve dar medo descer aquelas montanhas brancas.

• • •

Fiz um teste na internet, para saber qual o meu nome alienígena, o resultado me surpreendeu: naohurt. Lunaohurt.

• • •

Minha mãe me explicou que o custo de vida de Avelã é mais barato. *Não posso ir,* foi o que lhe disse. Ela não tem mais condições de pagar o aluguel desta casa. Morando lá, as despesas cairão pela metade. Ela anda dando satisfação aos vizinhos, *a bichinha não quer parar a escola*. Abandonar S. Blander é impossível. Ela compreendeu isso do jeito dela e me prometeu uma solução. Saiu para comprar mistura e voltou dizendo que eu iria morar na casa da Celina e que as duas iriam para Avelã. Seria como morar sozinha e ao mesmo tempo não, porque a Celina viria para S. Blander de vez em quando. Preferia ficar sozinha e não com a Celina aparecendo e desaparecendo. Ela é nossa vizinha e é amiga da minha mãe desde que nasci. Elas são inseparáveis, sempre dão um jeito de ficarem perto uma da outra.

Quando o meu tio morou conosco, eu fugia dele o tempo todo. Ele se zangava: *oh, Cidinha... o diacho dessa menina tem medo de mim. Onde já se viu, não sou bicho-papão.* Minha mãe zangava comigo, mas não adiantava. Ele dizia sempre: *oh, Cidinha... diacho, não seria melhor levar essa menina num médico de cabeça?* (Em todas as frases ele dava um jeito de colocar o diacho.) Ela virava uma onça-brava: *quando ela nasceu, o doutor fez o teste do pezinho e me disse em alto e bom tom: a nenê é perfeitinha, não tem que se preocupar. E para de me rogar praga.* Ela nunca aceitou pensar que sou diferente. Cedo compreendi que algo diferente acontecia comigo, e ela sempre com a história do teste do pezinho.

Mesmo com a minha mãe não gosto de ficar no mesmo cômodo por muito tempo. Espero que a Celina não apareça todo final de semana.

...

O futuro do Pimenta será pior do que o meu. Precisamos achar quem o adote. Estamos, eu e ele, desesperados com tudo que está por vir. A dona Amelinha, vizinha da rua de baixo, veio aqui para atentar a minha mãe, disse para ela soltar o cachorrinho num lugar bem longe, *os bichos sabem se virar, dona Cidinha*. Mal ela virou as costas, minha mãe desatou a chorar. Chorou de soluçar. No prédio onde ela irá morar há uma placa fixada em cima da porta de entrada: proibida a entrada de qualquer espécie de animal. Já postei no meu mural do Face: *Adote o Pimenta*. Ninguém me respondeu. Deveria ter anunciado com outro nome, o dele pode assustar. Que tal, a*dote o Paçoca: é doce e dócil?* É horrível ver os cães sendo abandonados. Anos atrás, minha mãe me obrigou a fazer isso. De nada adiantou eu me acabar de tanto chorar, o filhotinho da nossa cachorra seria abandonado. Que maldade mandar uma criança fazer esse serviço sujo. Deixei o animalzinho debaixo de uma árvore num quintal desconhecido. Torci para que morasse lá um senhor caridoso e solitário. Até hoje associo o destino daquele filhotinho ao tocador de flauta — Daphnis, figura mitológica que foi abandonada desde o seu nascimento em meio aos loureiros e foi encontrada por pastores. Li também que Daphnis pode ser uma espécie de mariposa.

...

A psicóloga nova do Kapaxis marcou outro encontro para amanhã de manhã. Estou com medo, a maluca quer que eu cresça, que aja como adulta; que eu fale com as pessoas. Ela não entende que me pede que eu não seja eu. Me pede o impossível, concorda? Será que não percebe o disparate? Só falta implicar com o meu franjão como a minha mãe e a minha prima chata. Não tem como eu falar com os outros funcionários; não gosto, isso é ruim. E que importância tem isso para ela? Nem com os meus amigos da célula converso. Você não me pedia nada. Agora, regredi. Só que dessa vez não me importo, não estou triste e incomodada por falar pouco. Além disso, nas raras vezes em que eu quero falar algo, falo com menos timidez. Antes, me sentia triste e incomodada, as palavras não saíam quando eu queria e precisava. A maluca pensou em me encaminhar para uma terapia em grupo. Inacreditável!

Você é a única pessoa para quem eu faço ligações, mas temo que eu não consiga para sempre.

...

Reparei que o Pimenta tem me olhado com olhos tristes, ele pressente que corre perigo. Minha mãe bateu de casa em casa perguntando se alguém tinha interesse em ficar com ele. Enquanto ela falava maravilhas sobre o seu comportamento, ele rosnava negando tudo. A gente achava graça da atitude dele e ia para casa rindo dele. Penso que quando a minha mãe morrer o meu destino será a rua. De acordo com minhas previsões, não terei emprego; na área de cinema é difícil conseguir um emprego fixo, a não ser que eu viva do meu canal do YouTube com programações como da televisão.

• • •

Fui à casa da Lina conforme planejado, mas não jogamos *Guitar hero*, pois estava com defeito. Já mudou o horário aí em Portugal? Por que você é tão incrível assim?

• • •

Não quero pensar na mudança da minha mãe. Na confusão da minha mente, quando tento me imaginar sem ela ao meu lado, fica tudo cinza. Preciso fazer aventuras. Por que será que nas novelas as escolas têm psicólogas e nas minhas nunca apareceu nenhuma? Teria sido bom.

• • •

Não há escapatória, estou arrumando minhas coisas. Sou muito ligada aos meus objetos, são importantes para mim. É bem ruim pensar que minhas coisas, que guardo como quem guarda ouro, terão que ir para Avelã, porque não caberão no minúsculo espaço reservado para mim. Só me resta ficar com aquelas das quais não me separo. Nunca fico longe da minha coleção de bonecos, não vivo longe dos meus livros, muito menos da minha caixa de tesouros — são relíquias.

...

Na série *Atypical* fizeram um baile inclusão para autistas, todos usavam fones de ouvido. Se chamou: baile silencioso. Isso só seria necessário para alguns autistas. Para mim não seria. Aguento por alguns minutos, mas depois tenho que me afastar. Mas fico distante das caixas de sons, porque doem os meus ouvidos. Distante que digo é bem longe, longe de verdade. Já fui em shows com explosões de sons. Vários autistas vão em shows, quando gostam muito de uma banda, do contrário, aposto que não aguentariam. Mas depende do ambiente. Há lugares em que o som incomoda muito, e outros não. Para mim, sons de pessoas são difíceis de suportar, como os ruídos que fazem dentro dos bancos e dos supermercados. Televisão alta é ruim, rádio também. Gosto de volume médio, mas depende. Sempre depende. Em alguns carros, uma música alta repica batidas diferentes, dependendo da música. Dentro do carro da Antônia, quando peguei uma carona, ouvi uma música que provocou uma batida incrível que eu nunca tinha sentido. Essas batidas são sentidas, por isso o Dimas, que é surdo, não suporta som muito alto.

...

Todos que assistem a minha série *Aspie aventura* me dizem que é poético; o Ronaldo me disse que a minha voz é um poema. Concordo que minha voz é linda. Será que se aperfeiçoou por ter sido guardada durante longos anos? Isso significa que ela é preciosa. Poética não sou. Ou sou? Me diz... falar sobre as vacas não é nada poético, né? Mas fiquei rindo sozinha quando estava indo para Zuhause de ônibus, olhando aquelas vacas no topo do morro. Para imaginar como conseguiam subir tão alto, pensei na possibilidade de terem nascido ali nas alturas. Quem mais habita aquelas montanhas? Estou viajando nos mundos. Por isso estou falando (escrevendo?) tanto. Não fiz nada para que isso acontecesse, além de ir ao cinema assistir a *O filme da minha vida*. Convidei a Alcione para assistirmos na Netflix o filme da Nise da Silveira — *O coração da loucura*. E hoje assisti novamente a *As vantagens de ser invisível*. São três filmes bons, garanto.

...

Estou desanimada, mas de qualquer forma farei a lição do professor João César, ele é muito exigente, no entanto gostou muito do meu último trabalho. (Às vezes, fico pensando que seria uma solução para mim, se a escola não tivesse sido reaberta.) Soube que comentou com a turma da noite. Já faltei três segundas-feiras. Muitas coisas estão acontecendo, e eu não sei como lidar com tudo isso, além do mais as aulas deste semestre tornaram-se torturantes. Não se pode fazer nada sozinha, e eu não consigo falar com a professora Danúbia sobre as minhas dificuldades, e ela parece não perceber. Nunca percebeu minhas sobrancelhas caídas? Você e eu sabemos que elas caem quando estou triste.

Preciso ser uma boa roteirista para minha independência. Você é boa nisso. Quer ser minha roteirista? Você é especialista em fazer histórias, para ser roteirista tem que inventar histórias e inventar uma linguagem adequada. Os alunos do CAV se tornarão bons roteiristas, e eu não. Não conseguirei nunca! Mas a gente criou uma história sensacional aquele dia no Village, lembra? Você é a contadora de histórias da Terra do Nunca, tive a certeza naquele instante. Não tenho essa habilidade, minha imaginação é como os sonhos, as coisas estão em um lugar e aparecem em outro, distantes e incertas. São imagens que não se ligam umas nas outras. Melhor parar de fazer o curso, pois não consigo acompanhar o ritmo dos outros alunos. Comparados comigo, parecem profissionais. Estou sem pensamento artístico, sou uma vergonha para a Terra do Nunca. Odeio a vida e continuo pesquisando formas de morrer.

...

Os *ill* espalharam pelo mundo os símbolos da nova era. Nas lojas, nos shoppings e em instituições e marcas — os símbolos se proliferam. Um dos símbolos é a coruja. Você com certeza deve ter notado as corujas estampadas por todo lado. O Edmar é um colecionador de corujas, a Regina, esposa dele, não aguenta mais arranjar lugares na casa para abrigar os bichos que invadiram os móveis e paredes, até no jardim junto com os sete anões há uma coruja infiltrada. Aposto que ele nem imagina o perigo que corre. São símbolos de outras religiões, mas para os *ill* significa muita coisa. Eles são ardilosos e estão bem firmes em seus planos malignos, espalham por todo o mundo os seus conhecimentos. Certamente você não é uma *ill*, porque você não é bilionária. Só os bilionários se tornam *ill*, porque são amantes do dinheiro. E, se você fosse uma bilionária, duvido que você se deixaria dominar, você é imune à matrix. Os *ill* querem que as pessoas continuem sob o controle deles. Já eu, se ficasse bilionária, a minha primeira compra seria um transatlântico para chegar a Portugal em alto estilo. Quem sabe poderia triplicar meu dinheiro levando passageiros? Meu pai dizia: *dívida atrai dívida, e dinheiro atrai dinheiro*. Ele era um sábio. No meu navio só iriam tocar músicas inspiradoras. Contrataria uma orquestra sinfônica para tocar. Para o concerto de piano chamaria o Vitor Araújo (quem sabe seja ele o Peter Pan que procuro?). Teria cinema com filmes bons e sorvete à vontade. Mandaria construir passagens secretas e todos os passageiros teriam missões a cumprir, como o jogo caça-tesouro. O prêmio seria um baú cheio de barras de ouro. Ouro não faria falta para mim. Uma caçada cheia de mensagens secretas e criptografadas. Ficaria famosa da noite para o dia, por ser uma ricaça excêntrica e generosa, e o meu navio seria o mais procurado do planeta. Todo mundo iria querer viajar nele para ficar milionário. Melhor do que levar cuspidelas do Sílvio Santos no programa *Quem quer dinheiro?*; ou ter que escutar as asneiras que ele fala (minha mãe adora o "seu Sírvio"). O único perigo seria o ataque de piratas contemporâneos, os assaltos acontecem nos golfos de Áden e da Guiné, mas eu evitaria me iludir com pedidos falsos de socorro. Os bilionários deveriam fazer coisas desse tipo para animar a população. No meu navio teria simulador 3D, ou cinema 5D, ou melhor: 6D. Fui a um cinema 4D uma vez, o dinossauro espirrou em mim. Fiquei melada. Eca! Choveu saliva em todos. Legal era quando ele pisava na lama alta e voava um pouco de barro em mim.

...

Não consigo passar por essa fase difícil indo à escola. Não estou conseguindo ordenar a minha mente. Faltei outra vez. Não quero ser obrigada a morar em Avelã, mas como ficarei sem minha mãe? Já me acostumei com ela administrando a casa. Estou confusa e paralisada, não consigo sair do lugar. Não quero mudar de casa, não quero mudar de rua, sinto saudades de você. Está tudo se desorganizando. Escuto zunidos. Estão aumentando. Tapo os ouvidos com as mãos para aliviar o impacto desse mundo inútil que invade a minha paz. Os sons vão diminuindo com o tempo, depois retornam.

...

Estou melhor, não se preocupe. Não sei como entrei, mas me abriguei numa cabine. Estou dentro de um portal invisível e silencioso. Esse lugar imaginário me acalma, estou fechada em mim como uma ostra — que para se defender dos invasores libera uma substância chamada madrepérola (que nome lindo, né?) e, depois de um período, o material se transforma em pérola. Ostramente, estou em uma cabine em outro mundo. Corro perigo com a ordem do mundo, não sei resolver tantos problemas de uma só vez: falta dinheiro, faltará a casa em que moro, faltará a minha mãe, falta silêncio — de repente, tudo se torna ruidoso, até os pingos de água que escapam da velha torneira. Pode liberar um pouco de pó magico para mim?

...

Deu tudo mais errado ainda. A Celina não teve coragem de se mudar e propôs para a minha mãe que eu ficasse com ela para dividir o aluguel do cômodo. Não acredito mais em nenhuma das duas. Estou liquidada e sem moradia. Pior que a imobiliária já está cobrando as chaves, precisamos entregar a casa o mais rápido possível. Não tenho saída. O Pimenta não será mais da família. Tudo que estava posto se desfez. Mas o importante é estar em S. Blander. Minha mãe está sem saber o que fazer, *será que devo desmanchar os sacos com as coisas da mudança?* Não respondi nada. De tão desesperada, resmungou baixinho: *será melhor doar tudo.* Continuei sem dizer nada. A Celina está bem sem graça, mas ela desistiu por causa da família, eles não querem que ela vá para longe. Pelo menos dormirei mais esta noite na minha casa querida.

Minha mãe me confessou que não queria ir embora de S. Blander. Sabia que não era a única. Ela está chorando. Esse mundo de merda tira as pessoas do lugar, obriga mãe e filha a se separarem. Gostaria que Avelã fosse S. Blander ou que tudo daqui fosse para lá — minha escola, meus amigos. Gostaria que as duas cidades se fundissem numa só.

Minha mãe chora alto, eu não faço barulho, choro silenciosamente.

...

Farei aventuras malucas para evitar a tristeza, tenho o passe-livre e posso viajar para um estado bem longe daqui. Pena que não existe um cartão para viagens internacionais de aviões e navios. Ela havia encontrado um quarto para eu morar sozinha, mas não fechou o negócio, porque não passa ônibus nas proximidades; *bichinha, é perigoso. E a mãe tem medo*. Ah. Queria ter te ligar, mas não consegui falar nada, mas foi bom escutar a sua voz. Não quero sair do meu mundo. Tocarei um pouco de piano no meu órgão. *Lacrimosa* de Mozart, gosta?

...

Caí na real, o quarto é pequeno demais, do tamanho do banheiro, não há lugar para colocar meus patins e meu teclado, teria que dormir com eles em cima de mim. Saí de lá me esforçando para não pensar em nada. Quando a hora chegar, não quero nem imaginar. Voltei a tocar piano. Há dez minutos comecei a treinar e já sei a primeira parte da música.

...

79% dos palhaços não têm o dom de fazer graça, mas se consideram excelentes palhaços. Vou aumentar para 85%, 7% dos palhaços são bons palhaços, e 8% dos palhaços são mestres em tudo aquilo que fazem, isso faz deles seres especiais. Nunca, nunca fazem chacota de ninguém, diversões sem preconceitos e sem agredir ninguém, não são iguais a esses bobocas que andam pela televisão e pelos palcos fazendo o público rir às custas da dor de outras pessoas.

...

A caça às bruxas e aos seguidores de apócrifos aconteceu por causa da política e por causa da religião. Morte por decapitação é rápida, não dá tempo de sentir dor. Enforcamento dói muito. Adio a morte. Várias vezes, adiei. Já te contei que uma vez estava com o meu kit morte na mochila e adiei por causa de uma lasanha. É que adoro lasanha, ainda mais a da minha mãe, mas ela só faz uma vez ao ano.

...

Já tentei entender o filme *Matrix* umas três vezes, desisti quando passei a criar as minhas teorias.

...

Estrelas cadentes passam por diversos mundos, visitam vários planetas. Se você observar bem o céu de Portugal e conseguir ver qualquer coisa, me avise, por favor.

...

A União Soviética desenvolveu o programa *Luna* para uma série de missões espaciais. Enviaram um tanto de Lunas à Lua para explorar o espaço. Luna 1 caiu em torno do sol; Luna 2 foi o primeiro objeto sintético a alcançar a Lua; Luna 3 fez as primeiras fotos do lado oculto da Lua; Luna 4 passou a muitos quilômetros da Lua e entrou em órbita solar; Luna 5 não aguentou o impacto direto com a superfície solar; enviaram ainda as Lunas 6, 7, 8, 9, 10, 11, 12, 13, 14, 15, 16, 17, 18, 19, 20, 21, 22, 23 e 24. Está tudo lá na Wikipédia sobre o *Programa Luna*.

...

A distância continua sendo um problemão.

...

Pela primeira vez na vida, xinguei alguém na rua. O desconhecido me provocou. Foi assim a nossa briga: Ele: *deus mandou você me dar um real*. Eu: não tenho. Ele: *o espírito santo me disse que você está mentindo*. Eu: *você é quem está mentindo*. Ele: *você está ofendendo um homem da Universal*. Eu: *demônio!* Ele: *você não pode ofender um homem da Universal*. Eu: *e você não pode mentir. Demônio.* Ele: *satanás.* Eu: *demônio. Demônio. Demônio. Demônio. Demônio.* E fui saindo e ele também. Quando estava longe, ele virou para trás e gritou bem alto: *demônia!* Já o vi duas vezes perambulando pelas ruas. Ouvi bem quando ele disse para uma dona: *você não tem dinheiro porque não vai na Universal. Se fosse não estaria sem dinheiro para me dar*. Queria ter reagido assim contra aquele tarado do ônibus. Quando pego o 147 e chego ao meu destino, me lembro daquele dia e fico analisando formas possíveis de como agir, caso aconteça de novo. A única cena que imagino é que estou batendo nele, e o povo me esmurrando por achar que estou agredindo um frágil velhinho.

...

Estou perseguindo o Renan. Posso estar em perigo porque ele é um *hacker*. Você soube dos ataques cibernéticos nos sites do governo dos Estados Unidos. Conhece o Albert Gonzalez, *hacker* cubano? Gosto mais do Owen Thor Walker, ele aprendeu a programar e criptografar sozinho. Que garoto genial!

Terminei de arrumar as minhas coisas.

Quase na hora da mudança, o Pimenta fugiu para a rua. Corri para ver aonde ele ia com tanta pressa. Ele estava no meio de uma briga com um cachorro rival. Estava tão transtornado que mordeu a mão da minha mãe. Por fim, conseguimos que ele entrasse, aí, pronto, ele se acalmou, e nós também. Depois a minha mãe saiu desfilando com ele na coleira chique que a Gumercinda emprestou, andou tanto que voltou com bolhas no pé. Não sei o que fazer, estou sem ação abraçada ao Pimenta, por sorte ele não ficou nervoso nem sufocado. Creio que ele também quer se despedir, notou as caixas e os sacos espalhados pela quase ex-casa. Não tenho 100% de certeza, mas acho que ele chorou esta manhã quando minha mãe conversava com ele sobre as tentativas de conseguir um novo dono. Minha mãe soube de um sitiante estava precisando de um cachorro que rosnasse muito quando da chegada de estranhos. Dei as orientações: *quando o homem chegar, seja bem bravo e se necessário morda a canela dele, assim ele saberá que você é o cão certo para mandar naquele sítio que não conhecemos.* Não queria ficar longe do Pimenta, mas sei que não temos outra solução. Pensei que fosse o momento da separação definitiva, mas o sitiante não aprovou o tamanho dele: *mas, dona, a senhora não disse que o bicho era tão nanico. Procuro um maior. Quem vai ter medo desse toquinho?* Homem burro. O Pimenta é destemido. Minha mãe diz que sou como ele, mas aprendemos sobre braveza com ela. Ninguém acredita na minha braveza, acho que é por causa da minha voz de criança e pela ambição em encontrar amigos.

...

Pesquisando na internet, encontrei uma associação de mães de autistas e agendei um horário pensando que houvesse oferta de atendimento psicológico, mas não havia. Fui bem recebida. A presidente da associação, Lídia Meirelles, me convidou para alguns eventos. Já fui lá várias vezes. Ela me incentivou a fazer a minha primeira palestra. Será uma maneira desafiante de mostrar meus vídeos. Você acha que eu conseguirei falar para uma plateia? Na última reunião, as mães-de-autistas tiveram uma conversa comigo. *Você deveria contar para a sua mãe sobre você, dizer qual o seu diagnóstico* — disse a Ana, mãe do Tadeu. *Quem sabe se você a convidasse para vir aqui, conversaríamos com ela* — disse a Carmem, mãe da Fabiana. A Lídia tem demonstrado muito potencial para ser minha amiga. Ela luta pelo direito dos autistas em nome do seu filho. Ela me disse que poderia conversar com a minha mãe, mas eu ainda não aceitei. Ainda tenho medo, sei que será uma tragédia.

Estou muito triste.

As chaves da nossa casa serão entregues. *Não consigo, não consigo, não consigo*, repeti mil vezes para a minha mãe. Parece que ela e você confiam mais em mim do que eu. Talvez eu não volte mais, posso me esconder num mato, mas é melhor encontrar um sem aranhas. S. Blander é uma cidade lotada de aracnídeos, no Kapaxis havia uma população de *Nesticodes rufipes* e *Pholcus phalangioides*; no parque Nonairt cheguei a correr de uma tarântula. Queria que alguém, em quem confio, revelasse à minha mãe quem sou. A Marcela e a Else haviam me convencido 70%, mas elas não fazem mais parte da equipe de saúde. Eu precisaria de mais um ano para me convencerem dos outros 30%. Em você confio 100%. Sei que nunca diria coisas ruins sobre mim. E não me faria sentir uma boba. Você é minha amiga e me compreende.

Isso é um pouco ruim, porque você não está aqui para me ajudar. Não tenho medo de minha mãe brigar comigo, mas de eu brigar com ela. Se ela tentar me ajudar do mesmo modo que fez a vida inteira, vou responder de uma maneira revoltada, e vou gritar muito e me tornar a pior filha. Foi o que fiz nas duas vezes em que ela quis me ajudar, mas ela não precisava dizer aquelas coisas horríveis, me contando as maldades que os outros falavam sobre mim. Não gostei, não aguentei ouvir aquilo tudo, respondi de forma estúpida. Brigava sempre que ela tentava me aconselhar, porque nessas horas ela aceitava ainda menos a filha que tinha; *parece muda, as pessoas pensam que você é muda, é só abrir a boca e falar e não fazer essa cachorrada com as pessoas.* Não dá para esquecer ou aceitar o seu modo trágico de oferecer ajuda. Chegava a arremedar as palavras grosseiras do meu primo inútil e de sua irmã má. Fica rememorando o que os outros disseram de ruim, mas nunca teve coragem de dizer aquilo que ela pensa.

A primeira vez que falou por alto em me levar ao psicólogo foi quando aquela intrometida, mãe da menina da minha sala da quinta série, revelou o meu maior segredo. O segredo que guardei por tantos anos — que eu não tinha amigos nem falava na escola. Na hora me deu uma raiva, pensei. Não gosto de pessoas que não respeitam os segredos dos outros.

Minha mãe ficou desesperada e foi logo brigando comigo. Escondi quem sou, desde criança, sempre soube que me culparia, que não me aceitaria. Ela deveria ter chegado em mim calmamente, mas chegou desesperada, então respondi com rebeldia. A segunda vez foi quando meu pai estava internado no hospital, antes dele morrer. Minhas duas primas se encontraram na recepção após longos anos sem se verem. Com tantos assuntos para tratarem, resolveram conversar sobre mim com minha mãe. Disseram que eu tinha um lado do cérebro faltando pedaço e que eu era como o primo de Moabe, que eu nunca iria trabalhar por causa disso. Minha mãe chegou em casa, novamente desesperada, contando tudo que ouviu. Ela não insistiu, nunca insistiu. Tem essa mania de comentar o que os outros disseram, e nunca dizem nada de bom. Procurei ajuda sozinha em 2015. Mas, se ela souber agora, sei que tudo se repetirá. Se me perguntar, por exemplo, se estou bem, xingarei. Não será de propósito, será automático, responderei com os sentimentos que estão guardados dentro de mim. Ela nunca me perguntou se estou bem, entre nós é proibido falar sobre sentimentos. Nunca digo nada sobre mim, pois ela não quis me entender, não me defendeu do mundo.

...

    Minhas coisas se foram. Sobraram eu e o colchão. Estou muito quieta, sinto que farei algo ainda mais terrível amanhã ou nos próximos dias. Tomarei mais remédios, não para morrer, só para ficar meio a meio; metade viva e metade morta.

    O Pimenta vai embora hoje. Não quero saber para onde, não vou me despedir dele. Não quero olhar para ele indo embora, vou me esconder.

    Quero uma luminária de estrelas.

    Ficarei aqui até a minha mãe me tirar à força.

    Por que as pessoas falam *bom dia* e eu nunca falo?

    Minha mãe está andando mais rápido do que o Sonic, eu não saí do lugar.

    Acho que a Celina não me suportará.

    Sentirei falta da minha cozinha, não terei o meu mundo. Como viverei sem meu mundo numa casa desconhecida? E como irei aguentar a Celina falando comigo? É que eu gosto de ficar solitária em um quarto escuro. Não irei suportar. Sou muito quieta dentro de casa.

Não posso ir para a rua, está chovendo. Irei à casa da Celina ou ficarei imóvel até amanhã? Talvez ela pense que estou com preguiça, mas é a tristeza que me deixou assim.

• • •

A Rosani disse que me considera como filha.
Gosto de ter mães de mentira.

• • •

Ixi, minha mãe chegou chorando, não conseguiu pegar nem um real da aposentadoria, o banco roubou tudo.

• • •

Já me apresentei em público com o meu violão, muitas vezes toquei no culto.

Minha prima chata não deixou minha mãe dormir na casa dela, agora ela está sem lugar para ficar, ainda por cima a malvada levou o colchão que havia emprestado durante esses anos todos. Ela é ruim.

Sua carta ainda não chegou, mas ficarei de olho, pois a casa em que irei morar fica bem pertinho, irei ao portão toda hora para ver se vejo o moço do correio.

• • •

Suspeito que breve serei *hackeada*, porque estou xingando o Renan, e ele é um invasor profissional. Daqui a pouco minha carreira de *Aspie aventura* estará destruída. Ele é idiota. Não terei patrocínio, porque as empresas só dão apoio a pessoas sem escândalo ou com escândalo produtivo para a carreira.

 Se eu fosse para Avelã, cairia na vida do *fake* novamente, aqui já estou com vontade, imagine lá! Ser outra pessoa é como despregar do nosso corpo. Mas o mundo do *fake* é arriscado, qualquer um pode pedir a desativação do ser que criamos.

• • •

4.000mg de $C_8H_9NO_2$ causa parada do fígado.

• • •

 Sim, falei sobre a minha dificuldade com a ida da minha mãe para Avelã e a não adaptação em dividir um cômodo com uma vizinha, mas a psicóloga não me compreendeu. É que o foco dela era me ouvir falar sobre o período da escola. Aff, ainda me deu uma tarefa: chegar perto de alguém e conversar. Isso é chato e nada inteligente. Eu disse a ela que não gostei daquilo que me pedia. Ela me explicou que teremos dez sessões, e depois dos resultados dos testes poderei ser encaminhada para outra estagiária. Vi na net sobre possíveis testes e adianto para você que não quero ser nem o cachorro do Pavlov nem o ratinho do Skinner. Ela é do psicodiagnóstico? Lembrei-me de que fiz esses testes um dia, são várias folhas para responder. Pode me explicar? Então é mais chato do que imaginava. Está bem, acredito em você, além do mais não tenho alternativa, por enquanto.

• • •

Sonhei que entrei em um navio que atravessaria o Atlântico, mas no meio da viagem uma onda gigante igual ao tsunami surgiu. De repente, fomos arrastados para o ponto de partida. Nova tentativa e novo tsunami. Por três vezes, a mesma coisa aconteceu. O navio parecia de brinquedo, daria para puxá-lo com um barbante. Pior se fosse igual ao de Sumatra, em 2004, com ondas de cinquenta metros e um saldo de 230.000 mortos, ou do Japão, em 2011, com ondas de dez metros e 18.000 mortos, ou deve ter sido um filhotinho do tsunami de Portugal que veio seguido do terremoto, no dia primeiro de novembro de 1755, com ondas de trinta metros de altura. Seria um sonho premonitório? Às vezes acho que você corre perigo e a qualquer hora o solo português estrondará novamente.

• • •

Não dá para colocar algumas das minhas coisas debaixo da cama como você sugeriu, ela não tem embaixo. Não estou no quartinho ainda, vou esperar por minha mãe. A casa onde morávamos continua vazia, quero fotografar cada detalhe, a série se chamará: *O que ainda resiste*.
Gostou das fotos?
Tomei dois Dramins.
Ah? Não sei explicar.

• • •

Grande Ônix nem é tão longe de S. Blander — de lá dá para ver todo o céu. Quando eu tiver um carrinho de controle remoto, acoplarei uma câmera em cima dele para filmar lugares inéditos e obscuros.

Estou deitada no chão me despedindo da casa e do que restou dela. Não me lembro de ter tomado o quarto Dramin, só sei que fiquei muito fraca e não conseguia me levantar. Iria tomar o resto, então seriam nove Dramins.

A antiga casa está vazia, não tem fogão, se tivesse, faria um miojo. Não fui comer na casa da Celina, senão ficaria mais triste do que estou, quando visse novamente aquele quarto pequeno. Não caibo nele. Eu sou eu e minhas coisas. Onde colocarei meus livros, violão, teclado e patins? Disseram para eu colocar em cima da cabeça. Gente besta!

Quando se diz pré-história, é porque ainda não havia a história?

Ainda bem que amanhã comerei hambúrguer, vou comer três para matar a fome de ontem e de hoje.

Queria morar numa aldeia com todos os meus amigos.

Soube de um autista que é DJ, às vezes toca em navios. Ouça! Trouxe o meu teclado, com a casa vazia a acústica ficou magnífica. Eu estava tocando *Lacrimosa*, mas só aprendi a primeira parte, parei porque acabou a luz novamente. Ouça. Essa é a versão original.

...

Tenho medo de chuveiros desde a infância, estou aterrorizada com o da Celina. Providenciarei equipamentos de proteção quando for tomar banho — abrirei a torneira com o vidro de xampu dando umas batidinhas e calçarei uns chinelos de borracha (ou será melhor comprar aqueles pés-de-pato de mergulho?), ela disse que ele explodiu anteontem porque tinha um fio desencapado. Quando eu tinha sete anos, o da minha casa explodiu, a porta estava aberta, e eu saí correndo enrolada na toalha.

...

Invadi novamente a minha-ex-casa-vazia. Nada melhor do que fotografar em momentos ruins. Estou te mandando as fotos. Viu o copo-resiste? Viu a toalha-resiste? No fundo da imagem: a telha-resiste? A lâmpada-resiste? O chinelo-resiste? A porta-resiste? Fotografei ao som do bolero de Ravel. Somente eu não resisto. É mesmo a música preferida do Ronaldo? Também gosto dessa outra que te mandei, desde os meus sete anos que a ouço. É que ouvi, pela primeira vez, quando assistia ao meu desenho preferido: *Digimon*. Jamais a esqueci. Passei anos querendo saber que música era aquela, fiquei com os acordes na cabeça até 2012, quando, enfim, descobri que o nome dela era *Lacrimosa*.

...

Já estou na casa da Celina, jamais poderei dizer minha casa. Foi triste quando a minha mãe me trouxe e imediatamente foi embora sem me explicar muita coisa. Senti medo e fiquei dizendo: *você vai me deixar aqui sozinha? Não vá agora! Não vá!* Chorei muito. Ela também.

...

Estou tentando me levantar da cama para ir ao curso de fotografia, é que será a primeira vez que faço isso morando aqui na casa da Celina. Preciso planejar os meus passos desde o levantar até o momento em que fecho o portão na saída. A sequência poderá ser: 1) me levantar; 2) pegar a muda de roupa que vou vestir — deixei separada desde ontem; 3) ir ao banheiro; 4) trocar de roupa; 5) fazer xixi; 6) lavar as mãos; 7) escovar os dentes; 8) ajeitar o meu franjão; 9) lavar as mãos; 10) sair do banheiro com o meu pijama nas mãos para guardá-lo na minha caixa de roupas; 11) arrumar a cama; 12) comer um pão; 13) voltar ao banheiro; 14) ajeitar o franjão; 15) lavar as mãos; 16) sair do banheiro; 17) pegar a mochila no canto esquerdo da parede; 18) abrir a porta para sair — essa é a parte mais difícil, como será que abrirei essa porta-misteriosa? Onde será que a Celina guarda as chaves? Ufa, estou fechando o portão; a Celina chegou com pão fresquinho e foi logo me dando a minha chave — *acordei cedo e corri no Zé das chaves e fiz um molho para você, come o pão, está morninho ainda.*

...

Quando abri o armário para pegar o meu Tang, saíram duas baratas de trás de umas latas — até as panelas são guardadas na geladeira por causa delas. As baratas completaram o caos. Em 2008 e 2009 moramos numa casa em que os bichos comiam o teto de madeira e o pó caía pelo chão. Eram como goteiras de pó. Cada hora aparecia uma nova goteira-pó. Quando me deitava para dormir, era obrigada a fazer certas manobras para não cair aquele pó preto no meu rosto. Também havia aranhas.

O vizinho que mora em frente é músico. Espero que toque violino todos os dias, pois me acalma. Soube que ele toca em eventos. Uma vez, toquei em um casamento, senti-me importante no altar.

...

Postei algumas fotos da série *O que ainda resiste*, mas um monte de gente me disse que eram fotos tristes. Só você me disse que era arte sobre o deslocamento. Sábado tomei três Dramins ou quatro, ontem tomei três. Sem efeito. Também executei um velho truque da morte, sem sucesso. Desisti quando estava quase morrendo. Sábado teria funcionado se a Celina não tivesse chegado, eu estava quase dormindo, e esse era o objetivo: morrer dormindo. Talvez a minha morte seja uma necessidade de me sentir amada. Caramba, se for isso, então estou condenada. Nunca sumirá a vontade de amor. Não terá como curar o meu desejo de ser salva. Nem sei se já fui salva. Porque a amizade é uma espécie de salvação.

...

Tarde da noite a temperatura baixou bastante, queria pegar outro cobertor mas, se abrisse o meu baú, veria a bagunça que a minha mãe fez em minhas coleções. Há objetos jogados do lado de fora da casa e que podem molhar, estão sob um saco preto. Não couberam no quarto, e minha mãe deixou tudo lá fora — em um local proibido, na casa dos fundos que ainda não está alugada. Se a dona do imóvel for lá, ficará nervosa e mandará tirar tudo na mesma hora. No sábado e no domingo, tentei fazer experiências ruins comigo. Preciso de métodos melhores, uma arma é o método perfeito, facas não são boas porque doem, e tenho medo de pegar nelas até para cortar o pão. Ou devo viver a vida loucamente, fora do meu controle? Para isso tenho que encontrar amigos aventureiros iguais aos do filme *Colegas*, amigos do tipo que invadem navios ou que viajam pendurados em vagões de trem. Me cansei de fazer loucuras sozinha. O Peter faria uma longa e alucinada aventura comigo, teríamos uma espada mágica para nos proteger, não temeríamos nada. Só não perco o medo de dizer sobre mim para a minha mãe. Se fosse fácil e possível, eu teria me revelado antes. Nunca perderei esse medo. Pensei em começar mostrando os meus cartões de transporte para ela, sem dizer nada. Sempre começo dizendo algo pelo fim. E se ela me perguntasse o que significa, diria: *são cartões*.

...

Ah, minha prima, a Carla, é mesmo uma peste, ainda bem que tenho primos bons por parte de pai. Com ela eu não preciso de inimigos feito o Capitão Gancho. Uma vez, escutei o Zé Maria dizendo para a sua irmã: *você não gosta da Luna*. Ele sabe, e eu sei, a Carla não me suporta. Parece aquela irmã chata da novela que odiava a caçula autista. A Carla não iria querer me ver nunca mais se minha mãe morresse (bem que ela poderia ser semelhante a uma tartaruga que vive muitos e muitos anos). A malvada me disse que só se importa com o seu filho e mais ninguém. Recusou dar abrigo por uma noite à tia que a criou durante muitos anos.

...

Desde que vim morar na casa da Celina, adquiri o medo de dormir com a cama colada na parede. Três vezes por noite me levanto assustada com a lanterna na mão. Barulhos suspeitos vindos do teto me fazem achar que bichos estão caindo nos meus pés — que no caso é o lugar onde fica o teclado. O professor de som nos disse, uma vez, que quando dormimos a única coisa que fica acordada em nós são os ouvidos. Ele tem razão.

...

Uma tempestade ameaça chegar, sons de trovões são ativados a cada dez minutos, a seguir vêm chegando os raios que parecem gráficos das batidas do coração. Fico imaginando que a qualquer momento o traço reto da morte riscará o céu, e no mesmo instante algum coração parará de bater (bem que poderia ser o meu). Magnífico o espetáculo, apesar do medo de levar um choque, como o Guilhermino levou quando falava ao telefone, foi jogado contra a parede, tão violento o poder do raio.

...

Você se lembra dos perigos que tive de enfrentar para voltar para casa depois das aulas no semestre passado? Para cortar caminho, me embrenhava naquelas ruas desertas, ia me escondendo entre os caminhões e carros abandonados e, quando avistava alguém, me escondia no mato para esperar o momento certo de seguir adiante. Assim, eu demorava vinte minutos da escola até em casa; se fosse pelo caminho mais longo e mais seguro, eu teria que andar vinte e cinco minutos até o ponto de ônibus em frente ao supermercado Fontes, esperar pelo menos uns quinze minutos (se perdesse esse, teria que esperar mais trinta minutos), e a viagem demoraria mais quinze minutos. Percebe a diferença? Quando cismei que encostei a mão numa teia de aranha que supostamente estaria dentro de uma carcaça de Fusca, eu desanimei de assistir a todas as aulas. Quem sabe se tivesse continuado com a turma da noite eu teria mais chances de chegar até o último semestre? Os professores precisariam me explicar umas dez vezes a mesma coisa. Quem tem paciência assim? As professoras das primeiras séries têm métodos muito bons, são detalhistas, por isso pude ser a melhor aluna da sala antes da quinta-série. Sabia que vários autistas eram considerados mudos na escola? E olha que muitos falavam mais do que eu. Somente em casa eu extravasava, tinha um gravador como cúmplice e o meu pai como companheiro. Como minha mãe poderia saber que fora de casa eu era outra?

Não era somente eu quem achava as aulas de direção as melhores do mundo. As deste semestre ninguém gosta. O professor Jessé era o melhor. Mudar o professor é como mudar as possibilidades. Foi graças às aulas de direção do primeiro semestre que fiz o *Aspie aventura*, fiz o *Libertas*, fiz o vídeo das formigas e apresentei o trabalho sobre a Anna Muylaert. Fiz tudo por causa do estímulo que encontrei nas aulas de direção do professor Jessé. Eram perfeitas. Aprendi mais naquelas aulas do que em todas outras. Não estou com vontade de ir amanhã à aula para entregar a lição de produção, vou tirar nota vermelha. Já me conformei que terei que aprender sozinha as técnicas do cinema.

...

De novo, sonhei que estava atravessando o Atlântico. Desta vez, um homem que não conheço atravessava aquela água toda por uma trilha que ia de Portugal até os Estados Unidos, mas ele queria vir para o Brasil. Parecia o filme *A era do gelo*. Tinha várias madeiras enfileiradas, eu me animei e imitei o homem. Era preciso pular de uma ripa para a outra, se errasse seria o fim. Consegui chegar a Portugal, e a sua casa era igual àquela do outro sonho e não igual àquela que vi pelo Google Maps. Acordei sem entender por que o senhor tinha que passar pelos Estados Unidos para chegar aqui.

...

O Jonathas, o Renato e o Carlos querem me namorar pelo Face. O Vitor também, mas ele não conta. O Jonathas é de Joaninha do Sul. Renato, de Zuhause. Carlos, de Babaçu. Arraso corações. Ainda bem, assim fica mais fácil para encontrar o Peter. Prefiro nefelibatas aos garotos comuns.

...

Estou perdida, minha mãe não sabe fazer contas e para piorar está sobrecarregada com a quantidade de problemas financeiros. Tenho medo da minha mãe pirar e ficar chorando alto — é assustador.

• • •

Nossa amizade é bem artística, você não acha? Nossas aventuras são artísticas? Esqueceu o Whats aberto?

• • •

Meu pai, antes de se casar com a primeira mulher, tocava na banda de Roseira. Um dia, ele me mostrou a capela onde eles tocavam: *Luna, isso foi há mais de 60 anos*. Era um galã de novela, lindo e músico ainda por cima. Minha mãe teve a maior sorte do planeta em encontrar o meu pai, graças à vizinha que não quis saber dele. Minha mãe conseguiu outro namorado para a Doca. Depois de um tempo, a Doca se irritou com a raspação de garganta do velho, *Cidinha, não teve chá de limão com mel que desse jeito*. Quando se encontram elas riem muito se lembrando desse cômico episódio. O maior encanto da minha mãe é o bom humor, faz piada até de si mesma... até da desgraça.

• • •

Ganhei cinquenta reais e vou ganhar meia cesta básica. A Celina está sem dinheiro, minha mãe deixou dois litros de leite na geladeira.

• • •

Ainda está aberto o Whats? Fiquei a manhã toda ouvindo a música *Lacrimosa* para decorar de ouvido.

...

Fico me perguntando por que a minha mãe não escolheu a Celina para ser a minha madrinha ao invés da Vera Lúcia de Moabe que me viu poucas vezes. É que a minha mãe era católica antigamente, agora ela é católica-evangélica-kardecista. Só não é budista porque não sabe do que se trata. Agora você fechou o *zap*, né? Nha!

...

Não tenho ido às aulas, já fui reprovada por faltas, mas na terça-feira passada assisti à aula de história da arte e aconteceu uma coisa incrível. Na hora do intervalo, fiquei próxima da roda de conversa de um grupinho de alunos da minha sala. Como sempre, me mantive calada por falta de assunto. De repente, a funcionária da escola veio nos avisar que não haveria a segunda aula e que poderíamos ir embora, fiquei duplamente feliz, pois iria sair mais cedo e teria um assunto para falar com a Lúcia — que estava na cantina. Desci correndo as escadas em direção ao restaurante, chegando lá, foi ela quem se aproximou de mim e falou: *olha, o pássaro está aí de novo!* Olhei para o pássaro e não tive reação nem pude comentar sobre a sua frase. Me peguei desprevenida. Fiquei uns quatro segundos sem reação e, quando dei por mim, ela estava indo em direção à sala de aula... eu falei às pressas: *não haverá a próxima aula!* Ufa. Consegui. Ela respondeu: *que bom, muito bom*. E continuou andando! Contente, eu olhei para trás e ainda disse: *tchau!* Ela respondeu: *tchau,*

Luna! Fui embora alegre e saltitante por ter falado duas vezes naquele dia.

Fim dessa história sobre a Lúcia e eu.

...

A Celina tem ficado na casa de sua filha. Melhor para mim, que posso andar tranquila pelo cômodo.

...

Estou tão triste que pensei em pegar um ônibus e passar a noite toda na praia de Avelã, mas fiquei imaginando o som das ondas entrando dentro do meu ouvido, o eco num ritmo monótono. Tive medo dos caranguejos passearem pelo meu corpo durante a madrugada, enquanto na areia da praia. Tive uma crise, daquelas em que não consigo me mexer, e depois fui tomada por uma vontade de gritar e esmurrar a parede ou uma árvore. Fiquei me debatendo na cama como um peixe grande na areia, sem ar, sem água.

...

Está passando na TV o caso de um homem com cara e corpo de criança. Ele é um adulto no corpo de uma criança de dez anos. O sonho dele é crescer, casar e ter filhos. Ele fez um tratamento para crescer alguns centímetros. Se eu fosse ele, iria ficar muito grata por não ter crescido.

...

O Tomás abriu os braços quando me viu de longe, não fiz nada quando cheguei perto dele, porque eu não sabia se ele queria um abraço ou se estava apenas esticando os braços. Tem que me avisar antes, dizer como a minha mãe: *dá cá um abraço na mãe*.

...

Quero lasanha. Que coisa, a vontade de comer lasanha só aparece quando não tenho dinheiro. Agora que eu sei o tempero secreto da carne moída da minha mãe, posso tentar fazer uma lasanha quando tiver os ingredientes. Mas não posso pensar em lasanhas nesses dias de pobreza absoluta, devo pensar em arroz. Huuuum, arroz! Arroz! Arroz! Arroz, *muy rico*! Tenho que pensar em arroz, mas não gosto muito. Arroz puro serve para me manter alimentada. Lasanhas servem para saciar o meu desejo. Esqueci que não devo falar de lasanha. Arroz, arroz! Tenho que pensar só em arroz porque é a única opção de hoje.

...

Não respondi aos dois pedidos de namoro do Renato, e ele entendeu o espírito da coisa. O Carlos também entendeu o espírito da coisa, a coisa da Terra do Nunca. Demoro muitos meses para me acostumar com alguém pessoalmente e na maioria das vezes desisto antes de tentar. Deixo os pretendentes no vácuo. Namorar com o Felipe foi mais fácil, a gente não tinha assunto sério, e não era um namoro igual ao das outras pessoas. Odeio namorados que resolvem falar sobre assuntos de adultos comigo. Por que eles não curtem a vida e deixam as coisas acontecerem sem a interferência das regras do mundo? Se for para a gente se casar, vai acontecer sem nos programarmos; o Tadeu me pediu em casamento. Desisti, é muito burocrático o modo tradicional. A gente poderia se casar em frente a uma árvore, do jeito convencional é bem chato. Desisto sempre das coisas burocráticas e sem imaginação.

...

Respondi a uma pesquisa virtual. Me perguntaram que animal eu queria ser e por quê. Não sei o motivo, mas não poderíamos ser uma ave. Então eu respondi que queria ser um tubarão para poder atravessar o oceano, assim não passaria fome porque certamente haverá muitos peixes pelo caminho. Pensei em tudo isso. Mas não sei como eu faria para sair do mar e ir para a sua casa.

Aqui está fazendo 13°.

A carta ainda não chegou aí? Coloquei no correio no dia cinco de abril. Você me mandou três cartas, e uma se perdeu. A minha foi com dez selos. Para que servem os selos?

...

Bloqueei a Carla no face. Ela recebe as pessoas com risos e gracejos, e quando as visitas se vão ela se revela. Falou mal da Celina, que sempre a tratou bem. Sabe ser antipática. Ela tem um barraco sobrando nos fundos da casa dela, inutilizou-o lotando de tralhas, vive dizendo que não quer ninguém por perto. Minha mãe daria um quarto para ela se fosse o contrário, já deixou quatro pessoas morando conosco, inclusive ela.

...

Você ainda é ateia? Sou agnóstica teísta. Todos deveriam estudar os segredos do universo e não serem enganados pela matrix. Será que existe algum tipo de chip maligno no cérebro da população? São robotizados pela matrix dos donos do mundo.

• • •

Ainda não guardei na memória o rosto da psicóloga nem a voz. Tive dificuldades com isso na semana passada, achei que ela era outra pessoa, custo para decorar fisionomias.

• • •

Continuo tremendo mesmo depois de comer o pão. Acredita que a Carla ligou para a minha mãe para dizer que engordei ainda mais, que qualquer hora vou explodir igual à mulher da novela? Não como tanto, sempre deixo comida no prato, mesmo colocando apenas duas colheres; mas doces são sempre bem-vindos.

• • •

Vendi o meu patinete por novecentos e cinquenta reais. Eu saí lucrando porque comprei por seiscentos e cinquenta reais. Vou me encontrar amanhã com o comprador. Sim, é seguro. Marquei em frente ao shopping Diamante. Agora é investir na vakinha online, recebi poucas doações, e ainda faltam dois mil e duzentos reais, mas a Lídia irá divulgá-la nos próximos eventos. Posso trocar meus patins por um veículo aquático. Ou trocar por um barco, mesmo tendo medo dele se perder no oceano ou ser tragado por uma grande tempestade, igual à dos filmes. A minha bússola não funciona bem. E pode faltar comida e água, além de ter que aguentar o sol forte. Só se eu levasse um guarda-sol gigantesco. Mas isso iria atrapalhar o funcionamento do barco.

Não encontrei uma boa solução. Melhor aguardar que a vakinha engorde.

...

As pessoas que vivem na miséria ou na pobreza, deficientes e incapazes devem usar seus direitos. Se a pessoa é excluída de tantos lugares, será uma felicidade usar qualquer tipo de cota. Com o cartão legal ficou mais fácil fazer o tratamento, participar de oficinas, ir aos parques e bibliotecas — tudo isso faz parte da inclusão e das múltiplas formas de cuidado. Um excelente item para ser incluído em qualquer projeto terapêutico. Poder andar para qualquer lado é um bom recurso para a pessoa se sentir incluída na sociedade. Depois da aprovação do cartão, passei a me sentir incluída de 15% a 25%. Quem reclama do investimento do governo nos direitos sociais deveria parar para pensar, sem algumas leis não haveria a mínima possibilidade para pessoas como eu. Se a professora mandava os capitães dos times escolherem um a um para formarem as equipes, eu era, inevitavelmente, a última. Aposto que pensavam em conjunto: ela vai errar tudo, vai deixar a bola passar, parece uma estátua, nunca conseguirá. Mas se me escolhessem evitariam tantas coisas ruins que experimentei e senti. Se ao menos me escolhessem uma vez ou outra, poderiam me estimular a jogar, e me sentiria fazendo parte do grupo. Teria sido mais fácil ser quem fui e quem sou — e disso não abro mão, porque não posso e porque me orgulho.

A autista que conheci, que me chamou para fazer um documentário, me disse que ela estudou no Senac e que eles adaptaram as matérias para ela, isso também teria me ajudado.

...

Fui a um espaço de troca de livros e fiz um bom negócio, deixei três livros que foram do meu pai por três livros de cinema. Outros quatro que levei eles não aceitaram porque possuem pequenas manchas nas pontas das folhas, absorveram o mofo das casas em que morei. Não tinha nenhum de arqueologia, aliás, nunca tem. Na biblioteca perto da minha casa tem alguns, mas estão tão empoeirados que desisti do empréstimo. Não gosto de sujeira, sinto nojo. Deveria ter lido mais livros sobre cinema e literatura. O segundo livro de ficção que li na vida foi: *As vantagens de ser invisível*; e o primeiro que ganhei na escola foi: *O livro das bonecas*. Depois, quando não éramos mais crianças, lemos o livro *A colcha de retalhos*. Ah, no pré-primário lemos algumas partes do livro de fábulas. Mas os de astronomia; geografia; civilizações antigas; ciências, folheei muitos. Pena que não tenho mais concentração para ler tudo. Você pode ler nosso livro para mim?

...

Pensei em fazer um filme de ficção científica. O que chamo de dimensões é o mesmo que ficção científica? A diferença entre o meu mundo e o mundo da maioria das pessoas é tão grande, como se houvesse um outro buraco negro os separando. O filme que estava em cartaz no mês passado com a Rihanna falava sobre isso, mas o roteiro era péssimo. Queria fazer um filme de dimensões igual aos sonhos. Meus sonhos são tão intensos que custo a me livrar deles. Quanto às cenas que escapam quando abro os olhos, eu poderia fazer uma colagem: memória, sensação e ficção. Seria um filme *cult* e não teria muito sucesso, mas gosto sempre de colar poesia no meu trabalho, e deve ser por isso que meus vídeos são seguidos por poucas pessoas; se o assunto fosse bem besta (quanto mais bobo, melhor), teriam tantos seguidores quanto a Pamela Souto ou o Roger Lopes. São tolos que encantam público ainda mais tolo.

• • •

O Nando pediu ao doutor Jardim para tentar o BPC para mim.

• • •

Sabe a passagem em Êxodo 32, quando Moisés chega nervoso do Monte Sinai e destrói o bezerro de ouro? Pois é, quando estou em crise, tenho medo de fazer igual a ele. O que me salva por instantes é esse quadrado invisível que me protege do mundo, como um campo magnético que crio e em que me instalo. Ainda bem que tenho meu computador para pesquisar astronomia, para pesquisar o universo. A minha mãe sabe que a internet é importante para mim, às vezes deixa de pagar uma conta essencial. Ficar sem internet é o mesmo que ficar no deserto sem água.

• • •

Aquele garoto que fugiu de sua casa na Califórnia e se escondeu no trem de pouso do Boeing 767 me inspira. Ficou hibernado por cinco horas e meia em baixa temperatura e não morreu. O trem de pouso tem uma temperatura de 30º abaixo de zero. Ele ter sobrevivido foi considerado um milagre. Pesquisei como é dentro do trem de pouso e o que acontece quando a aeronave para, concluí que será muito difícil eu ter a mesma sorte. Se não utilizassem raio-x para verificar as malas nos aeroportos, eu bem que poderia me esconder dentro de uma grandona. Encontrei um barquinho esplêndido por mil reais, e ainda por cima é rosa, minha cor preferida. Tenho uma excelente experiência em me esconder, já me escondi no Kapaxis à noite e na Rede Fácil, já me vesti de menina-maluquinha quando acampei numa montanha durante a madrugada. Já fiquei presa em um clube, me agachei debaixo de uma mesona até eles fecharem as portas. Acho que nesse quesito sou profissional. No Poupatempo do Centro, enquanto o guarda estava de costas, eu me aproveitei e entrei com a minha capa da invisibilidade e me abriguei num canto debaixo da escada. Sou uma espiã perfeita. Houve uma vez em que me escondi no cinema depois do filme acabar, foi tranquilo assistir ao próximo. E sequestrei bombons de uma árvore de Natal no meio da madrugada, eram bombons grátis, mas eram para o evento do dia seguinte e não para serem comidos às três da madrugada por uma infiltrada. Por causa das minhas habilidades, tive um Orkut em prol da espionagem. Descobria muitas coisas. Se fosse seguir carreira, derrotaria os homens maus, porque tenho uma espada poderosa. As pessoas tentam desenvolver teorias de como autistas veem o mundo, e eu tento entender como o mundo vê os autistas. Não concordo com quase nada.

• • •

Não sei de quem eu puxei essa coragem para aventuras, meu pai e minha mãe nunca foram assim. Dizem que puxei o ouvido musical do meu pai. Quanto às aventuras, devo ter herdado de minha tatatatatatatataravó. É que nunca vi alguém igual a mim na família. Para as pessoas, as minhas aventuras são estranhas e sem objetivo.

• • •

Talvez eu seja a pessoa certa para ser cineasta. Talvez cineastas precisem ser um pouco malucos. Ou muito malucos? Deve ser legal fazer documentário investigativo. Quando eu chegar a Lisboa, filmarei tudo, até você fazendo comida. Nunca faço histórias com começo, meio e fim. Farei um vídeo poético como o da Petra Costa e não me importarei com essa estrutura de redação. Não dá para fazer arte seguindo regras, a imaginação não está nem aí para a lógica. E não sou eu quem controla o que penso. Se me pedissem para imaginar uma panela, eu pensaria em lasanha; se na mesma hora eu pensasse no Natal e na minha mãe, eu me lembraria de uma candela legal que vi uma vez e imaginaria uma batalha de candelas. Uma simples panela me faz pensar tudo isso. A palavra boneca provoca calafrios. Como não tenho boas relações com as bonecas, talvez passasse o resto do dia com o sentimento de contrariedade — pelo mundo ser tão dentro da caixinha. Ninguém manda nos meus pensamentos, muito menos nos mais profundos. E, se me pedissem para pensar no pôr do sol, posso pensar que meu tio vai morrer, que um dia se esconderá e desaparecerá no horizonte como o astro rei; é que ele está tão velhinho. Quando isso acontecer, pode ser que os Wolf nunca mais se reúnam. É bom explicar que pensar no pôr do sol é diferente de ver o pôr do sol.

...

Já ouviu falar sobre o paradoxo de Fermi? Os alienígenas estão em outra dimensão, por isso eles só aparecem em forma de óvnis brilhantes. Devem ter desenvolvido uma grande tecnologia que faça com que eles passem de uma dimensão para outra, não devem ter tido interesse suficiente para fazer contato com os terrestres. Ficam nos observando de longe e rindo da nossa ignorância.

Estudo sobre diversos temas ao mesmo tempo, passo de um para o outro, mas tenho mania de repetir alguns. Estou vendo um vídeo que explica que para o autista mudar um pouco seu foco de estudo é preciso que haja uma ligação com aquilo que gosta ou com assuntos recentes. É verdade isso. Às vezes, quando estou pesquisando sobre arqueologia e no meio do texto ou do vídeo surge um dado instigante — que nunca tive interesse nem imaginava explorar —, largo o que estava fazendo e prossigo investigando o que apareceu e me desviou do começo. Por exemplo, se o meu foco fosse sobre o homem pré-histórico e seus primeiros sinais, e alguém quisesse que eu estudasse sobre cometas, um tema teria que se ligar ao outro.

...

Fofoca maldosa é a utilização do poder quântico ao contrário.
Queria que existisse outro ambiente igual ao da igreja e que não falassem sobre deus. É que é tão legal um grupo de amigos se reunir toda semana para conversar e comer coisas gostosas juntos. Os maçons se dão bem nisso, né? Maçons só permanecem maçons porque se reúnem para jantares, passeios, eventos. Na série sobre a maçonaria a que eu assisti, os homens diziam amar muito a maçonaria, porque eles nunca se sentiam sozinhos. Por isso no meu mundo perfeito tem uma fazenda com um frondoso pé de manga. O pé de manga é um motivo ideal para as pessoas se reunirem. Toda semana eu e meus amigos nos reuniríamos para comermos mangas juntos e faríamos uma fogueira. Fundarei a religião da manga. Você gosta de manga? Se não gostar, posso mudar a fruta, pode ser um pé de jambo. Qual sua fruta preferida? Fundarei a religião da sua fruta preferida! Antigamente, a minha fruta preferida era o morango, mas agora não consigo escolher apenas uma dentre elas, gosto muito de morango, manga, uva, abacaxi, pêssego, melancia, pera. Não ligo muito para maçã e banana. A jaca é detestável. Quando era época, comia jabuticaba o dia inteiro na primeira casa em que

moramos em Arav. Depois o pé foi infectado por uma praga, e não teve remédio que desse jeito. Foi trágico o fim daquela jabuticabeira. Da goiabeira eu nem chegava perto, porque as goiabas eram brancas, e sempre tinha uns bichos transparentes dentro delas. Meu pai nem ligava e, para me irritar, dizia: *bicho de goiaba, goiaba é*. Que nojo! Ainda bem que as frutas das feiras não vêm com bicho. Mas dizem que estão cheias de agrotóxicos, por isso eu lavo muito bem. Em Arav as pitangas eram ótimas. Falei no último e-mail que eu e minha mãe roubávamos manga e acerola? Não me lembro de ter escrito.

...

Ontem, fui eu quem te ligou?

Acordei pronta para a guerra. Não desistirei do que quero. Talvez isso seja um treinamento para os cinco bilhões de reais que ganharei daqui a vinte anos. Pode ser um treinamento para o avião que pilotarei daqui a um ano. Um treinamento para ir de submarino do porto de Zuhause até o de Lisboa. Preciso traçar as coordenadas para vencer. Estou pronta para suportar até 20% daquela coisa horrível que sinto quando estou desanimada. Continuarei a estudar algumas matérias, sim. Não irão se importar se eu andar com uma espada, né? O Oskar andava com um pandeiro, era um antídoto contra crises provocadas pelo excesso de estímulo que há nas ruas. Na verdade, adoraria ter uma que brilha. Nunca assisti ao *Star wars*, mas aquela espada é bem esplendorosa.

Ninguém acredita que irei te ver este ano, eles não confiam que cumprirei a minha missão. Se eu não for, é porque falhei na missão, e não por ser impossível. As pessoas desistem rápido dos planos e desistem de seus desejos. Tudo bem que 80% dos meus planos parecem pura imaginação. Mas quem disse que a imaginação não move as coisas de um lugar para outro? Se digo que irei de navio pirata, ninguém acredita. A humanidade não se liga que os grandes inventores construíram seus projetos pela força e capacidade de criação do imaginário. Era considerada uma loucura a possibilidade de o homem pisar na Lua. Era, quando muito, uma imagem delirante. Aquilo que imaginamos pode se tornar real. Cientistas da Universidade da Califórnia em Berkeley estão desenvolvendo uma microscópica capa da invisibilidade, os testes estão bem avançados. A Úrsula, mulher de pouca fé, me disse: *você não vai, Luna! Você acha que é fácil? Acha que é simples? Você não conseguirá ir, nunca. Porque é muito caro.* Sei que é difícil, nunca disse que seria fácil. Se estou tentando há um tempo, tenho a certeza de que é difícil. Mas acredito, então isso é o que importa. As pessoas não acreditam, não fazem tudo por aquilo que querem. Conheço os sonhos da Úrsula, e sei que ela não se empenhou para que eles acontecessem. Queria ser arquiteta, mas é contadora como o seu pai. Meu sonho é ser cineasta. É por isso que estudei cinema sozinha por três anos antes de conseguir uma escola. Tenho uma vontade vaga de conhecer a neve, se fosse um sonho verdadeiro, estaria fazendo tudo para que isso acontecesse. Muitas pessoas têm o sonho de ter um carro, é por isso que financiam e passam anos pagando as parcelas. Muitas pessoas têm o sonho de ter um filho, é por isso que têm, mesmo quando percebem que o mundo não faz sentido. Por causa desse sonho repetido que o mundo está superlotado de humanos. Muitas pessoas têm o sonho de ter uma casa, é por isso que elas guardam quase todo o salário ou fazem financiamento com juros altos; e os pobres fazem fila para se inscrever no projeto *Minha casa minha vida*. Mesmo que todo o resto falte, a casa é o bem mais precioso para as famílias. Já vi gente morando em barraco de ripas e até em quadrados feitos de papelão — um disfarce do sonho que ainda não se realizou.

Não pensar no sonho é o mesmo que desistir dele. As pessoas que não se concentram nos seus sonhos estão perdendo tempo, e é melhor desistirem logo. Quanto tempo elas acham que ainda têm de vida? Oitenta ou noventa anos nem são tantos anos assim. Se uma pessoa tem cinco sonhos e não faz nada por nenhum deles, ela vai morrer sem realizar e culpar a vida e as pessoas. Alguns preferem se enfiar dentro da matrix, passam a vida escravizadas e robotizadas pelo mundo e suas regras. Seguem as ordens da matrix. A ordem é para que todos sigam numa mesma direção, o pior é que morrem no final. Melhor morrer noutras direções, surpreender a morte. Se para realizar um sonho a pessoa precisar de dez anos e ainda não começou, o que ela acha que vai acontecer perdendo tanto tempo assim? Concordo com aquele sábio que disse: "tempo não é dinheiro. Tempo é o tecido da nossa vida, é esse minuto que está passando. Daqui a dez minutos eu estou mais velho, daqui a vinte minutos eu estou mais próximo da morte. Portanto, eu tenho direito a esse tempo. Esse tempo pertence a meus afetos". Tempo é vida, ele está certo. Irei te ver este ano, isso é certo.

...

Tenho medo de santas que brilham no escuro, minha mãe tem uma pequena que parece um fantasma, quando me preparava para dormir escondia a imagem na gaveta. Você acha legal ter uma santa-abajur? A Úrsula odeia santas, porque aprendeu desde pequena a não gostar disso ou daquilo, nunca quis desvendar o que é seu, suas opiniões nunca tiveram vez; decorou e pronto. Ela não olha a lua no céu, e quando tentei mostrar aquela luz esplêndida ela ficou brava. Por que será que ela não se importa com a beleza que há ao seu redor? Sabe o que ela me disse? Que mostrar a lua era a minha estratégia para irritá-la. Faz um tempão que não vou à célula, e quando vou não tenho vontade de me aproximar das pessoas e muito menos dela, para ela não achar que estou seguindo sua sombra como eu fazia antes. Naquela época, acreditava que ela queria que eu fizesse parte do grupo que coordenava, acreditava que ela estava disposta a ser a mãe substituta. Mas eles sempre me trataram de uma maneira que me incomodava, com autoritarismo e caridade, não entenderam que não era disso que eu precisava. Aceitei por um tempo, porque era refém da minha solidão e do meu desejo de fazer amigos. Agora sou liberta. Liberta da Úrsula e sua insensibilidade. Sem ordens, sem broncas, não quero mais tentar ser aceita por ela. Agora só temos contato pelo *zap*, quase não trocamos mensagens. Optar pelo contato virtual foi uma espécie de escudo contra as lições de moral; com sorte, falamos de trivialidades, e aí Jesus descansa um pouco. Em 2014, fiquei bastante irritada com o povo da célula e principalmente com ela, se juntaram para me evangelizar e me robotizar. Gostavam muito mais de mim quando eu ficava calada. Estranharam quando eu comecei a falar, acredita que a Beatriz chegou a me dizer num tom de briga: *nossa, Luna, você não era assim! Era tão boazinha.* E a Úrsula completou: *você piorou depois que começou o tratamento. A terapia tem te feito mal.* Só porque comecei a falar e expor os meus pensamentos críticos sobre as pregações e a ladainha toda que eles falam sem estudarem minimamente ou questionarem o que ouvem na igreja. Repetem, repetem. Sou agnóstica teísta, disfarçava as minhas dúvidas, mas agora não tanto. Acharam que eu estava estranha, mas estranha eu era antes, quando só obedecia e implorava atenção com o meu silêncio. Raios, queria que gostassem de mim! Esse povo não me entende! Acham que mostro o esplendor da lua para irritar, acham que questiono os fundamentos da igreja por ser endemoniada, acham que eu seguia as pessoas para atazanar, acham que eu me enfio debaixo da mesa para me comportar contra as regras.

Quando o pessoal da célula visitou a minha escola, fiquei esperançosa de que pudesse me comunicar com eles e ser compreendida. Na época do colegial, a Úrsula se aproximou de mim, espontaneamente, e me convidou para a brincadeira do grupo e no final me falou para aparecer na sua igreja. Fui daí uns meses. Tive esperança. Durante um tempo foi muito importante mas, depois que avancei na terapia, conheci você, conheci outras pessoas e comecei a frequentar outros grupos; percebi que tinha constantes crises de raiva pelo modo como me tratavam. Notava a diferença que faziam entre mim e os outros integrantes da célula. Eu era subestimada e em vão tentei, da forma que pude, conquistar o respeito, mas eu me atrapalhava e eles acabavam ainda mais irritados. Não entendo por que a Úrsula cismava que eu queria irritar as pessoas. Irritar é comer torresmo ou outra coisa crocante perto de alguém que está lendo; ou conversar colocando a mão na pessoa que está ouvindo; ou ficar perguntando a mesma coisa sem parar, como eu fazia com o meu pai; ou raspar o giz no quadro de propósito. Chupar dente é terrivelmente irritante — a dona Zilda fazia isso quando era viva, não dava para ficar perto; continuar a fazer o que a pessoa está pedindo para parar é um bom jeito de irritar. Uma vez, levei uma bronca da Úrsula por estar a irritando sem saber, aí fiquei brava e pirracei, continuei a fazer a mesma coisa para me vingar da bronca, isso deve ter sido o máximo da irritação que sofreu comigo, porque ela se transformou numa fera, e eu saí de fininho para me esconder. Consegui o que queria. Agi por instinto, não me contive.

Tentei retomar o contato com o pessoal da célula e me desajeitei de novo, acabei brigando com a Úrsula. Aliás, chamei todos de inúteis porque não queriam ver um vídeo sobre o universo. A Raquel me disse que não era obrigada a ver vídeo nenhum, e aí fui eu quem ficou irritada. E respondi como pude: *se quando eu falo das estrelas e do universo ninguém se interessa, então gente insensível não pode falar comigo sobre deus*. Eles não são capazes de compreender a linguagem do universo. Acham tudo normal, não se encantam com as estrelas que flutuam e brilham no escuro. Tanto faz as estrelas cadentes e os bilhões de galáxias, a caliandra ou o dente-de-leão, nada disso tem importância para eles. Nem a Raquel nem a Úrsula nem a Antônia nem o Rivaldo nem a Rita nem a Josefa nem o Moacir querem tentar imaginar o que é um bilhão de galáxias. Os crentes querem me obrigar a seguir as regras deles, então não deveriam me dizer coisas inúteis. São uns tolos. Como podem rejeitar temas como os que propus? Seria o mesmo que rejeitar as árvores e as estrelas; rejeitam os mistérios, a potência das placas tectônicas. Acreditam que o homem é a coisa mais valiosa do mundo, mas tudo o que há na natureza é tão importante quanto nós. A Úrsula nunca quis olhar para o céu, um dia vi um objeto não identificado e ela se recusou a dar atenção, mostrei a lua cheia, e ela não quis olhar, mostrei Vênus disfarçado de estrela, e ela nem aí. Rejeitar o universo é como rejeitar a existência, não gosto de viver, mas não a rejeito. Demonstram um descaso com a novidade, decoraram o Eclesiastes: *debaixo do sol, nada é novo*, penso parecido com o Rosário Fusco, tudo é novo, inclusive o sol. Ouvem apenas o pastor, se ele apontar o dedo: *olhem*; olharão; se elevar a voz: *ouçam*, ouvirão. Não param para observar nenhuma beleza, nem as escondidas nem as escancaradas, muito menos as minúsculas. São como cegos. Têm os olhos conformados, não desvendam nada. Qualquer um que habite outros mundos é considerado maluco. Eles não percebem que estão vivendo dias monótonos, sem descobertas. A Terra é uma bolha de sabão voando pela galáxia. E a galáxia é apenas uma bolha maior, eles vivem o mundo Terra como se fossem superiores ou independentes. Fiquei muito brava. Assim que me revoltei e os chamei de inúteis, o medo de não gostarem mais de mim foi se aproximando. Depois fiquei mesmo apavorada. Será que estão me odiando? Mesmo assim saí de bico. E tremendo. Mas no meu pensamento ninguém manda, nem eu. Nenhuma outra realidade pode fazer amizade com a realidade deles. Adoradores da matrix. É como se olhassem pelo buraco de uma fechadura, e o que veem é o que chamam de infinito. Acham que Júpiter é normal, acham que a galáxia Andrômeda é normal, se ficassem olhando para uma estrela à noite, pelo menos por trinta segundos, perceberiam que ela é surpreendentemente maravilhosa. Não consigo entender por que acham tudo comum, como se as coisas fossem transparentes, sem forma, sem cor. Assim, me sinto superior quando as pessoas me olham como se quisessem dizer que sou anormal. Não quero mesmo ser igual aos tolos. Será que há algum problema nos cérebros das pessoas que as impeça de perceber a matrix em que vivem? Só lhe resta obedecer roboticamente? São ecos de outros ecos, olhos de outros olhos. Sendo assim, ter um parafuso a menos é uma vantagem. Talvez o parafuso a mais atrapalhe os olhos de enxergar. Também com tantos parafusos fica difícil achar um espaço para olhar e ver. É melhor ter um parafuso a menos. Ufa, desabafei.

Você leu todas as quatrocentas e oitenta e oito mensagens? Obrigada!

...

Não estudei, não li nem uma linha da matéria. Agora, assistirei a um documentário e depois estudarei. Odeio aulas e trabalhos em grupo, preciso repetir isso. Odeio! Droga! Ruim para alguém que está estudando cinema é a construção em equipe. Que desânimo! Ainda por cima, terei que estudar, de novo, sobre o épico, o lírico e o dramático. Precisarei assistir a uns cinquenta vídeos sobre isso. Não gosto nada de trabalhar com muitas pessoas, nunca terei uma equipe. Ó, céus! A minha carreira nem começou e já está arruinada. Você deixou de novo o Whats aberto? Assistirei, mais uma vez, ao filme *Colegas* na Netflix.

...

Nós temos o nosso modo de cumprimentar, você se lembra do nosso contato com o dedo? Os nossos indicadores vão se aproximando lentamente até se encostarem e soltarem aquela faísca invisível. Dá um nervoso bom.

...

Mandei uma mensagem para a Lili, estou tentando puxar assunto, perguntei o que ela gosta de fazer. Em 2008, era mais fácil conversar com as pessoas pela internet, como eu não falava nada, qualquer *oi* era bem recebido. Agora a situação é outra, tenho um monte de palavras transbordando do cérebro, ideias na ponta da língua, mas não saem pela boca com facilidade — não sei explicar. A maioria volta para dentro de mim. Com você é diferente, pessoalmente falo menos, mas pelo WhatsApp exagero.

...

A mãe da Denise não deixa que ela ande sozinha. Por quê? Ela me disse: *gente, se eu fosse a sua mãe, não deixaria você viajar sozinha. Ficaria muito preocupada.* O Salvador Moretti foi sozinho visitar os parentes na Itália. Fui criada com independência, essa é a vantagem, meus pais nunca me consideraram deficiente, fui levada naturalmente a avançar em direção a ousadias.

Meu pai dizia: *Cidinha, essa Luna é ousada. Não nega que é nossa filha*. A Selma deixou que o seu filho viajasse comigo, mas me deu uma série de recomendações, enquanto eu sacodia a cabeça para que soubesse que eu estava ouvindo (na verdade não decorei nada do que ela falou). Olha que não íamos andar nem ao menos trinta quilômetros. A mãe do Renato não autorizou que ele fosse visitar o AquaRio, ele acabou indo escondido. Quando o avistou, veio correndo desesperada, mas depois confessou que se surpreendeu: *não sabia que ele conseguiria entender qual ônibus deveria pegar e onde deveria descer*. Quando o Ian foi com o grupo de aspie no Parque da Cidade, o pai dele ligava a cada vinte minutos para saber onde ele estava, se tinha comido, se estava sentindo frio; depois de um tempo ele parou de atender.

...

O meu primeiro namorado era diferente dos outros garotos, por isso gostei dele. Ele corria e se pendurava pelas muretas e árvores, se comportava como o homem-aranha; não falava muito, queria brincar e nada mais. Minha mãe implicou tanto com ele que acabei desistindo: *Luna, onde você está com a cabeça? A mãe não gosta que você fique andando pralá-pracá com esse menino pancado das ideias*. Me lembro de ter ficado nervosa e dito várias vezes: *preconceituosa, preconceituosa, preconceituosa*. Acho que nem me escutou e continuou repetindo as coisas de sempre. A gente é assim, mas sinto a sua falta, ainda mais da sua comida e do seu tempero secreto. Ela é muito caprichosa, não deixa sujeira se acumular — não sei como cuidarei de tudo sem ela quando eu for morar sozinha. Já contei que meu pai me ensinou a fazer arroz, limpar a pia; me ensinou quais os ônibus que eu deveria pegar para chegar em destinos diversos? Me ensinou quase tudo que sei. Era um bom professor, não se cansava de repetir. Só não quis que me ensinasse sobre música, preferi aprender pela internet e até mesmo tocando por instinto, só por ouvir atentamente as notas. Mas não sei partituras, e ele sabia bem. Ele me levava para assistir aos ensaios. Será que ainda se lembram dele? Portugal tem fanfarra?

...

Vi uma promoção muito boa de passagem aérea para Lisboa, é para o mês de outubro, mas eu queria ir durante o inverno. Aí cai neve? Sim, viajei uma vez de avião, minha mãe foi visitar uns parentes em Zviv, são 2.649 quilômetros de distância de S. Pablo. Agora, como não temos dinheiro, ela vai de ônibus, são quase dois dias de viagem para chegar no interior do estado.

...

Hoje, tive a mesma coisa que tenho quando vou ao supermercado, fico perdida sem saber quem eu sou ou o que estou fazendo. Então, me sentei no chão, estou encostada na parede tentando não introduzir nenhuma informação e forçar a minha mente a voltar para o lugar. Essa sensação de me perder em mim havia diminuído. Em Arav me sentia assim mais vezes. Por que será que estou sentindo a mesma coisa? Já tenho amigos e não preciso recorrer à criação de *haleboppes*. Eu fazia coisas ruins comigo quando minha mãe saía. Não quero contar, porque são coisas muito feias, e você ficará triste. Me desculpe. Quando as testemunhas de Jeová tocavam a campainha, eu corria para atender e fingia que eram amigas que vinham me visitar. Meu grande sonho, quando criança, era que alguém visitasse o meu quarto, por isso o deixava impecavelmente arrumado. Ficava mesmo contente quando as senhoras chegavam, mas era falsa a motivação, só eram amigas do deus delas.

Estranho! Analiso até a mim em detalhes. Você está certa quando diz que há muitas coisas secretas em nós. Somos mesmo nosso próprio enigma. Gosto disso, sabia?

A sensação que se repete e que não consigo definir vem devagar e aos poucos ganha potência, uma força subliminar que se manifesta através de códigos. Também tentei te analisar, mas não consegui descobrir mais nada além de você ser do mundo fora do comum. Você é fora da matrix. Eu acreditava que as *haleboppes* iriam me resgatar. Me imaginava sendo salva. Interessante essas brincadeiras do inconsciente: queria ser salva de quê? A Úrsula foi uma fraude, uma suposta *halebopp* — parecia perfeita, mas na verdade nunca foi um bom cometa. Não fui eu quem a escolheu, foi ela quem me encontrou na escola.

Estou triste, decidi que não irei mais encontrar com o pessoal da igreja aos sábados e não sei como farei para me acostumar a não ir mais. Temo que minhas pernas insistam em seguir o mesmo caminho. Continuo sentada no mesmo lugar com minhas sobrancelhas arriadas.

...

Os *bilderbergs* fazem parte do conselho oficial dos *ill* e conhecem a fraqueza humana.

...

Estou te respondendo de outra dimensão, está bom? Mandei para você outra valsa de que gosto muito. *Valsa para a lua.* Já tomei duas goladas de pinga com limão, não tinha dinheiro para algo melhor, estou rodando com o mundo. Quero dormir e ficar cinco dias vivendo dentro dos sonhos. Queria um comprimido que fizesse isso por mim, mas não existe, então a bebida finge que faz. Melhor se eu tivesse coragem de usar uma droga pesada, mas tenho medo de virar zumbi e não conseguir parar nunca mais. Maconha seria *light*, mas ouvi a Samanta falando que o sobrinho dela ficou doido e o pegaram bebendo xampu em cima de uma árvore. Sei como comprar, é fácil, todo mundo usa. Você me disse que é impossível fazer uma pausa no viver. Quero o impossível. Usaria droga se houvesse um bloqueio contra a invasão dos zumbis nos delírios que teria. Ficar fora do mundo são segundos de felicidade. Estou pensando nisso. Melhor do que enfrentar a vida. Quero ir te ver. Me desculpe. Gostaria muito de ter uma arma agora. Não tem método mais rápido. Me desculpe. Sou ninja, mas às vezes fico assim, fraca e sem uma espada.

...

Já tomei remédios acima do limite, engoli tudo bem rápido, sem pensar e sem ter planejado. O estranho é que não estava tão triste. Foi assim, olhei para o remédio e na hora me deu vontade de tomar tudo. O Dramin até planejei, mas pensava em tomar apenas dois e não quatro. Fui colocando tudo na boca.

Fiz isso com a Sertralina em 2015. Tomei nove Sertralinas. E só tomei quatro Dramins porque só havia quatro na cartela. Se tivesse mais, iria colocar tudo para dentro da boca. Perdi os movimentos do rosto. Não conseguia ao menos mexer a língua. Logo, senti os sintomas de despersonalização. E depois, caí no chão ainda acordada, mas sem movimentos. Então comecei a ter uma espécie de convulsão, e chamaram a ambulância. Foi assim que a médica da unidade UPA me encaminhou para o Kapaxis para tratar de depressão.

• • •

Sonhei que o prefeito de S. Blander estava no Kapaxis e espionava alguém na sala de administração. Ele estava bem perto de mim, mas parecia muito distante. De repente, vi a Carla conversando com a funcionária — que estava prestes a contar sobre mim. Entrei desesperada e impedi, sei lá como. Vi uma roda de pessoas sentadas com o prefeito, faziam perguntas, e ele respondia a todos educadamente. A minha prima chata havia passado três noites no Kapaxis porque ficou tarde para ela voltar para casa. Tomei um copo duplo de água quando acordei. Por que os meus segredos estão sempre correndo o risco de serem invadidos? Até nos sonhos! Por isso, quando morava em Arav, descobri que uma candidata a *halebopp* era sobrinha da amiga da minha mãe, eu a destronei. Seria uma missão arriscada.

Será que os professores pensavam que eu falava na hora do recreio? Nenhum deles nunca me viu na hora do intervalo, deve ser por isso que não me ajudaram. Concorda? Será? Faz todo o sentido, porque olhavam para mim na hora da chamada para verificar em meio ao meu silêncio se eu estava presente fisicamente.

• • •

Se um ladrão armado viesse me assaltar e eu implorasse por um tiro, ele iria sair correndo ou me faria esse favor?

• • •

Faz tempo que não falamos através de chamada de voz em um momento bom. É difícil encontrar um bom lugar e um bom momento ao mesmo tempo. Em casa é o pior lugar do mundo, mesmo quando estou sozinha ouço ecos. A clínica A. também é ruim por esse motivo. Deveriam colocar alguns móveis para impedir a repetição de ruídos. Poderiam colocar um sofá, uma televisão, alguns quadros. Salas vazias atraem ecos. Na biblioteca do Kapaxis, enquanto a gente conversava, os livros nos protegiam. Ecos me incomodam, são ondas sonoras perturbadoras. Eu deveria levar vinte grandes ursos para a sala de atendimento da clínica A. na hora da minha terapia. Seriam os seguranças do silêncio. Mas sei que seria um transtorno semanal, pois não caberiam de maneira alguma dentro de um ônibus. Contratar um caminhão, com qual dinheiro? Num Uber não caberiam nem três. Não encontro uma solução, os ecos me atormentam.

...

Agora estou na minha cama pensando e imaginando uma série de coisas. Voltei às 19h de um passeio. São 23h38. Preciso rever a quantidade de filmes a que assisto por mês. Agora que não tenho mais a senha da Netflix que o Nando dividia comigo, não sei como farei para me abastecer da sétima arte. Você tem Netflix? Procuro alguém que compartilhe a senha comigo. Ainda não tomei o remédio para não ficar com sono e perder os meus pensamentos. Tomo a Quetiapina uma hora antes da hora em que quero dormir. Falar no sono é uma péssima ideia, quando penso nele, ele aparece. É um nome que não pode ser pronunciado. É como o Voldemort do filme *Harry Potter*. Um perigo que não quero correr. Você deve achar as minhas conversas bem estranhas.

Tomei. Daqui a alguns minutos os meus olhos iniciarão um lento fechamento.

Tem gente que não manda áudio porque acha a voz feia. Eu não mando por medo dos meus amigos não gostarem das minhas frases sem sentido. Assim: *estou vendo uma árvore.* Búuuuuuuuuuuu, *e agora um carro.* Búuuuuuuuuuuu, *uma mu-*

lher de guarda-chuva. Búuuuuuuuuuu. Embora saiba que minha voz é linda, sou um fracasso como falante. A única pessoa do universo que fala mal da minha voz é a minha mãe, diz que é de criança. Devo pensar que essa é somente mais uma crítica dela. Ah, mas sei que falaria bem do crochê, caso eu soubesse fazer. Disso tenho certeza. Então, a probabilidade de agradar a minha mãe é uma em um milhão. Por isso, nunca lhe mostro nada. Se ela apoiasse as coisas que faço, eu passaria horas mostrando minhas conquistas. Se eu lhe contasse o que fiz em um dia, ela ficaria zonza. O que eu fiz hoje? Assisti a um filme; planejei aventuras com missões; imaginei muito; experimentei torta de salsicha pela primeira vez; peguei o pior trânsito do ano; falei muito com uma amiga que mora na outra ponta do oceano. Não gostei muito de torta de salsicha, prefiro de frango e sardinha. Já comi de carne moída, uma vez, mas não gostei também.

Já estou bocejando.

Em minhas crises não tenho alucinações como o Charlie, além dos pensamentos tumultuados, reaparecem os sons que escutei junto às imagens do momento, detalhes de todas as partes e até lembranças do passado. Por exemplo: um relógio vermelho, que vi na semana passada e que parecia casual, pode reaparecer com a toda a potência de seu tic-tac alucinante. Ou: a cena de uma caneta que balançava em mãos agitadas; o pneu que fez barulho no asfalto por causa de uma freada brusca; o sinal do semáforo trocando metodicamente; o som estridente da sirene de uma ambulância; além da imagem 3D das pessoas andando para todos os lados no centro da cidade. O pior é quando aquele belo relógio resolve flutuar no espaço. Não consigo dizer mais nada, porque o fechamento lento dos olhos está em processo de 92% de finalização. Isso significa que, com os 8% que sobraram, só terei tempo para me despedir, pois adentrarei a porta dos sonhos. Isso! Sonharei, apenas. *Buenas noches*!

...

Estou muito mal. É muito ruim... nessas horas eu me sinto em uma jaula e pelas grades vejo prédios enormes, e tudo é gigantesco do lado de fora. Fiquei 1h20 sem me mexer, chorando. Depois consegui sair de casa mesmo com medo. Procuro um lugar que me proteja dessa boca aberta, o mundo quer me engolir. Quem sabe encontro pelo menos uma salinha à prova de som. Que mundo paranormal! Ainda bem que mais tarde irei ao Parque da Cidade. E que não esteja frio, porque quero voar naqueles brinquedos. Ainda estou confusa, presa entre dimensões e mundos que não são os meus. Mas estou tentando resistir. Como faço para pensar em coisas boas? Você está percebendo o abismo das dimensões que se instalou sobre nós? Fora da realidade, não sinto o mundo mau. Tenho perícia no INSS na segunda-feira pela manhã. Se tudo der certo, irei te ver e levarei doces maravilhosos. Deixe seu regime de lado, doces são benéficos. Você faz exercício ainda? Estou na dimensão sinistra. Será que isso se chama *shutdown*? É ruim quando acontece. É como me transformar em um cavalo, ficar na mente de um animal e parar de compreender a linguagem dos humanos/adultos. As coisas se tornam irreais ou distantes. É como virar uma criança de três anos que ainda não compreende os significados do mundo. As crianças de colo veem as mães saindo para trabalhar, mas elas não entendem sobre a separação. Sinto esse tipo de incompreensão quando o mundo com que não me identifico me suga inteira para o seu núcleo. No Natal, por exemplo, as crianças recebem os presentes que estavam embaixo da árvore e acham que foi o Papai Noel que os colocou lá. Não importa a lógica! Elas não acreditam de fato, mas se entregam à magia. Filosoficamente, a dimensão da maioria das pessoas é separada em subdimensões. Essa coisa de subdimensão fui eu que inventei.

Crianças e alguns autistas ficam em subdimensões diferentes dos adultos. Há muitas coisas do mundo (que chamam de normal) que não quero entender, são incompatíveis com as minhas experiências, e isso pode prejudicar o equilíbrio do meu mundo. Crianças quando comem um pedaço de pizza não estão interessadas em receitas ou curiosas quanto à fabricação dos ingredientes. Apenas comem. Recebem o presente de Natal e curtem. E se, de repente, uma bolha de sabão resolver me seguir, apenas curtirei a experiência. Não quero entender por que ela está me seguindo, ela é mágica, e isso explica tudo. Se digo que tem fadas dentro das bolhas, é magia rara, de maior potência. Não vou querer entender. Mas ficar em uma subdimensão por muito tempo é devastador. Fico perdida entre os mundos.

...

Era muito chato sair com a Úrsula. Ela mesma dizia: *por isso, não saio mais com você*. Que amizade mais estranha essa, né? Será que fomos mesmo amigas? Ainda fico revoltada com a maneira como ela me tratava. A lógica do desejo é a mesma coisa que acontece quando alguém está com fome e só pensa em comer a maçã do desenho que fez na infância? Você há de concordar que a pessoa continuará a desejar, porque essa maçã nunca chegará ao estômago. Uma maçã *fake* nunca desaparece, se o desejo for real. Produzir perfis *fakes* na época do Orkut foi uma estratégia de sobrevivência. Era possível fabricar irmãos, pai, mãe, filhos, primos. A gente casava online, namorava online, ia a festas online, abraçava online, beijava online, passeava online, brigava online, traía online, corria online, pegava táxi online, dormia online, sequestrava online, ia à praia e à lua online, voava online, pulava online, brincava online, comia o que quisesse online. Havia *fakes* de cantores, de atores, de famosos em geral. (...) eu dormia pouco, acordava às seis da manhã só para entrar no *fake*. Me arrependo de ter feito um *fake* do cantor Nick Jonas só porque admirava a banda Jonas Brothers. Ele é lindo, e eu tinha mais de mil fotos dele. Isso iniciou um grave problema: por um longo tempo me transformei em homens, pois tinham mais poder de atrair amizades. Antes já havia sido a Rita da Lapinha, a Sara Dadinho, a Duda Cabral; a Samanta Lúcia; fui tantas outras, mas parecia que ninguém queria falar com essas mulheres. Não funcionava, era como se eu continuasse a ser a Luna. Aprendi que no universo do *fake* os homens inventados tinham dezenas de amigas. O problema é que as mulheres (da vida real) se apaixonam, mesmo cientes de que o cara é de mentirinha, cientes de que ele não existe fora da tela do computador. Eu me apaixonei pelo Nick, e ele também era eu. Percebe a enrascada na qual me meti?

...

Eu necessitava falar. Sim, você entendeu bem. É isso! Está bem, repito: e-u/ne-ces-si-to/fa-lar, e-u/ne-ces-si-to/fa-lar, e-u/ne-ces-si-to/fa-lar, necessito falar.

...

Ainda bem que você não enjoa de mim nem das mensagens que entopem o seu *zap*. Será que os leitores irão suportar as minhas repetições? Tenho tanto medo de que não gostem da Luna, de que se cansem antes do fim (tem fim?). Eu mesma não conseguirei ler, não tenho concentração para tantas páginas (quantas páginas já tem?). Quando estiver pronto, você pode ler em voz alta para mim? Não gosto de robôs lendo livros, e a sua voz é muito agradável.

...

Você é incrível, Telma! Sei que acredita nos poderes da minha espada.

...

Hoje estou triste, estou dentro no mundo normal. Concorda que não falo nada de bom em dias assim? Me desculpe por não ter o que dizer.

...

A arte é feita de códigos que são prensados uns sobre os outros. Nem tudo pode ser decifrado, e o que pode acontece aos poucos. Eu entendo uma camada, por exemplo, quando sinto as luzes dos postes em uma viagem noturna. Quando as luzes passam rapidamente pelo meu rosto, produzindo uma série de desenhos na janela do ônibus, sinto qualquer coisa que é raro e belo. Mas, se fosse ser feio e cinza, ainda assim seria arte.

...

Você está aqui em forma de ondas. É como se você me enviasse mensagens que chegam aqui como a *wow*, às vezes chega com forte intensidade e outras quase apagadas. *Wow* foi a mensagem mais intrigante vinda pelo espaço, um forte sinal recebido por radiotelescópio. Sabia que astrônomos aguardam ansiosamente por mensagens desse tipo? A internet também é transmitida por ondas. Nesses momentos, você se torna invisível, mas pode ser sentida. Por falar nisso, te mandei outra capa da invisibilidade?

Realmente, não me lembro. Você reclamou que a sua estava com um pequeno furo por isso não funcionou quando você precisou.

...

A Surlei é a aspie que nunca tira fotos. Será que é tão feia assim? Ela diz que é feia, mas duvido. Será que tem um olho no lugar do nariz? Talvez, a *rapariga* (estou treinando o modo de falar daí para não me perder) seja um alienígena.

Você não quer mais ir à Terra do Nunca? Você leu o livro do Barrie e se decepcionou? Ou foi pega pela matrix? Céus! Preciso saber se você foi embora da Terra do Nunca. Não a do filme, mas a de verdade. Não é aquela em que se permanece criança para sempre, mas aquela em que quem entra consegue entender a mentalidade de quem lá vive. Se você não me entendesse, jamais encontraria o caminho. Acho que o livro apenas te deixou confusa. Nunca li o livro todo porque odeio a Wendy. Me diz o que achou. Será que seu telefone estragou? Você acha anormais as minhas perguntas? Você me disse que gosta de ler tudo o que falo. O medo que tenho de que você pare de entender a Terra do Nunca é desesperador. Apenas 0,2% da população entende. Consegue perceber como aquele passeio no shopping foi mágico? Essa é a minha garantia, você é de outro mundo. Você merece o Oscar. A Terra do Nunca e a matrix são sistemas contrários, em um a chave serve para sair, e no outro para entrar.

...

Você sabia que os países que não têm cobras são: Cabo Verde, Irlanda, Lilândia, Kiribati, Ilhas Marshall, Nauru, Nova Zelândia, Tuvalu? E o Vaticano (mas esse não vale).

...

Naquele vídeo que fizemos no Kapaxis, as pessoas não falaram de doenças e sim daquilo que mais gostam de fazer. Isso é o que importa. Mas o mundo foi treinado para as estatísticas e as listas. Os códigos que nos dão não têm o mesmo sentido para nós e podem confundir e dificultar. O Ednei me disse que, depois que o psiquiatra colocou o F20 no prontuário dele, ele foi mandado embora do trabalho. Já eu fiquei aliviada quando me deram o F84,5, foi como ter sido aceita para fazer parte de uma banda. Se eu não tivesse sido nomeada autista, eu seria apenas uma boboca excluída. Fiquei abalada foi quando recebi do maluco da UPA o diagnóstico de F32, noutro relatório vi escrito F60.3 e, se não bastasse, uma psiquiatra sem noção me taxou com um F71 — mesmo com o todo o meu conhecimento sobre o universo. Ainda bem que contrataram o doutor Felipe no Kapaxis, nele eu confio.

Com ajuda da Júnia, falei algumas palavras no segundo ano do ensino médio. Foi ela quem me apresentou ao Peter Pan. A escola toda me conhecia de vista, porque todos os dias eu ficava parada no mesmo lugar na hora do intervalo. Apesar de não responder nenhuma pergunta que me faziam, eu era simpática.

O problema é que alguns adoravam me perturbar. A Fausta se fez de legal, mas quando percebeu que eu não respondia e consequentemente não revidava se transformou em uma megera. Nem queira saber as barbaridades que me obrigava a ouvir. A sorte boa foi a Júnia ter me incluído no seu grupo. Ainda bem, pois à medida que os anos passavam ia me sentindo muito burra, já que acumulava dificuldades. É que as matérias iam ficando mais complexas e o método de ensino mais dinâmico. Entende o que quero dizer com "dinâmico"? Pelo menos em matemática eu não necessitava de estratégia especial para aprender. Tirava dez em cálculo mesmo depois da quinta série. Só não me dei bem em matemática quando tivemos que estudar sobre cosseno, tangente e o outro. Isso:

$$sen\ \alpha = \frac{cateto\ oposto}{hipotenusa}$$

, seno. Não aprendi, mas ainda bem que não preciso desse conhecimento para fazer filmes. Na sexta série, aprendi fatoração e me apaixonei. Fator comum em evidência: $ax + bx = x \cdot (a+b)$, agora a fórmula me parece um monstrengo, mas, acredite, eu era uma máquina de fatorar. Depois vieram as equações, gostei mais ainda. Equação de todos os graus.

•••

Ouvi agora na televisão que uma mulher sofreu o golpe do "boa noite, Cinderela" e ficou dez dias sob efeitos. Interessante! Seria essa uma pausa possível no viver? Você disse que não há a menor chance, mas quando passei um dia fechada em casa vendo séries pensei: *sim*, é uma espécie de pausa. Pena que não me agradou tanto. *La casa de papel* é muito interessante. Você que nunca assistiu a uma série, não sabe sobre a possibilidade dessa pausa — tudo fica parado, não se faz nada enquanto a série não termina, e ela não termina nunca. O chato é que o efeito não é o que eu preciso e procuro. O "boa noite, Cinderela" há de ser mais eficiente.

•••

Estou brava com os religiosos julgando a cantora gospel que foi pega fumando maconha. Primeiro, julgar não é certo. Segundo, todos pecam até quando dormem ou comem, são os pecados da preguiça e da gula. Mas para mim, pecam ainda mais quando fofocam, quando sentem ódio pelos presidiários, pelos negros, pelos moradores de rua, pelos macumbeiros, pelos homossexuais ou quando desejam mal para alguém. Beber não é pecado. Jesus transformou água em vinho uma vez. Nas festas que Jesus organizava havia bebida, ele deixava o vinho bom para o final. Você conhece a história da Bíblia que fala daquele sujeito que bebeu tanto a ponto de estuprar a própria irmã? Tão terrível quanto o meu vizinho-mau. E aquela passagem do sujeito de outra tribo que estuprou a prometida antes do casamento? Ela ficou triste para sempre pelo mal que ele lhe causou, e ainda por cima o seu pai excluiu o acordo que as duas tribos fizeram sobre o casamento e as posses. Ela ficou tão traumatizada que não queria nem pensar em matrimônio. São exemplos que deixo para provar que existem homens maus que bebem e cometem pecados grandiosos. Pessoas boas, quando bebem, não cometem esses atos maus. O Nando é um bom exemplo, ele fica ainda mais carinhoso e dá risada de tudo. Não sairia matando ou agredindo as pessoas se eu ficasse extremamente bêbada. Na verdade, fico muito carinhosa e tenho vontade de abraçar os meus amigos. Minha mãe quando bebia virava uma menininha, meu pai a sentava na cadeira de plástico debaixo do chuveiro frio. Quando ela melhorava, ele suspirava aliviado e a levava para a cama e cobria as pernas dela com a colcha. Há pessoas que bebem e voltam para casa brigando com a família. Fiquei bêbada assim só uma vez... não, duas vezes. É que a primeira passou muito rápido. A segunda vez foi há dois dias. Quanto à maconha, serve bem aos idosos, doentes e autistas. Já vi vários vídeos sobre o sucesso do uso do canabidiol para o tratamento de doenças, também sei de casos em que os juízes liberaram a venda para o tratamento de autistas graves. Se o medo de pecar é ir para o inferno, estou salva, pois conheço bem o inferno. Por isso não tenho medo da morte, mas da vida.

Isso me fez lembrar de quando fui reprovada pelo padre na minha primeira comunhão. Ele não compreendeu o meu desesperado silêncio. Eu não tinha nada para dizer no confessionário, e por isso fui tratada como uma delinquente. Uma senhora, funcionária do padre, me mandou ficar de castigo sentada num canto da sala. Será que não entendiam que eu ainda não tinha pecados? Na hora de ir embora, a senhora me levou para outra sala e me disse em voz baixa como se falasse um segredo: *você está com sorte, terá uma segunda chance, volte no primeiro domingo do mês que vem. Aproveite para estudar mais. Vá com deus.* Passei os dias com aqueles livrinhos de primeira comunhão em minhas mãos. Precisava decorar todas as falas que eu teria que repetir para o padre. Lá dizia que a gente tinha que falar amém no final de todas as frases. Levei bem a sério essa parte e para tudo que o padre falava, eu respondia: *amém... amém... amém... amém...* Repeti amém umas vinte e cinco vezes para não ser reprovada. Então, para eles ficou tudo bem, passei no teste da igreja. Confessei que eu não lavava os pratos — me doeu revelar essa sujeira. Não tinha nada grandioso para confessar, apesar de ter lido que todos são pecadores. As religiões nos obrigam a ter pecados. Conseguiram, porque menti. Eu não tinha pecados, fui forçada a mentir, ou seja, a pecar.

Estou a fim de ir para outro planeta, ou seja, quero beber muito. Pena que não tenho dinheiro para comprar quatro *Ices*. Nem para uma dose de cachaça tenho.

...

Os filhos puxam os pés dos pais, os meus são bem parecidos com os do meu pai. Minhas mãos também. Os cachinhos nas pontas dos cabelos puxei da minha vó. O jeito bom também puxei dele, e a braveza da minha mãe.

...

O doutor Felipe me disse que dia quatro posso buscar o laudo.

A gana para brigar é igualzinha à da minha mãe, se eu tiver razão, então, aí é que não paro mesmo, mas eu nunca bati em ninguém. Meu pai também não batia em ninguém. Só chutei as canelas do Wilmar porque eu estava em crise, e ele foi o único que apanhou de mim. Será que ele me perdoou? Não estou mais tão envolvida com o pessoal da igreja, porque estou me sentindo livre e não quero receber ordens. E se eles insistirem no erro, responderei muito feio e depois ficarei mal. Melhor evitar, não quero que deixem de gostar de mim. No último encontro, quando a Úrsula começou a me dar ordens, eu respirei fundo e fiz tudo certo, acho que percebeu o meu comportamento exemplar e me deixou em paz. Mas ainda teve tempo de dizer: *se você sumir nesse mato aí, não vou te procurar, vou embora e te deixo no escuro.* Pensando bem, aquelas aulas de direção de atores foram ótimas, aprendi a fazer a outra pessoa se acalmar no início de uma briga. Se gritam, sussurro. Se franzem a testa, penso na correnteza do rio.

...

Devo criar um documento registrado em cartório, declarando tudo que posso fazer numa passeata, num passeio, num parque ou em outros lugares; dizer, de forma clara, que sou livre e que não se preocupem com os meus sumiços temporários. Devo registrar para não me abandonarem, caso decidam retornar antes do horário combinado. Se isso acontecer, devem me esperar ou pedir para alguém enviar uma mensagem de emergência no meu telefone, não devem me ligar em nenhuma circunstância (seria inútil, já que não falo ao telefone). Mas o ideal é combinarmos o horário da partida sem que haja alterações de última hora, pois nunca me atraso. Escreverei isso tudo e irei pedir para assinarem como prova de que leram as minhas normas para os passeios em grupo.

...

Não devo seguir ninguém à noite — as pessoas ficam mais desconfiadas, andam olhando para trás. E poderão ir a lugares distantes e não dará para eu voltar para casa sem medo.

...

Eu estava com tanto frio que tremia os dentes. Peguei três blusas e dois cobertores, mas as temperaturas não estavam tão baixas assim. O Charlie tinha problemas com as alucinações, quando ele ingeriu maconha ficou pior. Deram um bolo com maconha para ele, sem que soubesse, comeu e ficou alterado. Seria bom se eu morasse num lugar como aquele do filme. É perfeito. A neve caindo produz um som que me agrada. Quando faz frio em S. Blander também sinto esse bem-estar. Parece que o frio tem seu próprio som. O Charlie se esquecia de que não podia ser sincero em todas as circunstâncias. Sou como ele.

...

Diga-me: quando você faz aquele som com a boca, aquele que parece um "ds" ou "dis ", você faz por quê?

A Ruth Wolf, minha prima, curtiu a postagem sobre o *Aspie aventura 3*. Não me lembrava de que ela era minha amiga no Face. Na época em que me convidei, eu ainda era um fantasma para a família. Quando compartilho coisas no Face, tiro a família da minha lista de privacidade. Tenho uma lista para cada coisa que posto: lista dos aspies; lista da família; lista da igreja; lista de pessoas da escola de cinema e de toda a área do audiovisual; lista de todas as pessoas do Kapaxis. Mas há pessoas que não estão em nenhuma lista, como as que conheci na escola de Arav e S. Blander. Meu Face é mesmo organizado. A lista das pessoas da escola e de outros lugares se chama Outros, em que só deixo liberadas as minhas fotos do Instagram. Nunca deixo verem mais do que isso, eles são os curiosos do passado que querem saber como anda a vida atual da mudinha.

Você não me respondeu. Não sei explicar de qual barulho estou falando. É como um estalo nos dedos. Você sempre faz "ds" e eu não entendo o que significa. Parece que continuarei sem entender. Quando eu te flagrar fazendo o barulho, falarei na hora exata. Combinado!

...

Relaxar fica difícil, se penso no tamanho do Atlântico.

...

Não posso acordar. Estou acordando de novo. Devo sonhar. Durma, durma, durma! Não posso acordar. Estou enjoada, com dor de cabeça e mais não sei dizer. Acordar por completo é terrível. Estava sonhando que a minha mãe voltou e alugou a casa da frente, e que minha prima chata me deu três presentes, o que me deixou encucada. Fiquei com dó da Celina, que iria ficar sozinha. Estou dormindo ainda, ufa! Você tem fé que irei te reencontrar? O Nando me prometeu que me dará uma impressora usada para eu vender por quinhentos reais. Posso arrecadar vários objetos e vender. Posso vender os meus óculos da realidade virtual, mas não posso vender meus patins nem o violão nem o teclado. Estou acordando de novo. Não posso acordar. Desejei meus patins por três anos. Te ver está tão difícil quanto retornar para S. Blander naquela época de terror. Me desculpe por você ter entrado na minha lista de desejos. Estou um tanto estranha hoje, mas está sendo bom porque estou dormindo acordada. Pelo menos estou sonhando. O Nando me deu a ideia de alugar uma Polaroid para tirar fotos das pessoas em eventos e cobrar, posso conseguir um bom dinheiro. Pena que não sei onde conseguir a máquina, aff... nem vou enumerar as outras dificuldades. Durma, Luna! Acha que sou ninja? Fotografar pessoas me deixa em pane, gosto de retratar as paisagens e objetos aleatórios. Se tivesse conseguido vender doces na rua, já teria a passagem para Portugal. Não posso acordar. Estou dentro de um enredo que não pode acabar. Há algo de errado comigo. Uma avalanche escondida que poderá desabar a qualquer momento. Lutar contra o acordar é o meu refrão imediato, é a minha urgência. Durma, durma, durma! Devo ouvir as músicas do Ludovico. Depois que vim morar com a Celina, nunca mais fiquei em casa durante o dia. Estou acordando, não posso. Agendo pelo menos três compromissos por dia. Você chegou em casa? Ainda estou lutando. Me transportei para a pracinha do bairro, estou repetindo palavras. Quem sabe vender um sofá que alguém rejeitou? Novamente, a Celina não dormiu aqui, que bom! Dentro de casa me acalmo do mundo. Gosto de ficar sozinha, gosto do silêncio, do quarto desabitado — mas não estou lá, estou dentro de um sonho. A filha da Celina reclamou que estava feio aquelas coisas em cima da geladeira. Eram as minhas comidas. Elas colocaram num lugar sujo, o pano de prato até mofou, agora que eu não como mesmo. Meus olhos são desobedientes, abriram totalmente. Perdi a luta.

Estou fazendo arroz. Acabou de chegar uma carta para mim dizendo que o cartão do Bolsa Família chegará em vinte dias. Pelos meus cálculos, fui reprovada no curso por faltas, mas tudo bem, não foram dias fáceis, e eu não estava aprendendo muito.

Que horas da noite posso te ligar? Não conseguirei trabalhar, na minha área é pior ainda porque só há emprego de carteira assinada na televisão e se for na área de edição — existem vagas em grandes empresas, mas eles exigem muito do candidato. Não há vagas para pessoas com deficiência (PCD) na área de edição e cinema em geral para pessoas com deficiências. Se tivesse, eu tentaria. Queria ser *making of*. Trágico o meu futuro!

Em janeiro irei a Zuhause para fazer o *Aspie aventura 4*. Quem sabe filmo o 5 por lá também? O 6 poderia ser em Moabe, e para o 7, talvez, eu escolha outro estado. Que chato! A Celina voltou. Não conseguirei comer com ela dentro de casa. Espero que vá à casa da vizinha, aí eu engulo rapidamente. Meu arroz está perfumando o ambiente. Torcendo para ela ir visitar a vizinha. *Vá, vá, vá, vá!* Ela está dando sinais de que sairá, pois não tirou a roupa. *Vá, vá, vá, vá!* Não tirou os sapatos. Seria mais seguro se eu registrasse o *Aspie aventura*, podem roubar a minha marca. Sou inscrita em vários canais no YouTube: canal de análises corporais; canal de arqueologia; canal de psico que explica coisas através de animações; canal de *le parkour*; canal de pipas; canal de ciência; de curiosidades; de coisas *nerds*: Nerdologia; canal de coisas assombradas; canal de mistérios; canal de curtas. A Celina tirou os sapatos — essa foi a coisa mais desanimadora do dia. Deitou-se na cama, mas ainda está com a roupa de sair. Só queria comer em paz. Às vezes, o arroz sempre fica cinco dias na geladeira sem ser tocado porque não consigo comer com ela aqui. A Celina se levantou. Colocou perfume. Colocou os sapatos. A tragédia se reverte. *Vá, vá, vá, vá!* Se ela sair, eu correrei para a cozinha. A Celina está procurando as chaves. Fortes indícios de que sairá. Aff, ela sempre perde as chaves. Será que não são as que estão na mão dela? Ela me disse que vai encomendar um remédio para a memória. Agora está procurando o guarda-chuva. Saiu. Uhruuuuu! Comi, escondida na cozinha, em tempo recorde. Ufa! Preciso de um copo de água — fiquei entalada, não pude mastigar direito. Ela voltou, trouxe um pedaço de bolo de chocolate para mim. Nem tudo está perdido, é o que senti quando essa delícia se dissolveu em minha boca.

• • •

O único livro criptografado que nunca conseguiram traduzir é o manuscrito de Voynich, os pesquisadores acreditam que tem seiscentos anos. Ele é conhecido como: o livro que ninguém lê. Se eu fosse cientista, nunca desistiria de tentar decifrar os enigmas do livro, e, considerando a minha experiência com espionagem, isso não seria impossível.

• • •

O suicídio deveria ser um direito em todos os países, e que disponibilizassem formas certas e seguras. É horrível ficar sofrendo. Se o governo não quer o suicídio da população pobre, ele deveria disponibilizar passagens de avião, lasanhas, piscinas e parques aquáticos, galerias repletas de sorvetes.
Você é mesmo incrível!
Boa parte da população tem um parafuso a menos. Já fiquei fora do real quando tomava Risperidona. Talvez eu tenha três parafusos a menos, por causa da medicação que tomei. O uso de drogas, de acordo com o local e o dia, pode levar ao inferno ou ao paraíso. Por exemplo, se provocar sintomas de síndrome do pânico quando a pessoa estiver na rua, ela poderá sentir uma falta de ar impressionante, pensaria estar à beira da morte. Os sintomas desagradáveis podem durar sete horas. Nesse tempo, se a pessoa não conseguir abrigo num local aparentemente seguro, será o seu fim. Se continuar na rua, poderá morrer atropelada.

Isso se ela não pular de um viaduto achando que lá embaixo há uma gigantesca piscina de bolinhas. Sério, é possível confundir. Dá para morrer atropelada, porque, quando a pessoa olha para ver se vem algum carro, se perde em outras realidades e atravessa a rua com um clarão na mente. Quando percebe que está no meio do trânsito, não há mais tempo para se arrepender ou para desviar dos caminhões. Melhor usar a droga em casa. Se vê outra pessoa na rua, pisca o olho e a pessoa some, porque se passaram cinco minutos, e ela não percebeu o tempo. Pior quando as pessoas e as coisas parecem que estão andando em câmera lenta. Se for um carro, é pior ainda, principalmente se a rua estiver com uma aparência elástica ou quando os pés afundam no asfalto como uma areia movediça escura. Sob os efeitos do LSD, de acordo com as minhas pesquisas, a pessoa não enxerga a realidade nem 10%. Por isso o Charlie ficou internado após o uso.

...

A Celina comprou um bife de frango para mim e um de fígado para ela. Tive que confessar que eu não sabia temperar carne, ela se espantou, *nossa, tua mãe não te ensinou a fazer comida? Vivo falando para a Cidinha que ela tem que te ensinar as coisas da vida.*

...

A Julinha, personagem de uma série brasileira, é tão igual a mim que estou achando que me clonaram. Só que ela olha nos olhos das pessoas igual a outros autistas que conheço. Pelos meus cálculos, 75% dos aspies são assim. E 25% são incapazes de olhar ou evitam. Aprofundando nos cálculos: 6% dos 25% olham nos olhos dos outros com os olhos deles 89% fechados. Ou até mesmo 95%. Foi o que calculei durante os meus encontros com a *malta* aspie. Há outro garoto autista interessado em mim. Devo ser muito incrível mesmo, pois mal falo nos grupos e eles se apaixonam. Não me apaixono por ninguém, por isso aparecem tantos pretendentes. De acordo com a minha teoria, a pessoa que não se apaixona, mesmo tendo uma lista grande de interessados, tem 3% de chance de se apaixonar por algum deles.

...

Houve outro ataque terrorista nos Estados Unidos.
Não editei o vídeo da minha-casa-vazia, as filmagens estão guardadas e as fotos postadas. A Ieda Alcântara está produzindo o meu portfólio e um magnífico livro com as minhas fotografias. Ela ficou empolgada com as imagens e me disse: *o mundo precisa te conhecer.*

...

Cinco pessoas tentaram comprar o meu teclado, e eu não o vendi. Duas delas insistiram mais de três vezes, em um intervalo de sete dias. Meu pai já quis vendê-lo num momento desesperador de falta de dinheiro. Mas, como era nosso, eu não autorizei a venda da minha parte. Por isso, está comigo ainda. Adorávamos, aos sábados, ir às lojas que vendem instrumentos musicais usados, mas ele não conseguia caminhar tanto por causa da água nos pulmões, respirava com dificuldades, andava bem devagar e ainda assim parava a todo instante. Custei para perceber que ele estava doente e me senti culpada, pois insistia para ele sair comigo.
Ele era genial. Nunca conheceu GPS, aprendia os trajetos consultando a agenda telefônica. Nas últimas páginas do catálogo tinha os mapas de S. Blander e regiões. Tão esperto era que passou a carregar as imagens no cérebro.

Para o vídeo da casa-vazia, preciso fazer um pequeno texto. Meus textos não seguem regras. Microtexto! Veja um que escrevi: *estou na avenida Atsiluap cercada por cavernas quadriculadas. O som do voo de um pássaro é a confirmação de que tudo existe para além da imagem. A vida microscópica aumenta de tamanho se um dos nossos sentidos a detecta, como os pelos dos braços se arrepiando quando o nosso corpo atravessa uma barreira magnética. Ouço awhnnn. Ouço awhnnn... sem parar, como se não houvesse a selva de pedra bloqueando o voo debicado. Tudo congelou, e o único movimento existente no universo é o do pássaro. Ele dança produzindo uma música feita com o bater das asas.*

Você percebeu que cavernas quadriculadas são as janelas dos prédios?

...

Minhas fotos de *making off* do filme que estamos fazendo na escola ficaram lindas. Se eu andasse com a uma boa câmera pelo mundo, seria uma fotógrafa de destaque. Não posso postar as fotos que mostram os rostos das pessoas, apesar de terem ficado sutis e elegantes (foi o que você me disse); mas postei uma em que aparecem apenas as pernas de uma mulher. E de um senhor de costas. E de um motoqueiro que parecia voar.

...

Minha mãe chegou em S. Blander, mas está na casa da minha prima chata. Estou com a agenda cheia, provavelmente só a verei no domingo. A Celina me disse que iria arrumar a cozinha para minha mãe não reclamar, *a Cidinha é muito implicante, não pode ver um cisquinho que quer limpar*. Aposto que, assim que chegar, a minha mãe irá pegar no balde e na vassoura para dar uma geral. A Celina parece que não enxerga direito.

Não suporto que falem mal da minha mãe. Qualquer hora, fujo daqui.

...

Descobri que fico estranha quando tenho momentos felizes em dias tristes. A Quetiapina me faz acreditar que estou bem, mas meu corpo sabe que não. Permanece o resto de tristeza nas minhas sobrancelhas caídas. Muito bizarro a gente ser enganada por um remédio, parece que nos sentimos bem, e ao mesmo tempo a confusão de sentimentos é abafada como quem tapa uma panela com água fervendo.

...

Editei das 11h às 18h na escola de cinema. Notei que a Lídia está cada vez mais próxima de mim. Surgiram três trabalhos pagos, e eu estou fugindo dos clientes porque não sei quanto cobrar. A Vanilsa quer me contratar para fotografar o aniversário do sobrinho dela. Quanto devo cobrar? Posso te ligar? Os profissionais cobram trezentos reais, mas eu cobrarei menos porque estou no início de carreira. 21h, está bom! Sou impaciente, e a demora me faz pensar que a Úrsula tem razão: não te verei nunca mais. Quando a minha fé fraqueja, acabo gastando quase todo o dinheiro que juntei.

Não consigo fotografar pessoas em movimentos rápidos; crianças se mexem muito. Preciso de outra câmera, uma que capture, sem borrar, um objeto numa velocidade de 300km/h. Mas nunca venderia a minha câmera, porque ela pega até as crateras da Lua. Melhor deixar esse desejo para outro momento, já que uma boa lente custa uns quatro mil reais. Seria mais fácil ser editora e fotógrafa, se não precisasse falar com os clientes. Será que ninguém entende que palestrar e conversar não têm o mesmo grau de dificuldade, poxa? Para palestrar eu anoto tudo o que direi e nada sai de improviso.

• • •

Os médicos que trabalham nas perícias do INSS pedem para a gente fazer coisas estranhas, como ler uma frase no papel.

• • •

O Renato me perguntou se gosto de abraços, respondi que apenas de vez em quando. Ainda bem que ele não perguntou sobre beijos.

• • •

A psicóloga da clínica A. me prometeu que, se eu não pensasse coisas ruins esta semana, eu ganharia um brigadeiro com *glitter* rosa. Já quebrei o acordo.

• • •

Ouvi a Celina falando ao telefone que o aluguel está atrasado há três meses e que minha mãe também não tem nada na carteira, nas prateleiras ou no banco. Invocarei os poderes da física quântica para chamar a morte. Iniciarei a reza quântica: Ó, universo! Obrigada pela morte que me visitará hoje! Ó, sabedoria do universo! Ó, falanges do fim!

• • •

Fui uma pessoa que raramente sentiu a falta de alguém. Nas primeiras semanas morando com a Celina, queria que a minha mãe estivesse aqui, pois estava em um ambiente desconhecido. Não senti a ausência do meu pai quando ele morreu. Trágico! Do Pimenta, senti quando balancei as chaves e não ouvi nenhum latido, mas depois esqueci.

...

No começo da crise dos mundos, fico olhando para todos os lados, giro a cabeça bem rápido e sei que algo irá acontecer a qualquer instante, fico com medo de um objeto cair no chão e o som dessa queda ficar preso dentro da minha cabeça. Mas, olha, não se preocupe tanto, dá para sobreviver a esse medo. A gente se vira. O pior é quando tento chorar e não consigo. A minha mente fica perdida, sinto o desespero, como se algo importante não tivesse sido resolvido. A seguir vem outro desespero: de ter que enfrentar as imagens retornando embaralhadas no ar. Me deito na cama, bato na cabeça para tentar parar a confusão, abraço o travesseiro bem forte para tentar liberar a tensão. Não passa, mas alivia um pouco. E continuo assim por horas. Tento permanecer de olhos fechados para que o dia acabe logo. Assim estou hoje, perdida. Se eu não me controlasse, teria batido na lataria do ônibus. Fui embora correndo, pois estava prestes a não me conter. Talvez seja a mesma crise de quando alterei a voz com a Úrsula e o irmão dela se intrometeu me puxando para longe dela. Naquele dia, gritei o mais forte que pude, e aquele grito arranhou tudo. Eles nunca tinham me visto daquele jeito. Em vez da Úrsula ocupar o lugar do travesseiro, ela me disse: *você está fazendo isso para chamar a atenção, mas comigo não cola*. Era mesmo isto: eu necessitava de atenção. Mas ela achava que era uma birra de criança, enquanto eu enfrentava sozinha mais uma crise. Precisava de cuidado e não de bronca. Estou desesperada agora. Ainda bem que acabei de chegar em casa. Escrevi isso tudo andando na rua porque estava sem créditos para enviar online.

• • •

A Celina ainda não chegou. Que bom! Preciso de silêncio. Acho que ela está brava comigo. É que ela deixou o feijão de molho em cima da pia e pensou: *não é possível que a Luna* não vá tirar os grãos do molho, escorrer a água e colocar na geladeira. Pensou errado, sequer reparei nele. O jeito foi jogar tudo no lixo. O que ela não sabe é que eu deixaria o feijão lá para sempre, se ela não chegasse. Segundo os cálculos dela, ele ficou cinco dias dentro daquela água. Eu não sei lidar com as coisas básicas. Ainda bem que me avisou, assim que fui morar com ela, quando eu deveria colocar o lixo na porta de casa para o caminhão recolher. Como ela tem um bom coração, depois de uns minutos, esqueceu o assunto do feijão e me chamou para ir a uma festa com ela.

Sinto que me falta algo, mas não é um parafuso.

• • •

Aposto que o Salvador não se lembra de mim. Poderíamos nos ver mais vezes para clarear a memória dele e para apressar a provável amizade. Poderíamos passear de bicicleta no Parque da Cidade, assim a gente não precisaria conversar. O aluguel de uma *bike* custa cinco reais por hora. Seria uma bela oportunidade para levá-lo ao observatório. Quando fomos ao shopping, eu não sabia quando deveria pegar a escada rolante ou quando parar para observar uma vitrine. Eu me posicionava estrategicamente um pouco atrás dele, mas não planejei o que fazer quando ele parava para me esperar. Foi mesmo tenso, deve ser por isso que o Salvador não me procurou mais.

...

Desde ontem o Carlos é o assunto mais falado nos grupos aspies. Estão furiosos, pois repete há meses o mesmo assunto. A Letícia foi a única que o defendeu das acusações. A gente, eu e a Letícia, se conheceu através das redes sociais, nunca conversamos pessoalmente. Ela usa uma touca preta, mesmo que a temperatura esteja acima dos 32°. Desconfio de que seja o meu duplo. A diferença é me protejo do mundo com minha franja, e ela com a sua touca.

...

A série *Atypical* apresenta muitas coisas inteligentes sobre o autismo, mas não concordo com a lógica que o Sam desenvolveu para saber se estava apaixonado ou não. Segundo ele, os apaixonados quando acordam pensam no ser amado. Definitivamente, não acredito nessa teoria. Se tiver sonhado com um hipopótamo e se esquecido, poderá pensar em hipopótamo sem saber o motivo, mesmo sem ter nunca visto um ao vivo e a cores. Quando eu acordo começo a recalcular cada minuto que gastarei para cumprir a agenda do dia — programada com antecedência de pelo menos um dia. Desperto com o barulho do despertador. Coloco para tocar oito minutos antes da hora exata em que devo me levantar. Fiz esse cálculo há anos, preciso de exatos oito minutos para sair da cama.
Já mudou o horário em Portugal?
Há um autista no Facebook que se comunica por cartas com a esposa, mesmo morando na mesma casa.

Será que eu não tinha apego pelo meu pai? De tanto ouvir asneira dos especialistas, fico me perguntando: será que nunca fui apegada a ninguém? Pode ser, pois quando eu viajava não sentia saudades. Ou não sei definir o que é saudade? Será que só aprendi a ter sentimentos depois do ensino médio, quando conquistei amigos? Nhan! Você me ensinou várias coisas sobre o apego.

O Breno, aquele que criou um grupo para a civilização aspie, foi obrigado pelos colegas de classe a ouvir um monte de pornografias. E ficaram cutucando o corpo dele em meio às gargalhadas. Também sofri esse tipo de atentado terrorista.

...

Será que tenho memória avançada? Guardo lembranças de quando eu tinha uns três anos.

...

Me perdoa. Apenas me perdoe, não precisa compreender o meu pedido.

...

Acredita que ainda não decorei o nome da psicóloga da clínica A? Ela prometeu que divulgará a vakinha e que arrecadarei em pouco tempo uma boa parte do dinheiro.

...

A Anita me disse que não conseguirei o BPC, pois exigem que a pessoa esteja morando com a mãe. Ela está errada, né? A Laurete, assistente social do Kapaxis, não me disse isso, nem o doutor Jardim. Por que eu seria obrigada a morar com minha mãe? Não sou incapaz. Ou sou? Em algumas situações preciso de ajuda. Muitos normais precisam de ajuda para fazer coisas que eu faço sozinha. Ficam admirados quando conto das minhas viagens solo. Nunca serei incapaz no cartório. Lutarei com a minha espada. Uma mãe não é obrigada a ficar com um filho para sempre. Só se ele for totalmente incapaz. Sou incapaz? Tenho esse jeito Luna de ser. A Laurete não me ligou, isso deve significar que não poderá me acompanhar. Gostaria de ir à perícia com uma pessoa bem-informada como ela.

Preciso fazer algo muito doido até terça-feira. Espero não morrer. Ou sim. É muita confusão para eu conseguir entender. Se der errado o resultado da perícia, terei 100% de coragem. Quase não consigo mais ir à escola de cinema. Desistirei! Não quero viver, não quero pensar nos problemas.

...

Eu me lembro da época em que meus pais acordavam no meio da madrugada para olhar pelo buraquinho da janela. Levantavam cochichando, com medo de ter alguém do lado de fora. Já moramos em lugares bem perigosos. Numa das moradias, ouvíamos muitos tiros. Mas eu ficava tranquila, porque sabia que o meu pai nos protegeria. Uma vez, ele segurou a porta com os pés quando houve um vendaval em Arav. Ele ia atrás da minha mãe se ela não voltasse até as 18h. Se demorava era porque tinha bebido demais. Se preciso, meu pai a procuraria por toda cidade. A primeira busca era na casa da vizinha — vivia repetindo que ela não era uma boa companhia. A implicância do meu pai não adiantou nada, a Fatinha e a minha mãe iam para os bares sempre que tinham dinheiro. Quando eu era obrigada a ir junto, chorava e implorava para irmos embora. Ela me ameaçava: *não te trago mais, fica encharcando para ir embora.* Com sete anos, aprendi a voltar para casa sozinha.

Não me esqueço de um acontecimento, era véspera do meu aniversário de doze anos, e eu estava esperando, ansiosamente, a minha mãe chegar cedo para fazer o meu bolo. Os ingredientes estavam todos em cima da mesa. Deu 18h e ela não retornou. Como o meu pai não estava em casa, saí de bicicleta à sua procura. Passei em frente a vários bares, até a encontrar sentada na frente do balcão, ria e chorava ao mesmo tempo porque tinha mijado no vestido. O bico se instalou na minha boca assim que vi a cena lamentável. Ela tentou me oferecer uma porção de bala, joguei uma por uma no chão e fui embora. Fiquei sem festa e dormi chorando. Depois disso, aprendi a fazer o meu bolo, eu mesma colocava as velas para soprar, enfeitava a parede com bexigas e tudo mais. É que me amo sem timidez, não tenho vergonha ou pudor para me agradar. Usava copos rosas, que é minha cor preferida, usava aqueles chapéus de aniversário e tirava fotos. Não te mostro uma foto que guardo de lembrança, porque eu saí rindo muito. Meu pai fez aquela palhaçada de *olha o passarinho*, é que imaginei um pássaro com a cara dele.

...

Estou xingando o mundo. Talvez a perícia tenha me deixado maluca. Ouvi quando disseram: *estou achando muito estranho a mãe ter ido embora.* Que idiotas! Para me atormentar ainda mais, ficaram repetindo que tenho direito a meia pensão do meu pai. Ignorantes! Burros! Não percebem que, se eu exigisse isso, deixaria minha mãe mais miserável. Eu nunca faria isso. Ela nem está conseguindo pagar a nossa parte do aluguel. Mas a Celina é tão boa e boba que, mesmo não tendo também a sua parte, propôs dividir em parcelas. Estamos arruinadas, a Celina terá que morar com o filho, e eu terei que morar na rua.

...

Peguei dois ônibus errados.
Agora peguei outro.
Já estou na terceira tentativa.
Cheguei, enfim.
As fotos estão saindo feias, porque a dona da festa fica interferindo no meu trabalho. Estou quase em crise. É complicado ser fotógrafa numa festa infantil. Deveria cobrar um extra pela dificuldade. Ainda bem que toda hora enfio um brigadeiro na boca. Bem sem noção essa cliente, ela me perguntou se irei entregar o álbum hoje. São novecentas fotos para editar. Deixei a mulher no vácuo.
Bebi champanhe no final da festa e saí sem me despedir de ninguém.

...

Ufa, a Celina não voltou para a casa.
Minha mãe virá daqui a dez dias.
Quero fugir daqui para um lugar que tenha uma boa cozinha. A Celina está aguardando a cirurgia de catarata, quando ela voltar a enxergar direito irá se assustar com a sujeira. Não aguento mais morar aqui.

...

Estou sempre procurando outra família, era o que eu queria quando seguia a Úrsula para todos os lados. Quem mandou falar que era a mãe de todos?

• • •

Quando o meu pai estava internado, ele vestiu um lençol nas costas e fingiu ser um super-herói. Nunca me esquecerei desse momento. Na última festa dos Wolf, a Ruth me convidou para me sentar ao seu lado e tirou uma *selfie* com todas as primas. A Jaqueline me disse que estava contente em me ver. Minha tia me ofereceu pudim e ficou me espionando de longe. A Julinha soube me elogiar: *você está mais descontraída*. O Tadeu parava toda hora na minha frente. A tia me deu um monte de beijos. A minha priminha me mandou bilhetes anônimos. Mas tudo isso tem acontecido de dois anos para cá e no máximo duas vezes, no Natal e na Páscoa.

• • •

Ainda não lavei as minhas roupas de cama, a Celina me disse que há meses não troco a fronha nem o lençol. Não devem estar sujos. Será? Ela prometeu que me ensinará a lavar, mas antes reclamou que a minha mãe não me ensina nada. Não gosto que critiquem a minha mãe, fiquei de bico e ainda com mais vontade de sumir por aí.

• • •

O curta-metragem *Piper* conta a história de uma avezinha que vive à beira-mar, por causa da fome se arrisca pela imensidão do céu e do oceano para procurar comida e acaba se aventurando e encontrando amigos. Você assistiu? Ganhou o prêmio de melhor animação. Dura seis minutos, mas o diretor levou três anos para concluir o trabalho. Um filme belíssimo! A vida pode mudar quando enfrentamos os nossos medos, ouvi de alguém que comentou o curta. Achei a análise boba e decorada... Quando damos os primeiros passos, estamos aprendendo a ser bípedes, um processo quase obrigatório, mas, se Piper conseguiu se adaptar ao seu destino de ave com toda a alegria, isso é outra coisa e não o paralelo perfeito entre coragem e mudança.

Uhruuuuuu, a Úrsula me encontrou, por acaso, na porta do cinema, e o milagre aconteceu, me tratou normalmente e disse para a Beatriz com um bom sorriso no rosto: *a Luna está parecendo outra pessoa!* Sempre fui essa Luna, ela que nunca quis me conhecer de verdade. Quando ela se foi, pensei: o pânico que eu tinha em ficar longe dela se transformou em alegria.

...

Sou a favor dos alunos da escola escolherem as matérias que querem aprender. Jamais escolheria química, estou certa disso. Só tirava zero nas provas de química, ainda assim ficava com nota azul no bimestre, porque a professora mandava a gente copiar um texto inteiro da internet. Já deu para você perceber que química era a matéria que eu mais odiava. Matemática é necessária para tudo. O que sei de arqueologia não inclui datas. Deveria saber, mas não me importo. O problema dos livros da escola era que tinha sete datas por parágrafo, e um vocabulário de difícil compreensão — se você fosse minha professora, eu precisaria andar com um dicionário debaixo do braço, né? Naquela época, ninguém me estimulava a conhecer palavras novas. Conversar com você é como elevar a mente. A mente se eleva, só não sei para qual lugar. A imaginação eu sei que não tem limite, pode tudo. Será que a imaginação é superior ao cérebro?

...

Na praia havia pessoas fumando narguilé gigante, uma delas parecia a lagarta azul do *País das maravilhas*. As pessoas que postam fotos nas redes sociais fumando maconha ou cachimbo d'água são destemidas. Essa é uma atitude de protesto contra as ordens da sociedade. Pena que não tenho tal valentia. Fico atenta ao que as pessoas pensam de mim.

Comecei a beber por revolta, mas acho que estou progredindo para o prazer. Sem as ordens da Úrsula, sem as suas broncas, faço o que eu quero. As mães deveriam ser assim, deixar os filhos fazerem o que bem entenderem de suas vontades. O certo ou errado talvez nem exista. Se uma mãe diz constantemente: *filho, você não pode fumar, te proíbo, você não pode fumar*, o filho terá mais vontade ainda de fumar, porque ele se sentirá descumprindo algo que foi imposto, que não é dele. Ele sentirá raiva e vontade de quebrar as correntes que o prenderam. Quebrar as correntes que nos prendem é muito satisfatório, mas o sentimento de revolta nos domina. Se houver liberdade, continuará fumando, mas com prazer e sem revoltas. Que as mães não me acusem de má influência. Talvez seja mais fácil parar de fumar estando sem revoltas. Revoltas fazem muito mal para a saúde geral. Causam mais danos do que a nicotina dos cigarros. Revoltas causam depressão. Foi o que senti ficando dois anos em um quarto afastada dos amigos, e foi a causa de muitos males que causei a mim mesma. Comecei a ouvir *rap* com letras xingando a sociedade. Escuta essa do Projota: *essa minha rebeldia ainda vai me levar para um lugar melhor/Que me perdoe meu pai, que me perdoe minha mãe, meus irmãos, mas eu sou maior/Maior do que esse mundo pensa... não me importo com o que você pensa/ Eu vou domando minha loucura, eles procurando a cura e eu sou a própria doença/Eu não me importo com o que você pensa*. Conheço ótimos *raps* para essas horas, se precisar me diga. As pessoas que seguem a matrix social são como os robôs, e quando chegarem aos setenta anos irão entender e falarão para si mesmos: *fui uma besta todos esses anos.*

• • •

Estou andando de metrô.

Amanhã, irei a Lottus de bicicleta com o Nando, 8km para ir e 8km para voltar. Não sei se aguentarei, mas com certeza perderei alguns quilos. Você acredita que estou vinte quilos acima do peso ideal? Fiz as contas em uma calculadora de peso saudável, considerando a minha altura. Você está em seu peso ideal? Não faço a mínima ideia de como ficaria o meu rosto com tantos quilos a menos.

Quero fazer coisas iguais às dos filmes.

Ainda bem que o Nando topa tudo.

Você gosta das músicas que ouço? 89% das minhas músicas são instrumentais, 5% têm batidas incríveis, 6% são de filmes. Me desculpe. Você gosta de alternativa internacional? Prefiro ver os clipes musicais que parecem curtas-metragens. São raros os clipes para as instrumentais. Ainda bem que a música *Life* do Ludovico tem um bom clipe. Esse italiano é o melhor músico dos últimos séculos. Você gosta do brasileiro Vitor Araújo?

• • •

Minha agenda está mesmo cheia, às vezes isso me salva do tédio. Estou indo visitar o Carlos.

Entrarei no trem agora. Entrei no trem de Romã. Não sabia que a linha coral ia para a estação Adapmal. Descobri agora.

Amanhã irei na casa do tio Wolf. Minha mãe fica dizendo que é besteira esse tipo de encontro com a matilha do meu pai, não consigo concordar com ela.

Há um homem me encarando faz vinte minutos, ele precisa virar o pescoço só para me olhar. Será que sou tão diferente para ser notada de forma tão escancarada? Esse trem estava parecendo o do filme *Lion, uma jornada para casa*, aquele do menino que fica preso numa locomotiva. Você já assistiu? Já estou no trem há 1h40, pegarei um ônibus para Babaçu na avenida Romã, decorei cada passo. Chegarei a Babaçu umas 13h40, agora ainda são 11h34.

...

Nunca mais venho para Babaçu, saí 7h de casa, somando tudo dão 6h40 de viagem. Achei que os trens fossem mais rápidos. Romã é quente igual a Arav, onde faz 39° quase todos os dias. Pior para mim, que só ficava dentro do quarto, e era quente como o forno do fogão à lenha. Para piorar, era preciso fechar a porta e a janela para não entrarem pernilongos, ainda assim eles surgiam de gretas invisíveis. Então, me levantava sete vezes por noite para matar os insetos. Meu quarto fechado em noite de 39° e com ar quente saindo do computador era uma ala do inferno, e Arav era o inferno completo. As noites não esfriavam nem um grau. A cidade tinha fogo próprio. Acho que só não morri naquele período porque investigava os segredos do universo.

Isso tudo para ficar três horas com o Carlos. Voltarei para casa muito cansada.

Estou esperando a resposta da sua carta para mandar outra, me sinto mais organizada esperando a sua vez.

Foram sete horas de viagem de trem, cheguei às 14h e irei embora às 17h para dar tempo de pegar o último ônibus.

...

Passei por lindos campos, consegui sentir o cheiro de flores. Queria voltar a Arav apenas para olhar mais uma vez para a cidade. É que, antes de odiar, aquele era o meu lugar preferido. O medo fica pequenininho ou desaparece quando se transforma em outra coisa. O ódio também.

Foi bem legal o encontro, espero que o vídeo fique interessante. Ficará! O Carlos me convidou para dormir na casa dele, não aceitei porque não ia dar tempo de chegar ao encontro que tenho com os lobos amanhã. Minha agenda está bem animada.

Pelos meus cálculos, peguei a condução errada. Foi isto: peguei o ônibus errado em Romã! Me desculpe. Estou bem longe de onde eu deveria estar. Era para chegar à estação Romã, mas fui parar do outro lado da cidade. Estou repetindo sem parar: *uma uma uma uma uma.*

Achei o caminho certo, mas agora o medo persistirá igual àquele dia, e daqui a pouco cada pessoa parecerá um fantasma, o mundo parecerá uma terra de vultos e sombras. As vozes das pessoas já me chegam de forma estranha. E eu sei que essa é a hora em que todas as coisas reproduzem sons e imagens ao mesmo tempo. Me desculpe.

Fiquei 1h30 perdida, ainda estou numa estação depois de Romã, e já são 21h33. Corro o risco de perder o último ônibus. O trem está voltando. Por que o trem está voltando para Romã? Peguei um ônibus e um trem errado, então são duas horas perdidas. Peguei outro trem agora. Me desculpe. Vendem cerveja no trem, mas é proibido beber dentro dele. Que contradição! Já são 23h e ainda não cheguei na metade da linha rubi. O mundo é bem enigmático, toda vez que olho para uma árvore, percebo que ela guarda um segredo sobre a existência do universo, mas não consigo desvendar o mistério, fico sempre no estágio do quase.

Há *bugs* no cérebro como nos computadores, por isso que, às vezes, descobrimos coisas importantes e nos esquecemos delas em fração de segundos. Não considero que as árvores guardam segredos sem importância. É um segredo real, ancestral e universal. Estou na linha verde, agora são 23h41.

Pesquiso sobre tudo que me interessa. Gosto de entender as coisas. Hipnose, por exemplo, é uma técnica que estudei bastante e descobri, rapidamente, que é utilizada para confundir os fiéis que passam a temer a ira de deus e cedem para tudo que ouvem, até caem no chão com a mão do hipnotizador. E isso não tem nada a ver com o demônio, muito menos com deus. Daqui a 1h10 chegarei em casa. Ufa, cheguei! Estudarei mais sobre o que Freud e Charcot dizem sobre a hipnose. A mãe do Carlos queria me conhecer, mas tinha um compromisso e não pôde me esperar. Ele me disse que ela ficaria preocupada quando soubesse que fui embora e não dormi lá. Mas não fiquei sabendo com antecedência, então não planejei. *Buenas noches*!

...

Estou indo ao encontro dos lobos. Ficarei com vergonha assim que tocar a campainha, mas não tanto como da última vez. Não estou levando as biribinhas. O encontro está marcado para as 12h. Se eu saísse de Babaçu hoje às 6h, chegaria em uma hora ao encontro. Estou ficando profissional para cronometrar o tempo que gasto no metrô e no trem. Sem meus cartões de ônibus, eu não estaria saindo de casa, porque não dá para fazer tudo a pé ou de bicicleta, e a passagem está bem cara. Minha mãe não paga o transporte por causa da idade, e sempre vai passear em Zviv. Oba, soube que os lobos farão churrasco, adoro linguiça e estou com muita fome. Gosto de chamar os Wolf de lobos (no plural).

Seria bom se o meu próximo vídeo fosse gravado com uma câmera DSLR.

O que é doido? O que é maluco? Sou maluca? O que significa ser doido ou maluco? Você é maluca? Me desculpe. Irei de navio, acredita? Odeio a estação Samuhna, é tão grande que me perco. O metrô não é normal, essas cadeiras não são normais, há três mil anos não dava para fazer uma cadeira desse tipo, muito menos uma máquina inteligente que anda no subterrâneo das cidades. Só os ratos tinham acesso a lugares tão profundos. Transitavam pelos esgotos? Catacumbas de Paris? Estou pesquisando. Que incrível!

Os cientistas do futuro a mando dos *Ill* invadirão outros planetas e acabarão com a natureza e a harmonia. Tirarão o encanto natural, por causa dessa mania de se intrometerem em tudo. Se tiver qualquer forma de vida em Marte, morrerá com a nossa entrada sem permissão. Humanos bestas! Invasores das casas alheias!

...

Os Wolf estão me zoando. Sim, estão sendo bobos, mas pelo menos sou notada. Metade da família chegou. A Jaqueline me perguntou por que engordei, aliás todo mundo diz a mesma coisa. Essa prima é legal, então revelei uma parte do meu segredo. Eu: *é que teve um tempo que eu estava mal, então comi muito*. Ela: *mas agora você está bem, né?* Eu não respondi. Só devo ter falado essa frase porque bebi uma taça de vinho. Ah, estavam todos bebendo uma bebida com morangos, então tomei também, acho que devo juntar coragem para contar mais coisas sobre mim. O Tadeu me questionou: *como é que você tem tantos amigos se você não fala com eles?* Ele acha que esse é o único jeito das pessoas se relacionarem, não sabe que a linguagem é diversa. Penso que me zoam sem maldade, por serem ignorantes. Meu primo de quem nem sei o nome reclamou: *por que a Luna não fala com a gente?*; o outro: *você fala quando faz documentário*. Apenas a namorada do Fabrício me disse uma frase mágica: *confio em você*.

Estou contente, pois hoje, pelo menos, fui eu. Quando não preciso fingir o que chamam normalidade, eu passo a acreditar na humanidade. Os Wolf, às vezes, são legais, pena que não convivi com eles. Minhas priminhas falaram comigo na linguagem invisível. A Júlia, aquela que me defendeu no réveillon do ano passado, continua simpática. É o terceiro encontro que o tonto do Antônio Carlos, sobrinho da minha mãe, que é casado com uma Wolf, inventa desculpas para não aparecer. Até prefiro, se ele viesse seria ruim, para mim ele é um tipo de espião e informante, poderia contar para minha mãe as minhas "criancices". Poderia contar para minha mãe que todos ficaram sabendo sobre eu não falar. Seria mesmo terrível, ainda bem que não veio.

...

O grupo aspie do WhatsApp está maluco, estão dizendo que eu e o Carlos somos almas gêmeas, só porque fiz uma visita à casa dele. Não irei à escola amanhã, a professora Danúbia insiste em atividades em grupo. Não percebe que eu sempre fujo quando entro em pânico? Nessa hora, meu único desejo é retornar para a cabine protetora do mundo e não sair mais. Esse desejo ou necessidade começou quando eu ficava chorando em Arav por duas horas seguidas no quarto escuro, queria me transportar para um lugar sem som, sem imagem. Sei que não aguentarei terminar o curso porque, assim que avisto o muro da escola, tenho vontade de me enfiar dentro dessa cabine imaginária. A Amanda usa drogas para ficar fora da vida, eu também deveria usar — pode ser um tipo de cabine sem paredes. Muitos pais de autistas apostam que seus filhos não bebem, não usam drogas, não dançam — a Shirley gosta de *funk*, e o Danilo de *rock*; não há regras, apesar das estatísticas da ciência e do espanto das famílias.

...

Sonhei que eu estava indo morrer no alto de uma montanha, era mesmo um lugar magnífico para se conhecer diante do fim. Acordei antes de entender o final do sonho, mas fiquei pensando, por muito tempo, que seria bom se aquele lugar existisse por aqui, com todas aquelas cores vibrantes e o silêncio dando mais espaço para os pássaros e para o chacoalhar das árvores.

...

Ainda quero um quadrado à prova de mundo.

...

Você acredita que farei um longa-metragem um dia? Talvez você seja a única que ainda tenha fé em mim.

...

Ainda tenho dó do morcego que mataram quando ele entrou no quarto da minha mãe quando a gente morou em Arav. Me arrependo de não ter tentado salvar o pobrezinho, mas sei que viver é bem complicado, e todos os seres precisam da dádiva da morte. Morcegos são diferentes dos ratos que, se expulsos, voltam escondidos e adoram armários e fornos. Moravam mais de cinquenta morcegos no pé de manga que ficava em frente à janela do meu quarto.

Nunca mais quero deixar S. Blander, voltar para cá foi como ressuscitar um parente morto. As pessoas não conhecem a minha história, por isso ficam me perguntando por que eu não fui morar com a minha mãe em Arav. Se soubessem o que é ficar dentro de um quarto com a temperatura perto dos 39° dia e noite sem ir à sala e nem ao quintal... Se soubessem disso, não me fariam perguntas tolas. Eu era uma prisioneira naquele lugar. Dois anos entre quatro paredes, com tijolos saídos do forno, sem amigos, tendo crise dos mundos todos os dias. Não dá mesmo para responder esse tipo de questionamento. Aff, melhor nem tentar me fazer entender, digo que não fui porque não quis. A minha família acha que fiquei por causa do curso. Na verdade, não me perguntaram nada.

...

O Nando não irá mais pedalar conforme o nosso combinado.

Na perícia, se perguntarem para onde foi a minha mãe, fico calada? Queria que a Laurete fosse comigo, mas irei com Rosani. Eles me obrigam a ser fixa em uma moradia, mas acho que a Celina só ficará aqui por mais dois meses. E depois o que será de mim? Minha mãe só volta em dezembro de Zviv. A Celina não quis ir com ela, achou que se sentiria mal ficando três dias dentro do ônibus. Ela disse que iria, se pudesse ir de avião, *Cidinha, você é uma nordestina das antigas fazendo essas viagens malucas de incha-perna. Não aguento nem dez horas, dá uma agonia ficar grudada na cadeira sem banho sem nada. Fiquei mudada e esnobe e não me dou com o sacrifício.*

O Renato recebe o BPC.

...

Estou andando com as roupas amassadas, minha mãe não me ensinou a usar o ferro.

...

Você é mesmo incrível!

...

Aproveitei que a rua de baixo estava vazia por causa da chuva e corri, pulei e dancei igual ao *gif* do filme *Dançando na chuva*, faltou um guarda-chuva, mas improvisei com um galho que encontrei no chão. Foi um momento bem feliz.

Um dia quero fazer uma festa. O problema é que as pessoas nunca vão quando convido. Por que será? Quem sabe, se eu anunciar que terá um bom e farto churrasco e um bolo de cinco andares, iriam? Se eu e o Peter nos casarmos nas nuvens, terá muito champanhe. Difícil é encontrar o meu Peter, se aspies não sabem ser o Peter, imagine os garotos comuns. Odeio a Wendy. Não devem nunca me comparar com ela. Jamais iria abandonar a Terra do Nunca ou o Peter para crescer igual à maioria. Ela é uma traidora. Ela é fraca, se rendeu à matrix do desenvolvimento padrão.

...

Estou indignada com a perícia e o mau preparo dos médicos. Para que me perguntar quem corta as minhas unhas? Considerando o meu QI, foi uma pergunta muito idiota, você não acha? A médica me perguntou qual o grau do meu autismo. Eu respondi: *não entendi*. Quando me explicou melhor, respondi: *leve*. A Rosani retrucou: *está mais para moderado*. Você acha que sou moderada? Bem que notei que a maioria dos aspies que conheço são mais normais do que eu. No final, me orientaram a aguardar o resultado da avaliação que seguirá pelo correio.

...

Vim à escola hoje, mas assistirei apenas à segunda aula. Preciso entregar a edição do filme, mas saiba que não gostei do resultado. *Tedioso* é o título que daria. Penso que foi falha da direção. Espero que não me culpem, cortei o máximo que pude. É um filme feminista, mas com péssimo roteiro. As professoras de direção de arte e direção de atores não me disseram se estourei o limite de faltas. Nas matérias de sexta e de terça já devo ter sido reprovada.

...

A perícia do INSS é incompreensível para mim. Autistas não podem fazer unha e nem namorar, segundo eles; nem arrumar o cabelo. Diga-me se você concorda com a Rosani. Sou mais para moderada?

...

Não quero voltar para a escola. Estou mesmo desistindo. Não tenho nada para fazer nesses três dias, além de pensar no BPC.

...

Você me ensinou a fazer a quantidade certinha de arroz, disse que daria para duas vezes, acertou. Estou almojantando.

...

Ano passado o CAV estava mais interessante, os professores davam aula de uma maneira que eu conseguia acompanhar melhor. Se continuar assim, aprenderei mais estudando sozinha. Concluir o TCC deve ser uma tarefa ultradifícil, pois, ontem, quando os alunos do terceiro semestre estavam na biblioteca, percebi que tinham caras de vítima de perseguição. TCC causa paranoia?

...

Muitas pessoas tentaram ser meus amigos e não conseguiram. Não culpo ninguém. Como é que se faz para ser amigo de alguém como eu? É lógico que existem pessoas que querem fazer amizade comigo, mas são impedidas pelo meu jeito de ser. Estou passando pelo mesmo com o Salvador e ele comigo. Ou as pessoas não querem tanto assim se aproximar de mim? É possível que eu ou o Salvador façamos algo para impedir que a outra pessoa desista da gente? As pessoas dizem que tenho que permitir, mas não é assim tão fácil. Nós permitimos, só não conseguimos demonstrar aquilo que estamos querendo. Permito que a Lili seja minha amiga, mas como isso vai acontecer se sou quem sou? Como é que ela vai compreender qual o melhor método para ser minha amiga? Ela sempre me vê fugindo para o estacionamento e quando me convida para ficar junto com a turma na hora do intervalo eu balanço um não com a cabeça, mas depois a sigo por onde quer que ela vá.

...

Descobri uma bebida tão boa quanto a *Ice*, é a *Skol Beats* — irei ali tomar uma na pracinha e já volto — não levarei meu celular, tenho medo de ser assaltada. Vou te mandar uma foto da garrafa.

...

Não corro o risco de estar em uma festa igual à do filme, pois não tenho amigos do tipo populares e descolados. Mas em 2010 saí com aquela turma de populares-descolados da escola, rolou

de tudo. Eu me surpreendi com o convite, pois os populares-
-descolados não ligam para pessoas nefelibatas-idiossincráticas
como eu, na verdade muitos desprezam. Cada mês a Fernanda
aparecia com os cabelos de uma cor, tinha muitos *piercings* e
tatuagens, o mais bonito nela é que sempre falava *oi* para mim.
E a Bernadete, aquela patricinha maldosa, que me empurrava
e passava por mim falando *shispa-shispa*. Não era tão popular
quanto pensava ser, só porque formou um grupinho com outras
nojentinhas. O Ronaldo está certo, quase ninguém tem condições de desvendar palimpsestos.

...

O mundo é mau. O BPC foi negado. O doutor Jardim é mentiroso, prometeu que conseguiria. Acabei de ver no site do INSS.
Mundo inútil!

Fiquei com febre, de repente, de tanta tristeza. Estou tremendo de frio.

Tenho ódio de quem fala mal da minha mãe. Ninguém tem o
direito de falar dela sem conhecer a nossa história, ela faz tudo
por mim. Não sou obrigada a morar com ela porque não me considero incapaz. Minha mãe fazia comida só para mim (ainda faz
quando vem me ver), até levava meu prato no quarto para não
atrapalhar minhas pesquisas. Nunca se esqueceu de me dar mil
instruções antes de viajar. Só não sabe fazer contas, mas, antes
de ir para Zviv, deixou quatro pacotes de bolachas recheadas. Ela
cuida de mim do jeito dela. Pedi para comprar linguiça, ela comprou também leite e manteiga. Deixou as compras em cima do
meu teclado e foi embora. Ainda bem que você sempre diz coisas
boas sobre a minha mãe, senão eu brigaria com você também.

...

Capítulo III

Há um grande tumulto; tudo fala em nós, exceto a boca
VICTOR HUGO

Oi, Telminha!

Quando entrei na quinta série, em maio fiz onze anos de idade. Ninguém queria ficar ao lado de uma menina que não falava. Mudaram até o meu nome, regredi de Luna a Mudinha. Restou o recurso dos bilhetes, a comunicação possível com o mundo. Para piorar, os professores avançaram no método de ensino. Fiquei para trás, pois necessitava (e ainda necessito) que me ensinem com detalhes e repetições, como fazem com as crianças.

A Pollyana e a Tulipa continuaram na minha turma, mas me deixaram na categoria da inexistência. Quase me arrependi de ter defendido a Tulipa aquela vez. Você se lembra? Insisti em me aproximar dela através dos bilhetes, mas nunca me respondeu. Que maldade da parte dela. Acho que me via como uma maluca. Mas se esqueceu de que eu era a maluca que tirava as melhores notas no semestre anterior. Estava prestes a ganhar uma bolsa de estudos, não me recordo para quê, mas que era importante, era. Fui liquidada por causa da nota final de história. Quando a professora de português anunciou as vencedoras da bolsa, percebi o meu fracasso! Fui nocauteada pela avaliação do professor Marcelino! É a vida, diria o meu pai. Mas como consolo, passados uns meses, ganhei uma bolsa para o curso de desenho. Aí sim, passei no teste com honra e louvor, porque a avaliadora percebeu que eu era doutora na arte de desenhar. Até pouco tempo, tinha uma pasta lotada dos desenhos que fiz, mas a goteira do telhado se esparramou pelos papéis e manchou tudo. Você ainda tem aquele que fiz de você trabalhando na biblioteca do Kapaxis?

Na hora do intervalo nada havia mudado, eu permanecia parada no mesmo canto perto de um pilar. Um abrigo que me protegia de toda aquela gente. Era perigoso sair do meu lugar, então eu não sabia ao certo como eram os outros ambientes. A escola parecia uma selva de animais, mas eram adolescentes que se divertiam jogando casca de mexerica nos alunos mais gordinhos, implicando com os magrelos, com os oprimidos, com as pessoas com deficiência física e com os seres esquisitos como eu. Nem queira saber o risco que a gente corria. Fora isso, ainda havia a turminha que usava uma luva de goleiro para mexer no bumbum das meninas. Havia os que faziam a gente cair dando joelhadas por trás das nossas pernas. Eu precisaria aprender estratégias de guerrilhas com Che Guevara para me defender daqueles selvagens.

Apesar de tudo, aconteceu algo de muito bom: passaram nas salas avisando que quem quisesse participar da fanfarra da escola que se dirigisse à quadra no final das aulas. Eu, que adorava viver entre instrumentos, me interessei pela oferta. Para minha surpresa, eles me deram um repique. Então foi a vez deles se surpreenderem comigo, pois toquei todos os ritmos sem errar uma única batida. Eu dominei o repique com maestria. Passei a tocar nas apresentações. Os ensaios aconteciam duas vezes por semana, o instrutor reservava uma parte do tempo para as reuniões, quando apontava erros e melhorias. E eu me sentia um elemento da matemática dentro daquele conjunto.

Na metade do ano, retornamos para S. Blander. Na escola em que me matricularam, não conhecia ninguém. A Lorena tentou me enturmar, tentou por mais cinco dias... até que desistiu de mim. A verdade era que eu não conseguia mais falar. Éramos quarenta e três alunos, e meu nome era o último da chamada, achava bom, pois, quando chegava a minha vez de responder, a maioria da turma já estava distraída e não reparava que eu não dizia *presente*. Aliás, não dizia nada. Ficava sempre sozinha e fazia os trabalhos da mesma maneira. Ali, também me chamavam de Mudinha (não eram nada criativos, percebe?). A professora de história passou um trabalho sobre deuses, e eu deveria falar sobre Afrodite. Na hora da apresentação, tremi e não consegui pronunciar nem uma miserável letra. Vergonha absoluta! A professora ficou furiosa. Ela acreditava que eu fosse capaz de falar, mesmo não respondendo a chamada? Nem para me ajudar prestou. Ao invés de me compreender, ela se irritou. Chorei aquele dia. Mas quem ligava?

Na sexta série, em maio, fiz doze anos de idade. A lista de chamada continuava com os mesmos nomes. Elegi a professora de português para ser a minha *halebopp*. Infelizmente, ela é a mesma professora que ficou brava por eu não falar nada na apresentação do ano anterior. Não demorou, ela passou outro trabalho parecido com aquele da quinta série, e novamente eu apresentaria o tema sozinha. Estava com tanto medo de levar outra bronca que decorei o texto inteirinho, palavra por palavra, sílaba por sílaba. Quando chegou a minha vez, fui à frente de todos e, para minha surpresa e de toda a classe, comecei a falar e só parei quando me faltou ar. A professora ficou de boca aberta olhando para mim e os colegas com os olhos esbugalhados, admirados ou de queixo caído, sei lá. Bateram palmas como se tivessem assistido a um espetáculo. A Mudinha falando, que bela atração eu lhes proporcionei! Por causa do meu esforço e cara de choro, a professora foi compreensiva e deu por encerrada a apresentação. Voltei para o meu lugar ainda trêmula, mas de felicidade por ter conseguido.

Após esse acontecimento, esperava ansiosamente por um novo trabalho como aquele, era o único momento em que eu poderia falar mesmo com o tormento me corroendo por dentro. Nasceu aí a minha habilidade de palestrar para um grande público. Planejo tudo: escrevo o texto, preparo os vídeos e coloco emoção em cada palavra que escrevo. Por isso, o público se emociona.

Adorava seguir o grupo da Bárbara, formado por quatro garotas. Na hora da educação física, esfriava bastante, e eu sempre me esquecia da blusa de frio. Parecia que aquele frio justificasse a criação das *haleboppes,* como se confirmasse que eu precisava de ajuda. Eu ficava imaginando uma das *haleboppes* me emprestando um agasalho. Esse sentimento me acompanha até hoje, tenho a certeza de que eu preciso ser salva, mesmo sabendo que não é do frio.

Nessa época, morávamos no térreo, e no porão do predinho moravam três irmãs, eu passava as horas vazias jogando bilhetes-aviões pela janela do banheiro na esperança de pousarem na varandinha da casa delas. Queria que fossem minhas amigas e eu precisava iniciar o contato. A técnica deu certo, um dia elas me chamaram para ir lá. Fui. Balançando numa rede que ficava no quarto, me senti tão integrada que fechei os olhos, e me transportei para o Chapéu Mexicano de um pequeno parque de diversão. A Josi não compreendeu o meu êxtase, deve ter pensado que eu tinha morrido ou desmaiado e me estendeu as mãos para me ajudar a levantar. Aquele gesto me comoveu. Lógico que se transformou, instantaneamente, numa *halebopp*, pois demonstrou um potencial fora do comum para a função. Continuei a me comunicar com elas por bilhetes, eles substituíam a minha voz. O que eu temia era que a minha mãe descobrisse o meu silêncio, mas espantosamente tudo correu bem.

Outro fato extraordinário aconteceu em plena aula de português: por maldade, um idiota quebrou a minha régua, a professora-*halebopp* flagrou o delito e me prometeu outra novinha. Adorei o acontecimento.
No dia seguinte, ela me presenteou com um esquadro 21x60 e ainda me fez um carinho nos meus cabelos. Que

ótima *halebopp*, farejei bem, pensei. Logo, constatei o meu engano, percebi que ela era apenas mais uma professora que passou pela minha vida de estudante.

O meu desejo era que a Bárbara e o seu grupinho me chamassem para ficar com elas durante o intervalo. Ficava sempre num ponto do lado oposto da cantina, o lugar mais vazio que encontrei assim que cheguei. O pátio ficava sempre lotado, muitos alunos por metro quadrado. Deveria ser proibido um ambiente tão apertado como aquele, e nessa escola não tinha recreião com uma *big* quadra. A Tulipa brigou com a Pollyana e resolveu se lembrar de mim, e me convidou, mais de uma vez, para ir à casa dela. Entrou para a minha lista de amigas-relâmpago, mas pena que ela mudou de escola, a família mudou para outro bairro. Senão, teria alguém para ser dupla de trabalho e para ficar no intervalo. E não precisaria seguir ninguém na hora da educação física. Quando dava, eu ficava ouvindo a conversa da Bárbara e do seu grupinho. Foi assim que escutei a Larisse comentando sobre o MSN. Mas só soube o que era de fato no primeiro ano do ensino médio. Que atraso tecnológico! Passaria a ser o lugar perfeito para falar sem a boca.

Na sétima série, fiz treze anos em maio. Nesse ano, retornamos para Arav. A situação financeira dos meus pais não permitia que bancassem por muito tempo o alto custo de vida de S. Blander. Os alunos do Coronel Vieira se tornaram violentos, com tudo de maléfico que isso possa significar. Havia vários envolvidos com o consumo e venda de drogas, roubos e violência. A

escola se dividiu em duas gangues, a turma do Gordo
— o traficante mais querido do bairro — e a turma
do Muito-Gordo — ganhou esse apelido porque foi
engordando até superar o peso de seu concorrente.
Acho que o Muito-Gordo pesava mais de cento e trinta
quilos e tinha cara de vilão. Com frequência, os alunos
pulavam o muro da escola para matar aula. Os que
serviam de aviõezinhos vendiam as mercadorias por
um buraco no muro, o comércio era praticamente
dentro da escola. De vez em quando, na hora da
educação física, quando caminhava pelo pátio para
ter contato com as árvores, via alguém negociando,
voltava correndo. Minha mãe vivia me alertando, *Luna,
minha filha, toma cuidado com os maconhistas e com a
polícia, melhor ficar longe das duas encrencas.* Minha
mãe sempre foi engraçada, às vezes ao invés de dizer
maconhistas ela imitava o jeito deles de tragar, *cansei
de ver o Wallace fumando no terreiro, mas ele é meu
afilhado e é bonzinho pra danar!*

Várias brigas aconteciam na hora do intervalo, além das
ameaças que faziam jogavam pedras no pátio. De vez
em quando, alguém sangrava. A diretora precisou
tomar providências. Depois de uma série de reuniões,
a solução que encontraram foi gradear a escola como
uma penitenciária. As gangues soltavam foguetes e
batiam nas grades provocando um barulho assustador,
mas pelo menos a muralha nos protegia de levarmos
uma pedrada na cabeça e morrermos ensanguentados.
Havia te prevenido de que a história era bem feia. Você
teria muito medo e com razão. A gente se acostumou
com o campo de guerra, e eu permanecia no mesmo

ponto na hora do intervalo, e de longe observava as meninas do primeiro ano, minhas recentes *haleboppes*. Queria que fossem minhas amigas, mas nunca haviam sequer me notado. Elas tinham três anos a mais do que eu. Sempre que havia passeata na escola, eu as seguia do início ao fim. Passei a adorar passeatas. E, por sorte, elas estavam na moda. Num dia histórico para mim, a passeata para prevenir a população sobre a dengue terminou em um clube, e finalmente a Rita, a Kelly, a Fernanda e a Diana notaram que eu nunca saía de perto delas. A Elisa também estava lá. Ela poderia ter sido eleita *halebopp*, mas tive pouquíssimo interesse por ela. Por ser amiga das quatro, não a descartei totalmente. Elisa adorava jogar vôlei na hora do intervalo, era testemunha de Jeová e todos os domingos passeava pela rua com umas mulheres de saiona. Um dia, ela e outra testemunha de Jeová me perguntaram se eu queria ir com elas comer cachorro-quente. Balancei a cabeça dizendo que não, mas o resto do corpo sorria em sinal afirmativo. A Elisa insistiu, mas eu não consegui dizer que não gostava de salsicha no pão.

Teve uma vez que aconteceu um probleminha comigo (é muito difícil para mim falar sobre esse tipo de assunto). É que uma garota me avisou rindo que a minha calça estava suja de sangue. Como eu tinha preconceito contra "mocinhas", escondi da minha mãe o que estava acontecendo, e fui para a escola usando papel higiênico, por isso vazou. Se pudesse falar, iria mentir para a garota. Diria que estava com caganeira. Preferia mil vezes que pensasse que eu estava cagada. Ainda bem que estava usando uma blusa comprida. A

Elisa e a Íris perceberam a minha aflição e tentaram entender como poderiam me ajudar. Fizeram várias perguntas, e eu somente balançava a cabeça, ora dizendo sim ora dizendo não, enquanto meus olhos se enchiam de lágrimas. Elas queriam me ajudar e não sabiam como. Juraram que não contariam para ninguém sobre os meus segredos, essa promessa me acalmou, e eu pude voltar para a sala. Que anjos elas foram! Quando a minha mãe foi lavar a calça, descobriu, infelizmente. Meu pai incluía os absorventes na compra do mês, me acabava de vergonha quando tinha que pedir pra ele. Minha mãe nunca mais soube quando acontecia, escondia os vestígios. Ainda hoje, odeio ter que passar por isso todo mês.

Havia umas inúteis que adoravam me perturbar na hora da aula de educação física. Seis delas me cercaram quando eu estava distraída na arquibancada apreciando os jogos. Fizeram perguntas obscenas com um tom de voz carregado de deboche. Tentei correr, mas elas me seguraram com força. Conseguiram me fazer sofrer, mas acharam graça da minha cara de desespero e riam. Eu passei a ser o divertimento delas, e não me deixavam em paz. Uma vez, resolveram roubar o meu relógio e fizeram dele uma peteca. Devido à tristeza que me causaram, mal me mexia. A Nataly acabou me devolvendo o relógio, mas já tinham me obrigado a passar por tudo aquilo, então o gesto não teve nenhum efeito para mim. Nunca mais fui para a escola com o relógio que tanto desejei e que ganhei de Natal do meu pai. Já desconfiava de que, às escondidas, cuspiam na minha carteira, mas quando vi tive muito nojo. Não consegui me sentar, mesmo com a professora me ordenando impaciente. (Também tenho nojo de andar de ônibus. Prova de que isso não é coisa de rico. É que chamaram uma participante do BBB de riquinha, só porque ela disse que tem nojo de andar de ônibus. Eles acham que pobre não liga para a higiene? Concorda que um monte de gente tem problemas com germes?)

Na aula de artes, a professora comunicou que quem quisesse poderia desenhar qualquer coisa para a exposição que aconteceria nos próximos dias. Desenhei toda a paisagem que dava para enxergar da janela da nossa cozinha, várias casinhas como se fossem feitas de Lego. A professora adorou, e eu achei digno de exposição. Na véspera, soubemos que os vândalos destruíram todos os trabalhos. O meu desenho ficou completamente danificado. Por uns dias, fiquei desanimada com a espécie humana e quis, ainda mais, me juntar aos extraterrestres. Tentei fazer uma cópia, mas não tive paciência para desenhar toda aquela paisagem de novo, casa por casa, janela por janela. Noutra ocasião, a coitada da professora de educação física passou dois dias inteiros fazendo bandeirinhas para a festa junina, enfeitou a escola com varais que se cruzavam, havia muita cor e beleza. No final do mesmo dia, rasgaram todas as bandeiras, e a professora ficou sem forças para recomeçar. Bando de inúteis! Por que não fazem cócegas um no outro para rirem? Ou tiram as calças pela cabeça — minha mãe sempre me dizia isso quando eu me queixava do tédio.

Quando ouvia a última sirene, eu corria até a minha casa para pegar a bicicleta e seguir as minhas *haleboppes* até as suas casas. Uma maratona diária. Tinha me imposto a missão: saber o endereço delas para lhes enviar bilhetes. Não foi fácil, mas consegui; menos o da Rita, que ia embora com o namorado num carro preto. Eu tinha uma informação preciosa, sabia onde ela trabalhava: numa banca de jornal no centro da cidade. Eu ficava escondida, tentando observar qual a direção que ela seguiria depois que baixava a porta da banca. Essa seria uma investigação ideal para o Hercule Poirot (não consegui assistir a *Assassinato no Expresso Oriente* — aquele detetive estava mais para Chaplin do que para desvendar mistérios). Quando o carro preto aparecia para buscar a Rita, eu pedalava, pedalava e não conseguia competir com a velocidade do automóvel. Durante meses, procurei o carro preto nas garagens. Sabia a placa de cor (você sabe francês? A expressão que usei vem da *"savoir par coeur"*... acionei várias vezes o som do tradutor para ouvir a melodia *savoir par coeur* e gostei ainda mais quando soube que *saber de cor* é um saber que vem do coração. Pesquisei, porque tive dúvida se "cor" tinha acento, depois me peguei pensando em outras coisas e custei a me concentrar). Bom, já havia perdido a esperança. Até que um dia dei de cara com o carro do namorado da Rita estacionado perto do barracão da escola de samba. Deduzi que a casa dela ficava ali por perto. E assim que olhei com atenção a vi varrendo o terreno de sua casa. Foi por acaso que finalizei a missão quase impossível. Continuei a seguir as *haleboppes* de bicicleta, mesmo sabendo onde elas moravam. Um vício que eu não conseguia dominar. Um dia me vi seguindo a Jane, irmã menor da Danielle, que não era uma *halebopp*, nem mesmo candidata a ser. Estava me viciando para valer. A Jane, com certeza, passou a ter medo de mim, pois um dia me viu na rua e saiu correndo como se eu fosse um cão feroz. Fiquei bem triste com o equívoco. Eu não era perigosa, só queria fazer amizade e não sabia tentar de outro jeito.

A Elisa me chamou três vezes para ficar no intervalo com ela, na quarta aceitei. Imaginei que assim teria mais chances de ficar perto das minhas *haleboppes*. Dito e feito. Mesmo não falando nenhuma palavra, elas me aceitaram. Sempre me ofereciam uma bala com recheio de chocolate que vinha uma figurinha e uma charada na embalagem. Aquela bala era apreciada por toda a *malta*.

Eu continuava brincando das mesmas brincadeiras, enquanto as meninas-crescidas da minha idade começavam a paquerar, fofocar e usar um calçado da moda chamado rasteirinha. Eu e meus pais colocávamos as cadeiras na porta de casa para apreciarmos a rua e fugirmos do calor — os cômodos da casa se transformavam numa estufa, as paredes aqueciam-se como se expostas ao fogo. Tarde da noite, as meninas-crescidas pulavam as janelas de suas casas para ir aos bailes sem autorização da família. Muitas garotas apareceram grávidas na escola, como a Raquel, a Flavinha — a Larisse Couto parou até de estudar. Houve uma epidemia de meninas-crescidas grávidas. Percebia a cada dia que o modo de ser da infância permaneceria para sempre em mim.

Na oitava série, fiz catorze anos em maio. As *haleboppes* eram as mesmas de antes, continuava seguindo-as para onde fossem. Essa turma era mais comportada, e os alunos não conversavam tanto durante as aulas. Continuei passando o intervalo com a Elisa e não falava nenhuma palavra. Ou seja, sem novidades!

Meu dia preferido da semana passou a ser o domingo, por causa dos ensaios da fanfarra. Fui selecionada entre os melhores músicos para tocarmos na inauguração da Comgás em S. Pablo. O uniforme da banda era um verde luminoso, bem extravagante. Éramos vistos a quilômetros de distância. Todos odiavam a cor, exceto eu. Era impossível não me verem, e eu queria que todo o mundo soubesse que eu fazia parte de um grupo. Finalmente, eu estava sendo importante. Quando tocávamos nas festas da escola, eu tinha a certeza de que as *haleboppes* estavam me enxergando, e me sentia exuberante.

Já havia aguentado tempo demais tentando falar uma única palavra fora de casa, então comecei a fazer experiências horríveis comigo. Ansiava que alguma das *haleboppes* pudesse me ajudar a sair daquele inferno. Quanto mais *haleboppes* elegia, mais me machucava. A necessidade de ser salva foi aumentando. Meus bilhetes dizendo *oi* na verdade queriam dizer socorro. Eu precisava de ajuda.

Abraços de loba.

Luna

• • •

Caramba! Sonhei que ganhei seis milhões de reais em um sorteio. Passei a maior parte do tempo tentando decidir com quem eu dividiria, porque era muito dinheiro. Com apenas um milhão viveria tranquila até a eternidade.

• • •

Mandei uma mensagem para o doutor Jardim informando que o BPC foi recusado, ele me disse que é normal e que recorrerá. Não tenho mais como ter esperança.

• • •

No filme *Titanic*, os pobres não tinham permissão para frequentar aquele salão de jantar com pratarias finas e comidas exóticas. Se eu fosse daquela época, com certeza entraria vestida de qualquer jeito, ou seja, do meu jeito. Iriam ter preconceito, só porque estariam todos vestidos de maneira elegante e desconfortável, e eu sentiria piedade pelo incômodo deles.

• • •

A Carla sofre de raiva crônica (igual à asma da Maria Clara), ela não se cansa de reclamar que quando era pequena apanhou muito da minha mãe. Será que ela apanhou mais do que eu? Não reclamo disso. Diz que a minha mãe me deu tudo e ela não teve nada; *a tia Cidinha cuidou de mim durante um tempo apenas para fazer caridade e para ajudar a vó Neném, que estava velha*. Não concordo com ela. Mas qual seria o motivo da minha mãe a obrigar a ariar as panelas e a mim não? Ainda exigia que lavasse de novo, enquanto não brilhasse, e vivia dizendo: *tem que servir de espelho, entende? Se tivesse cinza fresca por aqui, iriam brilhar mais rápido, mas, como não tem, o jeito é pôr força no bombril.* Deve ser porque minha prima é seis anos mais velha do que eu ou porque era muito ruim desde pequena. Não sei por que fica disputando a atenção da minha mãe, eu mesma nem ligo. O que sei é que ninguém merece uma prima como ela. Fiz bem em excluir essa fofoqueira do meu Facebook. Mas às vezes tenho dó da Carla, de mim e da minha mãe, somos frustradas com a nossa família. A Carla com o seu jeito bruto afasta as pessoas. O sonho da minha mãe era ter uma família que a adorasse, que a visitasse e que demonstrasse amor por ela. Eu queria uma *halebopp* que me adotasse. Poderia ter uma *halebopp* na família, e poderia ser a Carla, fomos criadas como irmãs. Queria que ela fosse uma irmã carinhosa. Todos os Wolf vivem cercados de irmãos, primos, netos, filhos; os Sousa não sabem o que é isso. Os Wolf vivem juntos, almoçam juntos, fazem coisas juntos, eles não sabem como é ruim ser uma de nós três. A Petra Costa e sua irmã eram bem unidas — ela transmite esse amor no *Elena*. Basta assistir aos seus documentários para notar um pouco do pai, um pouco da mãe. A Petra não tem medo de mostrar quem é aos seus pais, e ela os inclui em sua arte. Eu queria ter uma família como a dela, a minha família por parte de mãe é cada um por si, e por parte de pai eu só os encontrei há pouco tempo. Onde estavam escondidos? Tenho dó da Carla, de mim e ainda mais da minha mãe. Sou uma filha rude.

...

Estou na realidade do mundo normal e não estou gostando. É terrível! Como é que aguentam? Se eu fosse você, continuava em outra dimensão para sempre.

...

Preciso que você me ensine sobre educação e agradecimento. Me ensina? É que não sei como agir. Preciso dizer *obrigada* para quem fez doação para a minha vakinha? É que a pessoa não revelou a identidade, mas eu sei quem é. O que não sei é se posso estragar o anonimato da doadora como fiz com o Ronaldo.

...

Fica todo mundo perguntando se minha mãe me telefona. É claro que não liga. E daí? Também me perguntaram se você quer mesmo me ver, isso eu não soube responder. Aquelas conversas com a nova psicóloga do Kapaxis não estavam dando certo e nunca dariam. A doida queria que eu fingisse ser outra pessoa para falar com todos e fazer novas amizades. Além disso, ela sempre duvidou que você fosse minha amiga. Ela achou que eu estava encantada por um ídolo. É que fãs seguem seus ídolos, mas eles nem sabem que nós existimos. Você não é isso para mim. Já tive ídolos: Nick Jonas; Joe Jonas; Kevin Jonas; Demi Lovato, RBD. Na verdade, era triste ter ídolos. Eu ficava o ano todo pensando na próxima vinda deles, e quando eles iam embora 99% das fãs entravam em um tipo de vazio que se parece com saudade, mas não é. Parece depressão, mas não é. Restava um sentimento indefinido. Ser fã de verdade é como um contrato que tem que se cumprir, uma espécie de trabalho sem remuneração. Triste é não ter mais o que esperar.

...

Você se lembra daquela moto que comprei quando trabalhava na hamburgueria? Sim, aquilo foi loucura. Assinei vários papéis. Sem dívida, moto devolvida. A advogada negociou por mim com a loja que me vendeu.

Não li. Eram mais de seis papéis. Mas a advogada leu, ela é inteligente. Eles queriam que eu pagasse uma taxa do cartório, mas a doutora Erlane exigiu que eles arcassem com todas as despesas.

Me desculpe. Não fiz por mal. Me desculpe. Saí do cinema depois de ver o filme do Peter Pan, flutuei pela cidade. Estava me sentindo a pessoa mais poderosa do planeta, porque estava com a minha espada, e havia fadas ao meu lado. Foi maluquice comprar uma moto quando eu estava no mundo da imaginação. Mas quem nunca cedeu a essa magia não sabe o valor do pensamento.

...

Feliz dia do fim do mundo! Este fim do mundo está mais animado do que os últimos quatro, porque desta vez envolve a teoria apocalíptica de Nibiru encontrada nos textos sumérios (povo da antiga Mesopotâmia, onde hoje fica o Iraque) que diz que o planeta X colidiria com a Terra. Já o fenômeno 2012 foi baseado no fim do calendário maia, dizem que foi o melhor, pois várias pessoas foram se esconder em cavernas.

...

Uhruuu, ficarei famosa, um programa de grande audiência da televisão me convidou para participar de um quadro em que o público conhecerá a minha história. Não sei como farei sendo parada a todo instante na rua para dar autógrafos. Por um lado, estou contente, por outro apavorada; a minha família saberá sobre os meus segredos, e minha mãe me odiará. Mas não recusarei o convite. O que você acha? Pela minha carreira não recusarei. Os *Aspies aventuras* viralizarão, e eu terei mais inscritos do que nos meus melhores cálculos. Eles estão com pressa, ainda esta semana a equipe virá a S. Blander para me conhecer. Disseram para a Lídia que precisarão de depoimentos dos meus amigos e que tudo será feito com muita calma e que não devo ficar ansiosa. Mas já estou. O programa será gravado no estúdio de Zuhause, onde os artistas famosos gravam as novelas — pena que não conheço quase nenhum. Irão entrar em contato contigo, tudo bem?

O universo armou um plano para eu não morrer. Estou admirada. Não dá para acreditar... não havia outra pessoa para ser escolhida. Isso quer dizer que sou importante para a natureza. O problema é que eu não estou aguentando viver. Como sou necessária, as forças ocultas estão agindo para me manter viva. Céus, então será impossível eu morrer por minha escolha? Está reparando a situação? Se a mensagem da Lídia vibrou na hora exata em que iniciei meus planos, foi para me salvar de mim mesma. Se eu tentar morrer de novo, aparecerá uma oportunidade mais incrível que esse convite? Isso tudo está bem confuso. Preciso entender. Então, posso tentar morrer à vontade que não conseguirei? Será? Imagine que maravilhoso poder tentar várias vezes e ser salva sempre, testaria todos os tipos de morte.

Se o problema de contar para minha mãe fosse apenas meu, já teria contado, pois me sinto muito importante, mas o problema é ela mesma. Ela não entenderia a verdade, nunca esteve preparada.

De acordo com a opinião de muitas pessoas e até de profissionais, quem se diverte e sorri não tem planos de morrer. Não sabem que, entre os intervalos de sorrisos, estou à procura de uma corda ou uma fórmula perfeita e indolor para executar meus planos. É importante que eu não sinta dor. De tantos intervalos que existem, acabarei tendo coragem de ir até o último ato. Seja lá o que quer ser salvo está me engolindo! Você se lembra de que a Vanessa se fingiu de morta na piscina e foi salva pela irmã? Comigo não está funcionando tão bem.

...

Ai, galáxia das estrelas; esta é a melhor festa da minha vida. Inclusão para todos! Viva! Tem um pula-pula para crianças, um para adolescentes e outro para adultos. Além de tudo isso, andei de carro de bombeiro três vezes, andaria mais dez, mas não deu. Lá de cima a gente dava tchau para todos que passeavam pelas ruas. A sirene permaneceu ligada para dar mais emoção ao momento.

Estão me tratando muito bem.

Vi centenas de presentes debaixo da árvore. Espero que eu ganhe pelo menos um. A festa está ótima. Apenas o Papai Noel está desanimado, mas tudo bem.

A festa está quase chegando ao final.

O Papai Noel me deu uma espada que acende uma luz azul e, infelizmente, uma bonequinha.

Estou voltando para casa. Minha mochila está repleta de doces. Estou levando um estoque para três meses. Minha mãe já deve ter chegado na casa da Celina, não poderá ver meus presentes, senão irá brigar comigo. Repetirá as frases de sempre: *parece criança; uma moça grande brincando ainda, vê se endireita; peça algo que preste.* Fico furiosa quando a escuto falar assim. Aprendi que a raiva é a substituta da tristeza.

...

A Lídia me prometeu que me convidará para todas as festas da associação. O som não estava muito alto, deixaram num volume suportável. Ainda assim, deu para as pessoas dançarem e para todos ouvirem. Gravei tudo. Farei um vídeo e postarei amanhã.

Assim que cheguei em casa e escondi a minha espada, minha mãe apareceu. Que decepção, nada mudará com a visita dela.

Ela foi comprar mistura, leite, xampu, condicionador e pasta de dente. Ela me disse que agora quer viver viajando, e eu lhe disse: *a senhora está certa, viajar é muito bom*. Aproveitei, em seguida, para protestar: *não quero mais morar aqui*. E ela me prometeu que pensará numa saída. Comentou com a Celina que foi à casa da Carla e que a malvada, de cara, caçou briga. Foi aí que a Celina lhe disse apontando para mim: *essa aqui gosta de você! Essa gosta! Essa você pode zelar*. Ela tem razão.

Chamei a minha mãe para me levar ao cinema, ela me disse rindo que já viu o filme... só se foi na pré-história, pensei. Mas quando eu tiver dinheiro implorarei para ela ir comigo, de preferência numa sala bem chique, depois vamos comer lasanha ou um bom bife à parmegiana. Acho que ela só aceitaria ir ao cinema se fosse passar o capítulo final da novela.

•••

Do nada, reclamou do meu jeito de andar: *parece uma velha; deixa essa franja crescer*. Quer que eu estique o corpo e ande de prumo olhando nos olhos das pessoas e me proibiu de me parecer com o meu primo de Moabe.

Aproveitei que a Celina saiu, estou repetindo sem parar para ela ouvir: *não ficarei aqui, não ficarei aqui...*

•••

Nunca havia participado de nenhum edital na vida, mas inscrevi na categoria vídeo o *Aspie aventura 3* no concurso Bispo do Rosário, organizado pelo conselho de psicologia. Se eu ganhar, comprarei no dia seguinte as passagens para Portugal. Para ir te ver estou contando com a minha vitória, mais doações para a vakinha. Já fiz as contas, mesmo se eu ganhar em primeiro lugar, faltarão mil reais.

• • •

Como se faz uma poesia? Fazendo palimpsestos das palavras? Acho que a poesia guarda o mistério das árvores.

• • •

Quando tiver dinheiro de sobra, comprarei um celular com giroscópio para usar os óculos que o Dr. Felipe me deu.

• • •

Como faço para perder o peso que ganhei em janeiro tomando Risperidona? Todos dizem que engordei. Isso é chato! Não ligaria se não fosse a repetição: *tá gordinha, hein? Tenho uma dica para emagrecer. Engordou um bocado.*
Não consigo viver sem doces, mas antes eu comia e não engordava.

• • •

De que adianta a terapia se não consigo dizer nada do que eu quero? Me desculpe. Estou em outra realidade.

• • •

Precisarei ser ninja para ir à escola amanhã.

• • •

Fui entregar os filmes para o festival Bispo do Rosário e me dei mal, ou, melhor dizendo, dei de cara com a placa: estamos de recesso. As inscrições estarão abertas até dia cinco de janeiro. Dia dois, eu volto a S. Pablo para entregar.

• • •

Falei para a minha mãe que irei a Zuhause de avião e volto no mesmo dia. Ela ficou perguntando: *ôxe, quem é que está pagando isso? Fala para a mãe. Eu pelejo para ir de avião para Zviv e ninguém paga! Quem é? Fala, menina! Quem é?* Fiquei rindo e não contei. Não posso contar, mas me dá um frio na barriga quando penso que ela saberá de qualquer forma. Depois que o programa for ao ar, será o meu fim. Que me dará uma bronca, tenho certeza. Queriam entrevistar a minha mãe, mas eu disse que ela mora em uma cidade longe de S. Blander. A malvada da Carla reclamou com a minha mãe, disse que ela trabalha, trabalha, trabalha e nunca viaja sem pagar. E que só doido anda de graça por aí. Ela é uma inútil! Se ela me reconhecer na TV, estarei perdida. Se meus parentes têm preconceito, o problema está neles. Meus amigos gostam de mim e me tratam bem. A Carla também questionou como é que eu viverei depois que minha mãe morrer. Tive vontade de responder: *ora, viverei viajando. Doidos viajam de graça. Quem sabe dou uma chegadinha até outro planeta?*

• • •

A igreja ter destruído os manuscritos antigos foi a maior burrice. Aposto que neles estavam registradas as descobertas sobre os segredos universais. Poderíamos ter acesso a outra galáxia, poderíamos ter tecnologias capazes de realizar viagens na velocidade da luz. Concorda que foi uma burrice? Concorda que fomos condenados a um atraso besta?

...

Vim passar o Natal com os Wolf. Meu tio se parece muito com o meu pai. Eu gravei o que ele disse sobre a história da sala S. Pablo, *lá antigamente era uma estação de trem, a maior de todas, igual a uma que tem nos Estados Unidos. Os táxis eram carros grandes, pretos e antigos. Os Wolf moravam num distrito de Littis. Seu pai veio para a capital arrumar um trabalho e lutar por uma vida melhor. Primeiro, ele morou em uma pensão, depois conseguiu alugar uma casa e trouxe toda a família. Moramos juntos, durante alguns anos, numa casinha num bairro distante, cujo proprietário era um feirante que prometeu trabalho para os homens da família. Trabalhei no bondinho — que passava no meio da av. Atsiluap quando havia somente casarões. Naquele tempo, S. Pablo era a grande esperança. Viemos em busca de oportunidades, outros, para fugir da miséria. Seu pai sempre foi apaixonado pela música e optou por se dedicar a ela mesmo tendo de vender o almoço para comprar a janta.* Impressionante como a voz do meu tio é idêntica à do meu pai, quem dera que o meu cérebro fosse um gravador.

Estou com vergonha, mas todos estão se esforçando para me dar atenção. Acho que sabem que sou autista, facilitei espalhando mensagens subliminares. Se minha tia entendeu, aposto que contou para todos. Só espero que não falem com a minha mãe. Ainda bem que os Sousa e os Wolf quase não se comunicam. Penso que estou salva, por enquanto. Eu estava longe, mas ouvi minha tia, minha prima e uma parente delas falando sobre mim, *ela tem Síndrome de Asperger*. Aí a desconhecida disse para elas: *meu deus, eu tenho um aluno assim. Coitada.* Depois de ouvir isso, melhor beber champanhe, anima, né? Breve poderei divulgar a minha vakinha entre os lobos. Champanhe é bom demais. Utilizarei, imediatamente, os poderes quânticos por mais champanhes em minha vida: *beberei champanhe em todas as festas e abandonarei a catuaba. Terei sempre uma garrafa na geladeira.* Outra coisa boa em me revelar para os lobos é que poderei lhes mostrar toda a série *Aspie aventura*. E não se assustarão quando eu aparecer no programa de televisão. Somente a hora de entrega dos presentes poderá ser triste, caso não tenha nenhunzinho para mim. Tem mais de cinquenta embrulhos em volta da árvore.

Já começarem as entregas. Minha prima está gritando: *Cadê o da Luna? Não estou achando! Cadêeeeee?* Ebaaaaaaaaaa. Ganhei dois presentes da tia. Agora ganhei o terceiro presente: um lindo colar. Ebaaaaaaa. Ganhei o quarto. Nunca ganhei tantos presentes.

Os últimos convidados foram embora às 3h da madrugada. Dormirei aqui.

A vida é estranha, tenho medo dessa estranheza.

Amanhã, conhecerei a equipe da TV. Não quero nem imaginar o surto da minha mãe, quando souber que apareci na televisão revelando quem sou em rede nacional. Ela vive me corrigindo: *... anda direito! Parece doida! Abre a boca! Não é muda! Não é doida! Abre essa boca! Fala direito! Parece criança falando! O povo acha que você é boba! Consegue sim, trabalhar em uma loja não é vergonha nenhuma! Não é doida! O teste do pezinho não mente! Se ajeita! Deixa a franja crescer, apruma a coluna.* Definitivamente, ela não me aceita! Poderia existir um botão que eu pudesse apertar para desligar e morrer — igual aos androides dos filmes. Nossa, como é difícil conquistar a morte!

Tenho vergonha de mostrar os meus *Aspie aventura* para os Wolf, porque eles são malucos para ouvir a minha voz.

...

Pronto. Tomei dois Dramins. Mas eu queria tomar cinco, que é a superdose em fase de teste.

...

Conheci a equipe da TV. Queria ter falado sobre a minha vakinha e sobre o nosso livro, mas ainda não consegui. As gravações acontecerão nos dias vinte e sete e vinte e oito de dezembro.

...

As notas do CAV foram publicadas: fui reprovada. O professor de roteiro me disse que eu faltei mais do que poderia. Em novembro não apareci na escola nenhum dia. Tirei 8,5 em edição; 0 em produção; 0 em direção; 0 em som; 6 em roteiro, 4 em direção de arte; 8,5 em efeitos digitais; 4 em direção de atores; 4 em iluminação.

Tudo bem, já havia me conformado.

Participarei das oficinas de férias, foi o que me restou. Tenho mais de quatro oficinas de cinema para fazer nas férias (agora, eternas). Aprendi muito na oficina de documentário e na de direção de atores. Se os professores deixarem, poderei ir às aulas só para assistir.

...

Você conhece a antiga religião mitra? Se o cristianismo não tivesse se expandido, o mitraísmo seria a maior religião do planeta. Era a religião dos romanos e soldados, mas o cristianismo tomou conta do planeta. Somente para homens, percebeu? Talvez seja esse o motivo da religião ter parado no tempo. O imperador Constantino tentou juntar todas as religiões numa só, por motivos políticos. Determinou que a data de nascimento de Jesus seria o dia vinte e cinco de dezembro — que era na verdade o nascimento de Mitra e outros deuses. O imperador ganhou muitos adeptos — que se renderam à sua vontade, não queriam ser mortos como os rebeldes. Maria, mãe de Jesus, era a representação de Ísis ou Semíramis. Domingo, o dia de adoração, é o mesmo dia da adoração do sol. A imagem de Maria com um menino no colo é a mesma usada pelos antigos para representar Ísis. Consegue perceber o emaranhado da repetição?

...

As pessoas ficam admiradas, pois falo divinamente no *Aspie aventura*. O sucesso vem da minha organização e do sentimento intenso que quero transmitir com as poucas palavras que digo. Escrevo o texto e leio. Não me dou bem com a improvisação. É o mesmo método que utilizo para as apresentações em público. Noto que as minhas palestras têm emocionado as pessoas. Eu nunca me imaginei seguindo essa carreira, fui pega de surpresa com os vários convites que recebi. Sou aventureira igual aos personagens do filme brasileiro *Colegas*, de Marcelo Galvão. Acho que foi inspirado no nosso filme: *Thelma & Louise*. Pena não chamar: Telma e Luna.

Eu não conseguiria roubar. Na verdade, não sei, se encontrasse um navio ou avião, se não o sequestraria. Sei que devolveria na volta, assim como os personagens iriam devolver o Karmann Ghia. O impossível seria devolver a comida e o traje de casamento da Aninha. O anel de casamento deles foi um barbante. É o tipo de casamento que aceito. Posso me casar assim com o Peter, em qualquer lugar e qualquer hora, sem complicações. O nosso casamento será real, será à nossa maneira. Só o mundo acharia totalmente de mentirinha. Por que insistem em inventar regras para tudo? Eu e o Peter vamos nos casar em um momento muito bonito. Os crescidos diminuem o poder da imaginação. Espero que você esteja por perto na hora do nosso casamento, pois será a nossa fada madrinha. Isto: você é uma fada madrinha, te dei poderes e acredito neles. Fadas utilizam uma varinha mágica, mas você não precisa de varinhas para encantar o meu mundo. Você tem o seu pó mágico. Enfeitará as suas asas com *glitter*, apesar de brilharem naturalmente. Em vez de você jogar arroz, você espalhará magia. Na Terra do Nunca, o arroz não foi aprovado como um adubo para a felicidade e a fartura. A ciência da fantasia é mais valiosa.

Breve, os astrônomos constatarão a existência do planeta Ab-sinto, bem como a substância-da-alegria difundida no reino dos palhaços. Será que devo estudar arqueologia da Terra do Nunca? Há muitos tesouros arqueológicos escondidos, mapas submersos em navios piratas afundados no mar do Cannibal Cove. E muita riqueza no solo das antigas tribos perdidas no Indian Camp. Havia múmias de antigos nativos, pergaminhos perdidos nas montanhas centrais, ruínas de uma antiga civilização de fadas gigantes no lago Mermaid.

Você ainda não atualizou o seu *zap*?

Ainda bem que você lê todas as mensagens que mando e não se importa se troco de assunto a todo instante. Você é mesmo incrível por não se cansar das minhas repetições e por ter me ajudado a falar novamente. Repito muito? É maravilhoso poder falar tudo o que se passa na nossa cabeça. Nunca tive receio de que me julgasse e não me importo com o seu longo silêncio. O importante é que sei que você lê as quatrocentas e tantas mensagens que te mando por dia. Você fala quando tem mesmo palavras importantes para me oferecer. Além de tudo, te acho bem engraçada. Você é diferente da maioria das pessoas, somos sortudas de termos nos encontrado.

• • •

Já te contei da minha ligação com a música? Vai colocar no livro? Cuidado, sou um livro sem fim. Deve ser por isso que você adora ler os meus WhatsApp, você fica curiosa para ler as próximas aventuras. Sou um livro interminável porque temos pela frente mais de duzentas mil páginas a incluir. Quantos livros daria? Foi você quem descobriu que havia um livro a ser escrito, parabéns, isso foi tipo descobrir a Arca da Aliança.

... antes de eu nascer meu pai já tocava saxofone. Ele tinha um caderninho com as músicas preferidas da minha mãe, depois que cresci, ele passou a anotar também as minhas. Uma das minhas músicas preferidas era a que ele tocou no meu aniversário de quatro anos. Não me lembro o nome dela, gostaria muito de voltar no tempo para saber. Além de tocar profissionalmente na banda do município, gostava de brincar com a música, e a nossa casa era sonora e com partituras espalhadas por todo canto. A banda fazia apresentações em diversos lugares, ela fará aniversário de cento e um anos neste mês. Quando havia apresentação, ele saía com sua roupa social, pois os músicos se vestiam com muita elegância. Meu pai era o mais charmoso — colocava um lenço no bolso e lustrava com capricho o velho sapato. Quando eu era bem pequenina, engatinhando pela casa, conseguia chegar até ele pelo som do seu teclado. Aos nove anos, quis tocar violão, pois o vizinho dos fundos me deu um com as cordas estragadas, de tão contente meu pai o deixou novinho e afinado. Ele dizia para mim: *filha, você será como o seu pai*. Esse vizinho usava um perfume tão forte que dava para sentir de longe, o corredor ficava com o cheiro dele. Minha mãe riscava fósforos para que o cheiro da pólvora abafasse a doçura exagerada que ele deixava ao passar. *Esse empesteia o quarteirão — usa o Avanço pelo corpo inteiro ao invés de passar só nos sovacos* — dizia a minha mãe entre gargalhadas. Abandonei o violão num canto, depois de uns dois anos, meu pai precisou de dinheiro e acabou fazendo um bom negócio com ele. O comprador do violão tinha uma harpa, então foi feita a troca, e ainda sobraram uns trocados para as despesas. Era fácil, pois embaixo das cordas tinha pontos indicando como tocar. Eu tocava *Jesus alegria dos homens* — que é uma música rápida, boa para harpa. No mesmo ano, meu pai comprou outro violão. Ele queria muito que eu aprendesse a tocar, mas parecia impossível, pois eu perdia a concentração e o interesse com muita rapidez. Logo nas primeiras explicações, eu saía para fazer outras coisas. Era uma garotinha sem sossego. Ele também tentou me ensinar a ler partituras. Coitado, ficou frustrado! Outra vez, ele precisou fazer outro bom negócio para pagar as contas atrasadas, e o violão se foi. O sax ele dominava com perfeição. Para surpresa e alegria dele, na fanfarra eu me concentrava maravilhosamente. Como já disse, eu tocava repique como ninguém, por isso ficava na linha de frente. Era mesmo boa! Sempre o convidava para me ver tocar. Para nós, o dia 7 de setembro era a data mais esperada do ano. Ele ficava bastante orgulhoso e vivia comentando com os vizinhos: *a pequena me puxou, nasceu com o dom da música*. A fanfarra da minha escola era sempre a vencedora do desfile municipal. E era a segunda melhor fanfarra estadual. O show de abertura da Comgás em S. Pablo foi inesquecível. Assim que pôde, ele comprou outro violão. Acho que ele tinha dificuldade com as cordas, por isso o violão se transformou num móvel sem som e enfeitou a sala por anos. Milagrosamente, me animei e passei a me dedicar. Em pouco tempo, já tocava algumas músicas. É que vi o líder da célula tocando e pensei que seria uma ótima oportunidade para fazer contato. Com o passar dos anos, fui me aperfeiçoando. Meu pai morreu, e eu herdei o teclado e o violão, até hoje estão comigo. Faço do teclado um piano e quando estou animada tento tocar as composições do Ludovico Einaudi. A minha preferida é *Life*, mas todas são tão boas, por isso fico até na dúvida se é mesmo a minha preferida. Passei a ouvir ainda mais músicas instrumentais quando me apaixonei pelo cinema. Paixão dupla. Uma completou a outra. Comprei um violino, mas não empolguei, então vendi para um paciente do Kapaxis. Estou fazendo aulas de flauta, mas não gosto tanto de instrumentos de sopro. Bom mesmo seria me dedicar à bateria, exige muita coordenação motora e serve para descarregar as emoções violentas. Gosto também de instrumentos que exijam de mim muita rapidez nos dedos ou mãos, flauta exige, mas não é como o piano. Mas o bom mesmo foi me apresentar com a banda formada pelos alunos do curso de flauta no mês passado. Outra vez, idealizei a presença do meu pai, o som do sax se espalhou pelo ambiente, o problema é que não reconheci, de imediato, qual era a música, fiquei horas tentando me lembrar de *Yesterday*, dos Beatles (música que ele adorava). Iniciei aulas de bateria, mas eram caras. Só tive dinheiro para pagar quatro aulas, e depois fiquei sem condições de continuar. Adoro instrumentos de bater, porque libera algo forte dentro de mim. Nas crises é bom bater em algo duro como uma árvore. Bem que elas poderiam ter teclas musicais, assim, enquanto me alivio, treino. Ninguém me ensinou a tocar *cajón*, aprendi intuitivamente. Todo mundo ficou admirado achando que eu tocava há anos. Não saio de casa sem antes ouvir as minhas músicas prediletas.

...

Pensar em erros de continuidade é o mesmo que pensar em equações de terceiro grau, por isso sou boa continuísta. Fui boa em matemática, tirando tangente, cosseno e não sei o quê. Sempre me esqueço. Isto mesmo: seno! Obrigada! Só não era boa porque envolvia desenhos. Números com desenhos, mudou completamente a matemática que eu dominava. Fazia as equações de quarto grau em dois minutos. Você se lembra da fórmula? $ax^4 + bx^3 + cx^2 + dx + e = 0$. A folha lotava de números, era bonito de ver.

...

Minha mãe encontrou um cômodo e está tentando fazer um acordo com o proprietário. Quando pediu um desconto por causa do tamanho e das paredes úmidas, ele alegou que não precisaremos pagar a energia. Ela desconfia de que ele tenha feito um "gato" por todo o imóvel. Você sabe o que é "gato"? Isso. Ela me prometeu que lavará todo o bolor com cândida e Pinho Sol e que ficará razoável. Estou aguardando. A Celina quer ir embora dia sete. Não estou em harmonia com a física quântica, temo que a minha mãe não conseguirá pagar o aluguel, temo que irá se atrapalhar para cumprir os pagamentos.

...

Muitos autistas não gostam de ser considerados pessoas comuns. Digo por mim. Não é esnobismo, é uma questão de amor-próprio. Negar quem somos é a mesma coisa que nos aliarmos à sociedade normativólatra que nega as diferenças.

Me desculpe.

Meu sonho é ter uma *halebopp* na família, bom se fosse minha tia ou uma prima legal, mas pela minha previsão há apenas 2% de possibilidade. A Úrsula era da minha família de mentirinha. Tenho uma prima que é legal, ela é igual à Júnia, até o rosto se parece. Mas a Júnia foi mais do que uma *halebopp*, foi um anjo.

Mandei o e-mail para você, com o próximo capítulo da minha história. Recebeu? Me organizei seguindo os períodos escolares.

Bom seria se os Wolf se reunissem toda semana e não apenas uma vez ao ano. Aumentaria a probabilidade de encontrar uma *halebopp* na família.

• • •

Estou indo me encontrar com a equipe da televisão. Estou perdida entre a alegria e o pânico. Minha mãe não me perdoará, mas preciso seguir em frente. A Lídia tem se demonstrado uma grande amiga. O estranho é que nunca a considerei uma *halebopp*. Com ela ao meu lado tenho me sentido mais segura. Ela me acompanhará às gravações que acontecerão nos estúdios da TV. Ela prometeu que tratará das passagens e de outras tarefas junto à produção do programa e que cuidará de mim. A Janice, chefe da equipe, entrou em contato com você? Ela é *fixe*. Sim, querem o seu depoimento.

• • •

Os *fakes* migraram para a rede social VK, mas eu preferia que estivessem na réplica do Orkut. Entrei na réplica, mas há poucos *fakes* vivos. E em alguns perfis tem indicação para ir para o VK, onde há milhares deles. Entrei no VK uma vez com um *fake*, mas não gostei muito, tive saudades do Orkut, que era o mais legal para a gente ser de mentira.

• • •

As pessoas da igreja que a Júnia frequenta não têm nada no cérebro, além do que aprenderam sobre deus — sem nunca questionarem. Além disso, eles gritavam o tempo todo. No dia em que fui lá, o pastor gritava como se não soubesse que estava provocando uma euforia-histeria-coletiva. Percebi, nitidamente, a estratégia depois dos berros e da agitação. Não gosto de pastores que gritam para manipular a mente dos fiéis. Alguns retornam ao toque de Charcot. A mim nunca conseguirão hipnotizar. Quando eu frequentava a igreja, ficava pensando: como não tenho pré-disposição para alucinações, jamais verei o que esses crentes veem. Caramba!... e eles ainda achavam que eu é que era esquizofrênica. Não faz sentido eles terem tantas alucinações e ainda se considerarem sãos, concorda? Vivem no mundo sobrenatural. Crentes veem vultos, veem demônios cuspindo nas bocas, veem anjos, veem o arrebatamento, ouvem o espírito santo falando em línguas estranhas. E desmaiam por qualquer coisa. E, quando os pastores falam que foram arrebatados lá no céu e que deus confidenciou a eles muitas profecias, a pessoa tem que estar muito louca para achar que foi arrebatada aos céus de verdade. Mas eles enganam bem, insistem e contam detalhes celestiais. Quando eu era ingênua e acreditava que a Úrsula poderia ser a mãe substituta, cheguei a me cobrar porque todo mundo via essas coisas e desmaiava, e eu não. Já me feri por causa dessa bobagem.

...

Vim passar o final de ano com a família da Lídia, e aconteceu uma coisa muito sinistra: apesar da previsão dos pesquisadores de que o cometa Hale-bopp só voltará a ser visto no ano 4.380, o *halebopp* do meu mundo voltou. Isso é grave. Segui uma pessoa durante toda a festa na chácara. Todos acharão que regredi, e talvez eu tenha regredido mesmo. Ou talvez seja apenas o fenômeno similar a uma estrela cadente. Tomara que seja apenas uma partícula cósmica e que não se transforme no cometa do século. A coisa terrível é que, quando estou enfeitiçada pelo velho sentimento *halebopp*, mando mensagens codificadas, e ninguém entende o que estou tentando comunicar. Posto mensagens intraduzíveis nas redes sociais. Por agora, desejo que esse negócio saia de mim. Estou em uma enrascada, não sei alcançar a minha própria charada.

• • •

Você percebeu que quando andamos de carro ou ônibus as coisas do lado de fora se parecem com um clipe musical? Isso não acontece quando saímos do ônibus. É como sair de uma cápsula mágica e dar de cara com a imobilidade das coisas. As mesmas árvores e casas que enxergamos de dentro do ônibus não parecem as mesmas quando as vemos em seus devidos lugares. É como sair de uma sala de cinema e encontrarmos uma pessoa ou situação igual à do filme que acabamos de assistir, e notarmos um estranhamento em nós, não sentimos as sensações de antes porque estamos fora da ficção. Queria que a vida fosse igual à que vejo da janela do ônibus.

• • •

Janeiros são tão tristes, parece que a gente é reprogramado, e que nós teremos de enfrentar tudo de novo. A cada ano eu preciso encontrar mais força, justo quando a perco. Parece que a tecla *reset* é apertada e apaga tudo aquilo que eu conquistei. É assim que me sinto. Sim, verei um bom documentário arqueológico para melhorar.

...

As gravações em S. Blander foram boas, não paralisei, apesar de ter ficado muito tímida. Estou ansiosa para ir ao estúdio em Zuhause, mas eles ainda não confirmaram a data. Levarei um presentinho para a minha atriz predileta, espero que ela goste do bonequinho da minha coleção; são como joias que guardo desde a infância. Será que a Carla tem o hábito de ver televisão? A minha mãe saberá que a desobedeço e que continuo sendo parecida com o meu primo de Moabe. Ela me odiará, eu sei. As pessoas dizem que pode ser diferente, que talvez ela fique feliz em me ver fazendo sucesso. Tomara que tenham razão. A Lídia quer conversar com ela depois do programa. Fico torcendo e tendo esperanças tolas de que nenhum dos Sousa me verá na tela da TV.

...

O povo brasileiro é *bué* perturbado, não sabe nem o que foi a ditadura. Então, não devo ter sido a única burra da escola.

...

Ganhei! Ganhei! Nhá! Os poderes quânticos já mostram resultados: ganhei em primeiro lugar o prêmio Bispo do Rosário. Salve, Luna! Salve, a futura cineasta. Breve estaremos juntas.

...

Já é a sexta vez que me convidam para palestrar, na última as pessoas se emocionaram muito. A Lídia tem me ajudado em muitas coisas, divulga minha vakinha em todos os eventos e faz uma lasanha perfeita (só não é melhor do que a da minha mãe, porque isso seria impossível). Ela é poderosa, e eu confiei quando ela me disse: *você vai a Portugal, falta pouco.*

...

Já estou no cômodo novo, ele é escuro, as luzes precisam ficar acesas mesmo quando é dia, tem um cheiro forte, e as paredes parecem molhadas; mas foi o que a minha mãe conseguiu pagar. A Celina ficou triste com a nossa separação e fez um carinho no meu franjão: *essa é amiga de verdade, Cidinha. A gente pode confiar.* Eu já morei na casa 104, 210, 335, 370 e 606. Isto é cabalístico: morei duas vezes no 210 e quatro vezes no 370. Então, a ordem ficaria assim: 104, 210, 210, 335, 370, 370, 370, 370 e 606. O número da sua casa é 219. Mas as minhas preocupações em relação a você não são numéricas, têm a ver com a certeza de que Portugal, mais dia, menos dia, mais ano, menos ano, sofrerá um sismo de grande magnitude e violência, semelhante ao de 1755. A questão sísmica é um grande assombro para os portugueses, li num site. O tremor de hoje foi de qual magnitude? Você está em perigo? Que horas são em Portugal? Ainda é horário de inverno? Ou aí se chama horário de primavera?

Lídia fez uma bela compra para mim, encheu a geladeira velha e barulhenta de coisas gostosas. Voltei para o *flow* das coincidências, adoro quando isso acontece. Não falei que para ela que desejei cinco potes de sorvete. Confessei para ela que não como mais bolachas recheadas. Isso foi tipo um milagre! A vida inteira fui a menina que mais desejou bolachas recheadas, sempre pedia para os meus pais, mas depois que a Lídia me trouxe trinta pacotes de bolachas Trakinas eu enjoei. Não aguento nem ver. É disso que um pobre precisa para ficar *fitness.* Precisa primeiro se empanturrar. É por isso que os ricos comem tão pouco e nem ligam para os doces. Comeram tudo o que tiveram vontade, não precisam experimentar a abundância para a total satisfação. Mas sorvete é algo impossível de se recusar. Será? Se o Salvador comer quarenta hambúrgueres em um dia, deixará de ser viciado. Eu comi tanta palha italiana em janeiro de 2017 que nunca mais eu quis saber daquilo na vida. Comi tanto que tive sintomas de diabetes, fiquei zonza e enxergando como se tivesse micro-organismos passando na frente dos nossos olhos. Minha mãe me disse: *tá vendo, Luna, o que a esganação faz com a gente?*

...

Não conheço músico atual melhor que o Ludovico. Excelente compositor. Nos concentrarmos em sons mágicos é um bom começo para nos conectarmos com o universo como um todo. Aconteceu comigo quando visitei a cachoeira Véu de Noiva em São Thomé das Letras, eu entrei na dimensão da natureza. Me integrei totalmente ao som da cascata e à sua beleza visual. Esses momentos são perfeitos para retornarmos a quem fomos e somos. Sei lá, é como se acessássemos o princípio de uma era.

...

Os médicos de antigamente tinham coração de pedra? Como tinham coragem de amarrar crianças com autismo daquele jeito? Vi em um documentário. Se eu vivesse naquela época, iria perseguir os médicos para salvar os loucos, os autistas, os perseguidos e excluídos. Pensando bem, não consigo fazer isso pelos presos. O humano é muito desumano. Trinta presos ou mais em uma mesma cela minúscula, sem ventilador, no meio do maior calor, sem cama, comida ruim, às vezes sem ver o sol. Pior, muito pior do que Arav no verão escaldante. Digo isso porque estou vendo a série *As prisioneiras*. Não acho certo, não. E não desejo esse destino nem para o vizinho-mau. São tratados como porcos prestes a morrer. Cadeia deveria ser um lugar de transformação e não um protótipo do umbral. Existiu um médico terrível em Portugal que, quando soube que se cortasse os lobos frontais dos chimpanzés eles parariam para sempre de sorrir, de saltar, de correr, de brincar, ele ficou bem empolgado com a tragédia e começou a fazer o mesmo com os pacientes do manicômio. Em 1939, ele foi baleado, ficou gravemente ferido, mas sobreviveu para ganhar o Nobel de medicina. O mundo é contraditório, dão prêmio para quem fere e mata. Imagina eu tendo uma crise agressiva por aí, imagina eu destruindo um ônibus em uma crise. Imaginou? E se fosse na época do António Egas Moniz, eu viraria uma de suas vítimas. Percebe o terror? Ontem estava no ônibus e comecei a entrar em crise, comecei a bater a cabeça levemente na porta do ônibus sem parar. Tremia muito. A situação fez isso acontecer. Carros parados no trânsito, os passageiros pediam ao motorista para abrir a porta, e ele não abria. Buzinas para todos os lados. E eu demorando para chegar na casa da Lídia. Precisava que o motorista abrisse a porta logo, os passageiros diziam que ele deveria abrir a do lado esquerdo, mas ele dizia que era proibido naquele local. Aí ele prometeu que abriria a da direita. Enquanto isso, os passageiros gritavam que era para abrir a da esquerda, porque a da direita seria perigoso. E eu lá querendo sair de qualquer maneira. De repente, vi que ele começou a abrir a porta da direita e os passageiros gritando que era perigoso. Aí a porta nem terminou de abrir, eu dei um pulo cinematográfico para fora. Eu só queria sair dali o mais depressa possível. Me vi desesperada no meio do trânsito. Se eu ficasse novamente presa lá dentro, a crise viria com força brutal. No momento em que pulei e saí correndo idiossincraticamente, liberei as energias acumuladas. Se eu não tivesse me controlado, correria o risco de ser presa ou espancada ou de arrebentar a porta com o meu crânio de aço.

・・・

... "o termo *shutdown* vem da linguagem da informática e refere-se a um comando capaz de encerrar, ou desligar, o sistema. O indivíduo autista passando por um episódio de *shutdown* pode parecer parcialmente ou completamente distanciado do momento presente, pode não responder à comunicação. O indivíduo pode também perder a capacidade de retirar-se da situação estressante em que se encontra." Então existem dois tipos de *shutdown*? Aquele que eu não consigo responder nem olhar para o lado, e esse que estou vivendo agora? Estou muito distante do mundo e sem vontade de sair de casa. Estou bem estranha, me sentindo apenas 10% no meu mundo. Parece que estou dentro de uma cabine de telefone com a porta escancarada, estou condenada, estou desprotegida. Minha mãe não me perdoará quando souber da minha participação no programa.

・・・

Olho, sempre que posso, o correio da antiga casa em que morei com a Celina para ver se chegou alguma carta sua. Sim, estou sendo valente. Não preciso mais dormir encolhida para não colocar os pés em cima de meu teclado. No novo cômodo, tenho um lugarzinho para guardar as minhas coisas. Arrastei a cama três centímetros para que ela não fique encostada na parede, pois vi baratas saindo de um dos buracos. Até o pacote fechado de arroz mofou, fui obrigada a jogar fora. Obrigada por me considerar ninja. Minha mãe está tentando encontrar outro quarto, mas estou apegada por um fio à esperança. Ela havia encontrado um bem melhor na antiga rua em que morávamos, mas o aluguel era bem mais caro. A Lídia continua progredindo na arte de ser uma grande amiga e tem me ajudado em muitas coisas, tem feito uma bela campanha de arrecadação para a vakinha. Depositei o dinheiro do prêmio que ganhei na vakinha, falta pouco para completar o valor final. Por que, então, me sinto tão triste?

...

Durante o dia fez 30°, e agora a temperatura está entre os 23° e 24°. Vim ao quintal para procurar estrelas, mas está nublado, o que é bem curioso para um dia de clima tão bom. Como está o céu de Lisboa? Foi ver o pôr do sol na praia de São Pedro do Estoril? Ventava muito? Da última vez, você não conseguiu aguardar o espetáculo, porque não suportou o frio. Ainda assim, me mandou fotos maravilhosas. Quando eu for aí, te ensinarei a soltar pipa. É o nosso combinado mais antigo. E vamos ficar observando os pescadores noturnos com suas luzinhas de vaga-lumes. Promete que continuará a me contar sobre Sintra, Lisboa, Estoril, Cascais, sobre a linha do comboio e o modo de falar daí? Tenho usado muito as expressões: *se calhar*, *fixe*, *bué*, *giro*, *malta*, *putos* — apesar da confusão que podem fazer por aqui, eu gosto de *rapariga*. Me ensina mais.

...

Você ouviu falar sobre o caso do menino asfixiado até a morte por um segurança do mercado? O segurança agiu com muita maldade. Penso que ele queria mesmo matar. Qualquer garotinho sabe que asfixiar alguém por mais de um minuto provoca a morte imediata. Se nós sabemos, imagina um segurança treinado? Não poderia sequer passar de trinta segundos, a sequela já seria grave. Soube que ele pagou fiança e foi solto. Fiança é um tipo de corrupção dentro da lei?

...

Para mim, se deus existir ou não existir, o universo continuará maior que ele.

...

Sabia que os Estados Unidos foram desenhados através de símbolos da geometria sagrada? É uma geometria universal, usada desde a antiguidade. Ensinada por não sei quem. Os sábios e estudiosos da época chegaram a esses símbolos através da natureza. São símbolos que se encontram por toda parte, nos insetos, em cada flor, em vários seres. O Egito também foi feito assim. Quem desenhou os Estados Unidos? Os *ill*, claro. Somente eles conhecem esses segredos. Percebe como é sinistro? As pessoas da igreja nem sabem o que são aqueles símbolos. Eu não consigo entender essas pessoas que estão presas na matrix. Parece até que eu faço parte de uma dimensão acima delas. Uma dimensão mais evoluída! E o mundo tentando me fazer acreditar que sou de uma dimensão abaixo. E a sociedade ingênua acreditando que autistas como eu são inferiores. Não faço ideia de como os povos antigos descobriram essas coisas. A Bíblia fala apenas do símbolo de Davi. Esse símbolo sempre existiu no ocultismo.

Lá pelos meus nove anos, quando fui à igreja, não acreditava de jeito nenhum nas lendas que contavam. Pareciam mais absurdas do que acreditar em Papai Noel. Aí chega um adulto na igreja que acredita em Papai Noel, eles julgam a pessoa. Faz sentido? Por que só eles podem acreditar em coisas absurdas? Por que não podemos acreditar em vida fora da Terra? Por que não podemos acreditar na Terra do Nunca? Que egoísmo! Eu não consigo entender a burrice humana. Acham absurdo menino brincar de boneca, mas de ursinho pode! Eu deveria postar isso nas minhas redes sociais. Então meninos não podem brincar de bonecas, pois que quem cuida é sempre a mãe? Eu não gostava de ser polêmica, mas tenho mudado bastante. Tenho sido bem corajosa. Por causa disso, tem crescido a minha raiva nos grupos de *zap*... vivo saindo e depois me arrependo.

...

Se a situação da minha casa continuar fora do controle: dormirei na rua; sequestrarei um ônibus e dirigirei em direção ao gramado central; pegarei um navio, às escondidas, para atravessar o oceano. Se me pegarem, serei presa e pirarei; xingarei o mundo, destruirei minha cabeça batendo na cela da prisão, gritarei o dia todo, tentarei pular o muro com arames elétricos, cortarão meu banho de sol, aí, revoltada, farei cocô no corredor da prisão; sequestrarei uma máquina de sorvetes, passarei mal de tanta gula; farei uma transmissão ao vivo no horário nobre, vestida de extraterrestre, e revelarei que sou uma anunnaki; o FBI me prenderá e me torturará para saber o que sei de fato sobre os ETs. Meu destino é ficar sem remédio, não consigo mais ir naquele hospital lotado para pegar as Quetiapinas. Acho que vou parar de tomar.

Não quero mais morar sozinha, mas não quero morar com estranhos e muito menos que entrem no meu quarto. Isso é o tal beco sem saída? Foi você quem me ensinou essa expressão. Posso entrar na frente de um carro e, se me atropelarem, morrerei, enfim. Está difícil receber ajuda sem fazer algo grave. A nova administração do Kapaxis é horrível, não posso mais ir correndo para lá quando estou em perigo. Qual é a campanha de prevenção? Já não sei de nada. Preciso de uma ajuda profissional muito boa e que não obrigue a gente a fazer o que eles querem. Como, por exemplo, ir à oficina de bordados. Não se deve propor coisas estúpidas para uma cineasta. Primeiro, deveriam ouvir respeitosamente aquilo que cada um gosta de fazer. Encontrariam pistas para saber quem somos. É tão difícil assim escutar? Poderia ter um profissional que fosse comigo ao parque. O filme francês *Fora do normal* é um bom exemplo de como trabalhar com autistas, eu gostei muito. Muito obrigada por ter me indicado. Odeio quando me elogiam dizendo que sou corajosa e independente. Acham que a vida de uma autista leve é fácil (até hoje, você não me respondeu se concorda com a Roseli. Acha que sou moderada?). Você tem razão, saber isso é se importar com a matrix maligna. Que merda! Ninguém é totalmente independente. Sou apenas corajosa, que culpa tenho se o mundo está repleto de medrosos? Fui corajosa ao postar um vídeo cantando quando eu ainda não falava fora de casa. Fui corajosa em ministrar uma célula quando eu falava umas mixas palavras; fui corajosa quando entrei para um coral; fui corajosa voando de parapente, eu que morro de medo de altura; fui corajosa quando enfrentava as regras da igreja, enquanto todos abaixam a cabeça. As mães de autistas que conheço também precisam de coragem, ao invés de ficarem me elogiando poderiam me compreender. Parece que sirvo de modelo para os seus sonhos, ficam idealizando o progresso dos seus filhos comparando comigo, porque voltei a falar, porque viajo pelo país, porque faço vídeos e moro sozinha, mas não compreendem as minhas dificuldades. A Karen me disse que eu era mais independente e esperta do que a filha dela, que tem sete anos, não concordo com ela, nessa idade eu quase não falava, tinha uma série de dificuldades e não tive nenhuma ajuda profissional. Oras, não se pode comparar uma aspie de sete anos com alguém da minha idade. Não me importo que vejam em mim os seus filhos; mas será que não percebem o que se passa comigo? Eu preciso de ajuda, neste momento ainda mais. Insistem que eu conte sobre mim para a minha mãe, não compreendem que as histórias e as famílias são diferentes. Não suporto que exijam da minha mãe o que ela não pode me dar. Eu a compreendo melhor do que ninguém. Se eu fosse protegida diariamente, ganharia aos poucos (quem sabe?) a independência de que falam. E não correria o risco de me prenderem a nenhuma regra ou instituição. É óbvio e notório que não sou incapaz 100%, só preciso de ajuda em alguns momentos. Quem é capaz 100% neste mundo?

Fiquei sabendo que prendem a Lucimar do Kapaxis numa tal comunidade terapêutica. Se me prendessem, eu faria um vídeo de protesto e mandaria para todas as redes de televisão do mundo. Só assim eu apareceria no programa do Geraldo como sempre sonhei. Denunciaria geral, para aprenderem que não se pode mexer com uma cineasta.

...

Odeio quando chega a madrugada e uma espécie de sonolência é transformada em sensações ruins. Durante a madrugada, se retorno a outro tempo, reativo o sentimento daquele momento. Senti há pouco a sensação horrível de quando procurava formas de atravessar o oceano para te ver. É como se minha barriga estivesse vazia, e de repente um vento lá dentro surgisse do nada e tentasse sair pelo umbigo sem sucesso algum. Quando acontece isso, começo a tremer e preciso agarrar algo bem forte ou bater em algo sólido como uma parede, uma pedra ou uma árvore. Mas parece que quem treme é o vento que agita lá dentro, tentando sair à força. Outra coisa não identificada surge nos músculos do braço, eles se sentem fracos e com necessidade de abraçar, porque fazer isso alivia os sintomas anômalos. Nossa! Devo ter cansado demais do mundo, né? Desde janeiro eu estou assim. Não estou querendo sair de casa. Apesar de ter prometido, não queria ir à casa da Carminha amanhã — outra amizade boa que fiz na associação de mães de autistas. Cancelarei o encontro.

...

Acabei de acordar de um sonho muito louco sobre minha mãe. Foi tão real que ainda estou dentro dele e não estou sabendo diferenciar a realidade da verdade do sonho. Estou em um mundo paralelo. Em algum momento da vida eu te disse que minha mãe era minha avó? Não! Devo estar dormindo ainda. No sonho descobri a teoria secreta sobre a minha mãe e o motivo do meu rosto não se parecer com o dela. Eu estava em pé escrevendo alguma coisa sem importância em uma lousa, quando uma força enigmática me pôs a escrever uma descoberta sobre mim. Devo ter acessado o arquivo secreto do meu inconsciente. No sonho, me lembrei de um fato ocorrido quando eu tinha uns cinco anos: eu e o Antônio Carlos, irmão da Carla, estávamos brincando, não me lembro de quê, de repente, ele me disse: *a tia Cidinha é na verdade sua avó e não a sua mãe*. Fiquei confusa e fui procurar a minha mãe para ela desmentir o meu primo. Ela ficou brava e zangou com ele, porém piscava para mim e me dizia baixinho que era mesmo verdade. Foi preciso que eu me esquecesse de tudo, e esse segredo ficasse escondido até o momento em que eu estava escrevendo em uma lousa com mais de vinte anos de idade. Dentro do meu espanto, falei para mim mesma: *se minha mãe é minha avó, então quem é minha mãe? Se a Carla me odeia, ela não pode ser minha mãe. Alguma antiga esposa do meu pai? Uma fugitiva? Será que a Rosicleide é minha mãe? Pode ser, por isso ela sempre me dava presentes. Por causa dessa dúvida criei as* haleboppes? Olha, que loucura! Isso que chamo de sonho-charada. Devo me parecer sim com minha mãe. Asideia! O sonho acabou com um sujeito roubando a minha casa. Eu estava sozinha em busca de respostas e de repente vi o homem na cozinha com as mãos cheias de balas de gelatina em formato de ursinho. Ele estava enchendo os bolsos de balas. Fui até a cozinha dar uma bronca nele e mandei que fosse embora. Com calma, pedi que devolvesse tudo. Fui boa com ele. Ele deixou as balas em cima da pia e para minha surpresa devolveu também umas palhetas que estavam escondidas no bolso. Eu falei bem firme: *vá embora*, e dei um tapinha carinhoso nas costas dele. Ele sem dizer nada foi andando até o portão, feliz por ter escapado dessa sem ser denunciado para a polícia. O sonho foi tão real que eu ainda não acordei, e minha mente está divagando se minha mãe é minha mãe ou minha avó. Daqui a uma hora eu acordo totalmente, assim deixo que essas dúvidas voltem para dentro do sonho ou para dentro do esquecimento.

...

Problemas da hora: preciso acabar com as baratas, dezenas de filhotes estão na salinha provisória como bebês nos berços, e estão crescendo rapidamente. Preciso arrumar a cozinha, arrumar o chuveiro que não quer esquentar, arrumar mais baldes para as dezesseis goteiras, encontrar uma maneira de me sentir mais protegida ou encontrar algum lugar para me abrigar. Quem poderia me ajudar a solucionar esses probleminhas básicos, para que não precise fugir, me perder ou desaparecer? A Carla? Lógico que não. Minha mãe sempre foi muito caprichosa, quando vem me visitar limpa o tempo todo, resolve o que tem para resolver, mas é tão difícil manter o equilíbrio, perco sempre o controle.

Posso entrar em crise, pois não consigo lidar com esse caos. Até uma vassoura pode me provocar uma crise, caso se torne um problemão — se algo sujo e nojento se agarrar nela, se eu não puder mais varrer, a sujeira aumentará a cada dia. As baratas e as aranhas aumentam a cada dia. Ontem havia uma aranha pendurada na cozinha e um monte de teia no meio do caminho. Tenho gastado o dinheiro da vakinha com despesas da casa e com sorvete, quarta-feira fui ao cinema e na saída comi uma lasanha.

Há pessoas que acham que a maior dificuldade que tenho em morar sozinha é fazer a comida, mas é a parte mais fácil. Não me lembro da última vez em que lavei o banheiro, a casa está fora do meu controle, por causa disso começo a jogar sujeira no chão e não me importo se é certo ou errado. Que se danem! Aaaaaaaaaaaaaaaaaaaaaaaaaaa! E, se chegasse alguém aqui, se assustaria. Para piorar, ontem fiquei novamente sem energia, e a carne da geladeira estragou. Depois aconteceu um problema no "gato", e somente a luz do banheiro funcionava, então os bichos foram todos para lá em busca de luz. Quando acordei, o banheiro e a cozinha estavam infestados de cascas e bichinhos mortos. Havia um monte em cima da pia, janela, fogão, geladeira; estavam por toda a parte. Essa é a trágica história.

Está muito quente, mas não posso abrir a janela, o vento entra e faz voar as asas dos bichos. Esses bichos perdem as asas facilmente. Estou indo e vindo até a janela que fica em cima da pia da cozinha, estou em desespero, mas não faço nada. Preciso gritar algo que não sei o que é. Está dentro de mim. Aaaaaaaaaa aaaaaaaaaaaaaaaaaaaaaaaa! É a mesma coisa que morava dentro de mim antigamente; eu mandava bilhetes para tentar dizer o nome dessa coisa. Estou chorando muito. Sairei perambulando pela cidade.

...

Cheguei em casa e encontrei a minha mãe sentada num canto chorando. Quando chegou, a casa estava uma sujeira nunca vista, cheia de água no chão, cheia de pó de cupim, cheia de bichos mortos, de cupins, de baratas. Chora porque percebeu que eu não sirvo para nada.

Ainda bem que, depois de um tempo, ela fungou várias vezes o nariz no papel higiênico e me disse: *a mãe vai fazer carne moída com batatinha para você, tá bom? Vou tentar alugar um quartinho melhor. Não liga para o chororô da mãe, não; é que fiquei com medo de te deixar sozinha no mundo quando eu morrer. Ué, todo mundo morre, e eu que não quero ficar para a semente, desconjuro-credo.* Depois a Guita, uma velha amiga, veio para uma visita surpresa e alegrou o ambiente. Ficou contando histórias de quando eu era pequena, *quando Luna era pequena, eu perguntava pra ela assim: Luna, cadê tua mãe? Luna, cadê tua mãe? E ela ficava imóvel, não balançava nem a cabeça. Aí eu perguntava de novo, Luna, cadê tua mãe? Então, ela apontava, bem devagarinho, o dedinho para um cômodo.* Elas riram bastante das boas lembranças.

• • •

O Ronaldo foi quem me ensinou que não devo dizer que sou estranha, extraterrestre ou doida, mas devo explicar que é apenas meu jeito idiossincrático, nefelibata e maravilhoso de ser. Anotei no meu caderno de emergência, para ler nas horas difíceis. Se exótico é aquilo que não cabe no olhar, então a deficiência está em quem olha.

• • •

Estou me sentindo sozinha. Autistas também sentem solidão, mesmo necessitando estar sós. Acabei de me lembrar: na segunda-série já tinha uma *halebopp* eleita. E eu só tinha sete anos. Antes dos dez, eu falava poucas palavras, e não foi por causa do vizinho-mau, porque aquilo aconteceu quando eu tinha de oito para nove anos. O que estou tentando descobrir é se eu já queria ser salva antes dos sete. Por que será? Talvez tenha sido por causa da socialização mesmo, com seis anos entendi que a minha saída era ficar sozinha para sempre. Com cinco anos, considerei a Rosicleide, amiga da minha mãe, uma pessoa suspeita. Pensando bem, não sei se foi com cinco, seis ou sete. Sei lá. Que coisa estranha foi aquela! Houve um dia em que eu senti que ela era a minha protetora secreta. Caramba, então foi a primeira vez na vida em que senti a necessidade (eterna) de manter aquele sentimento!? Cheguei a pensar: será que ela é a minha mãe verdadeira e por isso está sempre me presenteando com o melhor Danone com pedaços de frutas? E seria por isso que esse sentimento sem nome ficava saindo de mim em direção a ela? Foi inexplicável o que senti com a presença da Rosicleide a partir daquele dia em que ela chegou com uma sacola do Extra com dois fardinhos de Danoninho de morango, meus prediletos na época. Depois que comi, procurei, mas ela havia desaparecido. Recordo de minha mãe me dizendo, como se lesse o meu pensamento: *a Rosicleide foi embora*. Aquela estranha sensação às vezes volta como um relâmpago e some imediatamente, e aquilo que preciso lembrar ou compreender permanece como um enigma. Até hoje, acho a Rosicleide suspeita, mas não sei de quê. Será que foi ela quem cortou o meu cordão umbilical? Será que ela me fez algo de muito bom quando eu era bebê? Será que ela me encheu de beijos? Será que ela me protegeu de algo? Ou será que ela me fez mal? Só sei que, a partir daquele dia, senti que ela tinha uma história comigo. Será que ela foi minha babá por um dia? Será que num dia da minha vida de bebê passei muita fome e aquele iogurte ativou a necessidade de proteção? Pelos deuses do universo, será que ela foi a minha primeira *halebopp*, será que ela representa o princípio de tudo? Estou há tempos tomada por isso, posso morrer de verdade por querer ser salva. A Vanessa foi salva pela sua irmã quando fingiu que afogava na piscina.

Não estou bem.

...

Já se sentiu como se acabasse de perder os seus pais e se encontrasse sozinha e ainda criança em uma avenida desconhecida em alta noite? Por várias vezes, me senti assim. *Me ajudem a ser diferente do meu primo de Moabe* — será que era isso que eu queria das *haleboppes*? Queria agradar à minha mãe? Ela não me deixa ser quem fui e sou. E eu necessitava ser aceita por ela. Como sou aceita por você, pela Lídia, pelo Nando. Deixo você ver o máximo da minha essência porque confio nisso. Desde pequenininha minha mãe brigava comigo para eu parar de ser do único jeito que sei ser. E não havia maneira de eu atender à sua ordem, era impossível. Em casa eu me esforçava e me continha, mas era só sair de perto dela que eu me liberava e começava a fazer as macaquices que ela me impedia. Na visão dela eram macaquices, mas eu estava apenas mexendo as mãos e andando do meu jeito. Às vezes me pareço com a Denise, da Rota do Sol, quando ela fica se balançando e imitando coisas que aconteceram e rindo de um jeito bom. Ela fica repetindo palavras e gestos sem parar, até acordar do mundo dela e ser abduzida para o que chamam de realidade. Dentro do meu mundo, me sinto protegida e verdadeira. Posso estar num lugar com muitas pessoas, não me contenho e, de repente, me vejo fazendo algo que para mim é importante ou engraçado. Ninguém entende nada, pois estou num lugar impenetrável, em meus momentos particulares. Ninguém penetra o sonho do outro. Às vezes eu imito a mim mesma, dou umas corridinhas, bato palmas, dou risadas, isso prova que eu me aceito. É um ato de comemoração da memória, de algo incrível que ficou registrado no corpo e não no cérebro. Às vezes eu danço, flutuo pelo espaço; nessas horas o corpo não precisa das palavras e sim das sensações; quando danço o meu corpo me entende completamente.

...

Quando eu beijei pela primeira vez, escovei os dentes cinco vezes seguidas e mesmo assim eu continuei me sentindo com baba. Não foi nada bom! Por nojo, não queria fechar a boca nem para comer. Parecido com o que senti quando o meu vizinho-mau me fez fazer aquilo, lavei as mãos de cinco em cinco minutos durante vários dias. Na hora em que a minha mãe me chamava para comer, aí é que eu lavava as mãos mais dez vezes. Tenho problemas com sujeira. Desde os sete anos que eu não gostava de lavar os pratos, porque estavam cheios de babas. Se usassem a minha colher, prato, copo sem querer, ficavam inutilizados para sempre. Eu ficava sem comer até que a minha mãe pudesse comprar outro prato. Não sei qual o meu problema. Desde bebê eu adquiri esse nojo. Agora estou um pouquinho mais tolerante, guardo o nojo, mas aceito que seja lavado por diversas vezes. Quando pego a minha mãe usando o meu copo, dou o alerta. Aí ela troca e diz que não percebeu que era o meu. Nisso ela me compreende. Passei a esconder o meu garfo embaixo dos panos de prato. Tenho uma faca apenas para a manteiga, e não gosto se a usam antes de mim.

Pronto, confirmaram a data da gravação final, na quinta-feira voaremos para Zuhause, do aeroporto iremos direto para os estúdios. Ainda bem que Lídia irá comigo. Deve ser muito bom ser funcionária de uma TV importante, basta pedir as passagens que saem na hora. Não quero pensar no meu medo, não pensarei no depois, curtirei este momento incrível. Almoçaremos com toda a equipe. Será que no restaurante da televisão tem suco de acerola? É o meu preferido, mas posso pedir de abacaxi ou melancia. Eu adoro sucos naturais, pena que são caros.

...

Mesmo uma pessoa que se diverte e sorri pode não querer viver. Minha vida é ótima, de sucesso e de diversões semanais. E o mais intrigante é que me divirto verdadeiramente. O que digo é diferente do que diz o Lauro do Kapaxis: *sorrio por fora, mas por dentro ninguém sabe o que sofro*. Comigo funciona diferente: sorrio por dentro e por fora. Sou feliz em muitos momentos, mas não quero viver. A vida não tem graça nem sentido. Não sorrio falsamente, sorrio de verdade. Não estou em crise hoje, mas sigo não gostando da vida. Ou seja, mesmo sem crise eu continuo com a mesma ideia. A vontade de me matar mesmo num dia tranquilo se dá pelo seguinte motivo: não quero aguardar para viver de crise em crise.

O Oskar do filme não quis ficar no velório do pai dele porque era apenas um caixão vazio. Aquele ritual não fazia sentido para ele. As pessoas fazem mesmo coisas estranhas, se eu morrer, não quero qualquer pessoa me beijando.

(...) As coisas simples que os pastores pregam eu aprendi sozinha. Uma delas é o perdão. Sempre perdoei aqueles alunos malvados da escola e não os xingava nem por pensamento. Era natural, o perdão vinha e ficava. Só falei meu primeiro palavrão há três anos e ultimamente me alivio xingando o mundo de inútil.

Mesmo frequentando a igreja, não abandonei a *Ice Smirnoff*, bebia escondida para não ser considerada endemoniada, mas hoje tenho a opção da *Skol Beats*, e você me apresentará a *So-*

mersby — bebida feita de maçã. Quando meu pai morreu, dei um berro de cinco segundos e me calei olhando para um ponto fixo. Pelo resto do dia tudo se tornou fora de órbita, inalcançável. Durante o velório, minha mãe me mandou olhar para o corpo do meu pai, e eu recusei. Sabia que ele não estava mais em nenhum lugar. Quando os Wolf chegaram, minha mãe tentou me forçar a cumprimentar um por um, não me deu folga nem nesse dia. Fiquei brava e saí correndo. Eu estava indo embora, mas minha mãe foi atrás de mim para brigar mais um pouquinho, aí a minha tia chegou correndo para acalmar a situação, *Cidinha, é normal a Luna agir assim, porque ela nunca tinha perdido ninguém próximo*. Como sou desobediente e rebelde, não quis negociar nada, fui embora direto para o encontro da célula. Chegando lá, todos me abraçaram. Brinquei de futebol e pulei bastante na hora da dança. Ficaram impressionados como eu conseguia sorrir e me distrair num momento tão triste. Brincar também serve para esquecer que o mundo não tem graça nem sentido, e que, muitas vezes, os homens são maus. A Úrsula me convidou para dormir em sua casa, caso eu não aguentasse ficar sozinha. Pensei que iria aguentar, mas tive que sair correndo para a casa dela à 01h30. Dormi na cama do Cristian, e ele na sala. Eu estava em uma crise brava, levantava toda hora no meio da noite e me sentia desligada do mundo. No dia seguinte, a Guta e a Úrsula foram comigo ao enterro. Fiquei tensa, com medo de comentarem sobre mim com a minha mãe, então não saí de perto delas. Fomos embora juntas. Minha mãe precisava chorar o dia inteiro, e eu precisava fazer coisas felizes para esquecer. Não suportei conviver com aquela tristeza, então fui dormir alguns dias na casa da Alcione, que morava em um bairro distante. Me senti uma má filha por deixar minha mãe sozinha, mas eu não soube fazer diferente.

...

A Carminha, da associação de mães de autistas, me deu uma calça e uma blusa de presente, vou com elas a Zuhause. Aparecerei bem estilosa na televisão. Ela me levou numa loja grã-fina, não precisei me preocupar com o preço. Sempre uso roupas acima do meu número, porque prezo pelo conforto. Quem foi o infeliz que inventou o vestido? Deve ter sido um homem, porque não experimentou o desconforto. De vestido a gente deve andar direitinho, deve se levantar direitinho, se sentar direitinho, e para completar o visual inventaram a sandália de salto, que obriga as mulheres a andarem empinadas como a Cinderela da Disney. Comigo isso não cola, sou livre do sistema. Minhas primas vivem na matrix, por isso acham imprescindível ir de vestido longo a um casamento. No casamento do Rafael com a Tainara, fui com a blusa mais linda que eu tinha, e mesmo assim reclamaram: *por que você não avisou que não tinha roupa?* Como assim? Eu estava me sentindo hiper-mega-chique com a minha roupa que guardo para as ocasiões especiais. Este ano, irei à formatura da sobrinha-neta da minha mãe com uma blusa que para mim é bastante digna para a ocasião, mas que os ricos estão acostumados a usar no dia a dia. Acredito que eles não perceberão, pois não são bem de vida como os Wolf. Não dá para todo mundo ficar seguindo esses malucos. Os representantes da moda deveriam rever o que consideram como chique e adequado. Não perceberam até hoje que os pobres guardam a mesma muda de roupa para usar em todas as festas existentes. Minha mãe guarda o vestido azul de festa dentro de uma fronha, é bom prevenir, assim não mancha, minha filha. Qualquer hora aparece um convite, aí é só tirar da naftalina e pôr no sol para sair o cheiro. Dentro de casa, a gente anda com roupas de mendigo — aquelas que estão sempre arreganhadas e furadas, porque já foram usadas durante séculos.

...

Eu e a Lídia estamos bem animadas. Lutaremos com nossas espadas e armas de água pela inclusão do autista no mundo, nas instituições; lutaremos por políticas públicas e pela proteção do autista depois de adulto, as mães morrerão tranquilas deixando seus filhos em segurança. A Lídia é muito brava, ela é de luta. Quando recusaram uma vaga na escola para o Rick, a Lídia ficou por três dias na porta da Secretaria de Educação com um cartaz: O RICK TEM 13 ANOS E ESTÁ SEM ESCOLA. Só saiu de lá com a vaga acertada para horário integral. Mostrarei para o Brasil inteiro que existimos, afinal, não sou a única no mundo. Somos muitos. Eu estou tranquila por enquanto.

...

Aconteceu uma tragédia, esqueci o meu carregador de celular no hotel e a minha bateria está com 5%. Não poderei te contar cada passo. Sniff! Andamos naquele carrinho pequeno, a Lídia conhecia os famosos, tiramos fotos com três. Depois te mando para ver se você conhece. Agora está com 1%.

...

Estamos voltando para S. Blander, o voo atrasou mais de duas horas. Estou cansada, mas satisfeita. Ah, tomei dois copos de suco de carambola feito pelos deuses. Considero que a minha participação no programa foi ótima. A atriz que interpreta a garota com autismo na série me disse que, quando ganhou o papel, foi pesquisar sobre o tema na internet e achou a minha página e acompanhou todos os meus vídeos. Por isso ela era tão parecida comigo? No momento em que a atriz me deu um presente, eu não soube bem o que dizer, mas ouvi sair de minha boca um *obrigada*, mas com um tom tão decorado que até para mim soou robótico. Não consegui demonstrar a minha felicidade, na verdade, ela só chegou minutos depois. Isso acontece sempre, não consigo ficar contente na hora imediata em que ganho algum presente de surpresa, somente depois de alguns minutos é que percebo o que senti. Vou te passar o *link* para você assistir ao programa. Fiquei emocionada quando te vi na tela falando sobre a nossa amizade.

• • •

Hoje participarei de um *workshop* online de fotografia. Desligarei a câmera.

• • •

Fui ao cinema e percebi quando umas meninas falavam de mim: é ela, *sim, a do programa*. Terminei de editar o *Aspie aventura* com a Daphne, a autista da série. O acesso à página *Aspie aventura* cresceu um pouco, depois da minha aparição em rede nacional, mas o meu vídeo foi sucesso mesmo na página da atriz.

Em casa nada mudou. A Carla veio aqui e me perguntou por que não procurei a família para falar sobre a minha doença, *quando a Raquel me gritou para perguntar se era você na televisão, não acreditei*. Notei, com o meu olho da testa, que ela avaliava o cômodo e tentava encontrar um tom meigo para seguir com sua representação. Quem dera eu pudesse esticar a minha franja para cobrir todo o meu rosto. *Se precisar de qualquer coisa, me liga, viu?* — foi o que disse, balançando as chaves do carro. Fiquei furiosa quando ouvi a palavra *doente*, mas me calei. Com seis anos, já sabia que ela não gostava de mim. Morou conosco até se casar. No meu aniversário de sete anos, ela me deu uma bonequinha; eu me interroguei em desespero: *oh não, agora por causa do presente terei que falar com ela?* Eu queria que a minha prima ficasse bem longe de mim, ela não era ainda tão chata e falsa, eu é que não gostava de presença humana. Quando a minha madrinha ia me visitar, eu ficava igual a uma estátua sentada no sofá. Parece que a Carla queria que eu agradecesse como todo mundo faz, como não consegui, ficou incomodada. Ela tentou um tipo de reconciliação daquilo que nunca vivemos. A visita dela me deixou ainda mais apreensiva porque minha mãe chegará amanhã.

...

... não tenho conseguido respirar direito. Minha mãe descobriu que participei do programa e me disse coisas horríveis, gravei a fala dela no celular, não sei por que fiz isso. Não tenho coragem de apagar, não quero ouvir mais nenhuma palavra, mas ouço várias vezes. Está bem, mandarei para você guardar para mim. Obrigada! A Lídia conversou muito com ela, mas não me restou nenhuma esperança.

...

aaaaaaaaaaaaaaaaaaaaaaaaaaaaaaaaaaaaaaah!

...

Sabia que existem autistas que desenvolvem mutismo seletivo? Eu fui uma dessas. Desde os seis anos, ou antes, só falava com o meu pai e minha mãe. As pessoas estranhavam, e algumas aconselhavam minha mãe a me levar a um especialista, mas ela recusou a verdade a vida toda. Não se cansa de dizer que eu era muito diferente do João, meu primo de Moabe, *o doutor fez o teste do pezinho assim que ela nasceu...* blábláblá.

...

Será que eu não morro enforcada porque meu pescoço está obeso e a corda não chega na veia? Só pode!

...

Aparatar é um poder que conheci assistindo ao filme *Harry Potter*. A gente dá um pulo, desaparece de um lugar e aparece em outro. O melhor de tudo é desconfigurar enquanto a gente salta no vácuo.

...

Não paro de pensar no preconceito da minha mãe e da minha prima. Queriam que eu escondesse para sempre do mundo quem sou, apenas porque sentem vergonha de ter uma autista na família.

A família Wolf inteira adorou, mostraram a matéria que saiu sobre mim na televisão para todos os conhecidos. Não consigo compreender o que muita gente me diz sobre a minha mãe: *ela não sabe o que fala, é uma pessoa antiga e sem estudos*. Sei que existem pessoas sem estudo que aprenderam coisas boas com a vida. Outras se recusam. Assistem a novelas e, em vez de aprenderem com as boas mensagens passadas de forma escancarada ou subliminar, preferem aprender com o vilão! Minha prima má e o Antônio Carlos convenceram a minha mãe de que foi a coisa mais terrível do mundo a minha aparição na televisão. Minha mãe me disse que o que eu fiz foi *uma cachorrada, imperdoável*. Então, fiz uma cachorrada em dizer ao mundo quem sou? Reclamam de uma matéria com o objetivo de conscientizar as pessoas a respeitarem as diferenças e o jeito de ser de cada um.

Fiz uma cachorrada em ser eu mesma? Me odeiam por quem eu sou. Proíbem que eu me mostre. O Antônio Carlos, que não é santo, jogou na minha cara que eu deveria ter contado para eles primeiro ao invés de expor a família da maneira traiçoeira como eu fiz. Mentirosos! Burros! Preconceituosos! Não aceitam quem sou. Como me entenderiam? Ele apenas queria dizer que não era para eu falar demais em rede nacional. Fingiu igual à Carla, acho até que combinaram. Ela fofocou para a minha mãe que eu era porca e que ela dormiria na sujeira todas as vezes em que viesse me ver. Nunca tiveram interesse em saber por qual motivo a casa estava suja, quais eram as minhas dificuldades em morar sozinha e cuidar de coisas que para mim são terríveis. Nunca vieram aqui para matar o rato que me amedrontou por semanas, o rato comeu todo o mantimento que ganhei dos amigos e fez morada dentro do fogão enferrujado. Nunca vieram aqui para me ensinar a lavar o banheiro ou para espantar os bichos que me apavoram. Desapareceram durante séculos. Minha mãe chegou de Zviv dizendo que o Antônio Carlos fará uma festa de aniversário para a filha, mas que ele nunca mais irá me chamar para nada. Perguntei: *por quê?* E ela respondeu: *rum.* Como o mundo tenta me convencer de que o preconceito de minha mãe é de uma outra época e não entendem que os meus primos são iguais? Isso não tem a ver com época nem com genética, se fosse herdado pelo sangue, eu seria idêntica a eles. Nunca tolerei o preconceito. Existem muitas pessoas de 70, 80 e até 90 anos que não têm preconceitos e conseguiram aprender coisas boas na vida. São pessoas sábias, lidam naturalmente com as diferenças.

...

Sou uma ninguém. Você é você. Se você for uma alienígena, melhor, mas estou certa de que você é um ser importante para a humanidade.

...

Antigamente matavam quem revelava ao mundo uma nova história. Galileu foi condenado quando contou ao mundo que a Terra era redonda. Acho que isso ainda acontece.

...

Acredito na teoria dos multiversos. Faz todo o sentido. Existe uma teoria que diz que o universo está se expandindo, mas que daqui a bilhões de anos voltará ao que era antes, se juntará novamente e se tornará uma única bolinha, só então um novo Big Bang acontecerá. No momento o universo está na fase de expansão, e as galáxias estão se distanciando cada vez mais. Mas que explosão foi essa que criou milhões de galáxias perfeitas por todo o universo? Quando explodo uma bomba caseira, só vejo estilhaços malformados voando sem sentido. Lamento, mas nem o Big Bang nem deus são explicáveis. Mistério insondável. A morte pode ser um nada, mas pode ser um tudo. São dois lados, são extremos. Na verdade, o nada e o tudo são duas coisas que não fazem sentido. A não ser que o nada e o tudo sejam uma coisa só, assim como todos nós somos o bem e o mal.

...

Capítulo IV

As gaivotas vão e vêm. Entram pela pupila.
Devagar, também os barcos entram.
Por fim, o mar.
Não tardará a fadiga da alma.
De tanto olhar, tanto olhar.
EUGÉNIO DE ANDRADE

Oiiie, Telminha!

Este é o último e-mail da série Diário dos mundos.

No primeiro ano do ensino médio, em maio, fiz quinze anos de idade. Mudamos novamente para S. Blander, e me matricularam na mesma escola em que estudei há alguns anos. Ia à *lan house* todos os dias para usar a internet. Abandonei parcialmente os bilhetes. E passei a me comunicar pelo MSN e pelo Orkut. Percebi que as pessoas me aceitavam melhor no mundo virtual. Falava (por escrito) todos os dias com a Carolina, Marcela, Ana Paula e Sara, mas elas viviam me bloqueando por eu mandar *emoticons* em excesso. É que no MSN havia *emoticons* infinitos que se mexiam. Graças à internet, estava me comunicando. Não segui ninguém nesse ano. Pensei ter sido o fim das *haleboppes*.

Neste ano, conheci o meu primeiro namorado. A Gisela, afilhada da minha mãe, me convidava sempre para ir ao seu apartamento. No prédio havia um *playground* e uma quadra, onde a turma do condomínio se encontrava. Quando eu e a Gisela passamos perto de um grupinho de meninos, um deles cutucou o outro, apontando para mim. Na mesma hora a Gisela me disse: *namora com o Felipe, Luna*. Nesta época, eu andava com uma música na cabeça... *você fez o meu mundo girar de ponta cabeça, mas eu te quero tanto, mas eu te amo tanto, oh...* Achava aquela letra tão romântica, que pode ter me influenciado, pois pensei seriamente sobre a proposta. O Felipe parecia um super-herói, pulava de um lado para o outro e vivia subindo nas alturas. Os músculos dele eram grandes de tanto se pendurar pelas vigas do condomínio. Ele tinha a língua presa e falava embolado, por isso era fofo quando resolvia contar alguma coisa. Considerei que tinha chances de ser um bom namorado de mentirinha. Mandávamos *emoticons* um para o outro sem limites estabelecidos, ou seja, sem o risco de bloqueio. Não tínhamos conversas comuns, escrevíamos palavras sem sentido. Éramos parecidos em tantas coisas. Ele me pediu em namoro pelo MSN. Respondi: sim. Entretanto, isso não mudou quase nada, continuávamos a correr e a brincar. Mal começava a subir as escadas do prédio, ouvia os passos dele vindo atrás de mim. Eu corria com toda a velocidade de que era capaz, e ele triplicava a dele. Era muito dinâmico o nosso namoro. Os amigos dele começaram a cobrar que a gente se beijasse como fazem os namorados normativólatras. Fizeram uma rodinha e colocaram a gente no meio e exigiram em coro: *beija, beija, beija*. Estava mesmo a fim de dar um selinho nele. Deixei que me beijasse rapidamente. A garotada aplaudia e assobiava. Que bela cena para um primeiro beijo!

Depois disso, queríamos dar as mãos, mas estávamos com vergonha, então fomos aproximando as mãos lentamente, quase parando. Que *giro!* Adorei andar pelo parque de mãos dadas com o Felipe. No clipe do filme *High School Musical*, quando aparecia o Troy e a Gabriela dançando no andar de cima da escola, imaginava eu e o Felipe dançando a mesma valsa na cobertura do prédio dele. A Marcela era a maior fã do ator que interpretava o Troy. Na minha escola tinha um menino idêntico a ele, e a Marcela, é claro, era apaixonada também por ele. Isso é tudo o que tenho para contar sobre o meu primeiro namorado. O fim do meu namoro aconteceu naturalmente: minha mãe se desentendeu com a mãe da Gisela e passou um tempão sem ir visitar a afilhada.

Voltando à escola: a Renata me chamou para passar o intervalo com ela, mas ela nunca ficava quieta no lugar, e eu precisava parar em um ponto fixo. Eu queria mesmo era que o quarteto me chamasse, o que não aconteceu.

Uma garota da oitava série me adicionou no Orkut e começou a espalhar para todos que eu era a derrotada da escola, porque não tinha nenhum amigo. Perguntei pelo MNS se ela estava doida, aí ela ficou furiosa e descarregou a sua ira. Instigou o seu grupo a me xingar e a me ameaçar. Marcaram dia e hora para acabarem comigo. Fui para a aula morrendo de medo daquela megera e de sua gangue. Na hora do intervalo, eles chegaram puxando briga, e eu, que não falava nada, estava era tremendo as pernas. Dei braçadas e fugi. Voltei para a sala de aula chorando. Alguém me perguntou o que tinha acontecido, então escrevi um bilhete respondendo. Eles ficaram revoltados com as meninas da oitava série. A Mirela e a Juliana disseram para eu ficar tranquila, que elas iriam me proteger. A Juliana mobilizou a escola inteira, muita gente topou me defender. Aproveitando a oportunidade, ela me implorou: *Luna, você tem que falar com a boca para a gente poder te ajudar.* Consegui responder com uma palavra bem curtinha — *não*. Foi uma conquista, mas elas não ficaram satisfeitas como eu. Na hora do intervalo do dia seguinte, aquelas doidas da oitava série se deram mal e se arrependeram de me caluniarem, dizendo que eu não tinha amigos. Naquele dia, descobri que todo mundo da minha sala me amava, pois, mesmo não sendo meus amigos, eles se comportaram como tal me defendendo. Elas me excluíram do Orkut e nunca mais mexeram comigo.

No segundo ano do ensino médio, fiz dezesseis anos em maio. O grupinho da Carolina continuou sendo da minha sala, e novos grupos se formaram. Eu me sentava duas cadeiras atrás de uma menina chamada Júnia. Acho que ela ficou incomodada com o meu silêncio, e passou a se sentar na minha frente para puxar conversa comigo. Era bem carinhosa e paciente, e por isso comecei a responder às suas perguntas com poucas palavras. Todos os dias ela fazia coração para mim com as mãos. Era a primeira vez que alguém da minha sala estava me dando atenção e carinho por tanto tempo. Ela me convidou para fazer os trabalhos no grupo dela, com a Rita e a Pâmela. Graças a ela, fui acolhida e não tirei notas vermelhas. Foi uma fase maravilhosa. Com a ajuda da Júnia, passei a falar, vez em quando, palavras rápidas e difíceis de dizer. Soltava as palavras que vinham repetidas vezes na minha cabeça. Como por exemplo: cubensis. Acho que não fazia sentido para quem ouvia, mas eu ficava superfeliz por ter conseguido falar. Antes, ia para um lugar afastado e treinava: cubensis, cubensis, cubensis, cubensis... falava umas cinquenta vezes. A Júnia me convidou para fazer parte de uma peça de teatro, projeto para apresentar na aula de artes. Minha fala era: *oba, vamos festejar*. Em nenhum dos ensaios consegui falar a pequena frase. E todos os outros alunos apostavam que eu não iria conseguir. Mas a Júnia contrariava a todos, dizia: *na hora, ela falará*. Então, chegou o grande dia, e na frente de todos e das câmeras eu fiquei dois minutos em silêncio e sem que eu planejasse as palavras foram saindo uma a uma. *Oba... vamos... festejar*. Os colegas saíram pulando de felicidade, e a Júnia chorou. Só não chorei porque eu estava com muita vergonha e fui logo me esconder debaixo de uma mesa.

A Bernadete era uma patricinha chata que se parecia com a Sharpay Evans do HSM, vivia me provocando. Além de falar *xô-xô-desinfeta* com aquelas mãos cheias de anéis, ainda me chamava de Mudinha. Um dia explodi, e na hora do intervalo, quando não tinha ninguém na sala, peguei o estojo dela e espalhei seus lápis pela sala inteira — o chão ficou bem bonito e colorido. Corri para tentar falar com a Júnia o que eu tinha feito. Ela ficou desesperada quando compreendeu. A Bernadete ficou com muita raiva e tentou saber quem havia feito aquilo. Fiquei na minha, mudinha, né? Não desconfiou de mim, tão acostumada estava em me subestimar.

Nosso grupão resolveu fazer uma versão de *A Fazenda*, aquele *reality show* que acontece na televisão. Participei. Fiquei como finalista, e fui para a roça com a Pâmela — momento em que os telespectadores votam em um dos participantes para sair do *reality*. Não queria sair de jeito nenhum, então votei duas mil vezes na Pâmela, e ela ficou cismada tentando saber quem foi que votou tanto nela. Coitada. Acabei contando para ela que havia sido eu. Ela não esperava isso de mim. Pedi desculpas, mesmo assim ela ficou brava por alguns dias. Saí na semifinal porque não podia votar contra a Júnia. Nunca a magoaria. Quem acabou ganhando a final foi a própria Júnia, fiquei feliz, ela merecia até mesmo o Oscar, mesmo não sendo do cinema. O prêmio não foi um milhão de reais como na *Fazenda* verdadeira, mas uma caixa de bombom — que a ganhadora dividiu com todos os participantes. No lugar dela, nunca dividiria uma caixa de bombom, iria comer tudo sozinha, isso sim. Muito bonita a atitude dela. Com ela, conseguia conversar um pouco pelo MSN e não mandava só *emoticons*. Foi ela quem me apresentou o Peter Pan. Eu assisti ao filme e me apaixonei. Achei que a minha história se parecia com aquela. Na Terra do Nunca os meninos perdidos continuavam crianças e se divertiam muito. Deixo claro para que não haja mal-entendido, odeio a Wendy. Por favor, não me compare com ela. Eu sou o Peter Pan, por isso nunca vou encontrá-lo.

Ouvia as músicas da banda Jonas Brothers, porque era moda na escola e a estratégia perfeita para conquistar amigos. Ter assunto em comum com as garotas da minha idade era uma raridade. Havia compreendido que ninguém se interessava por pesquisar o espaço, os anunnakis, os *ill* ou os extraterrestres. No segundo semestre haveria o tão esperado show da banda em S. Pablo. Queria muito ir, porque acabei virando fã de verdade. Acho que a Marcela ficou com dó, por isso me convidou para ir com ela. Na noite anterior à do show, dormi na casa dela. Ela insistiu tanto em me maquiar que aceitei passar rímel. Chegando perto do portão de entrada, avistamos uma gigantesca fila de fãs que contornava todo o estádio de futebol. Lá dentro ficou lotado, à noite as luzinhas de neon clarearam o ambiente e me deixaram um pouco mais tranquila.

Apesar do meu contentamento, reparei uma estranheza em mim. Acho que era a depressão que voltava a se manifestar. A socialização é algo bem difícil para mim, avancei, mas eu não tinha saída: sofria por não falar e não socializar e sofria por falar e socializar. Como conviver com isso? Há tempos havia aprendido a viver no mundo dos perfis *fakes* do Orkut, onde tudo era possível, todo mundo tinha família, irmã, prima, pai, mãe, avó e tudo que tínhamos de direito. Havia casamentos, festas, baladas, bastava desejar e construir o desejo. Exemplo de comunicação no *fake*: — *cheguei — te avistei — fui até você — te olhei — te cumprimentei com a mão — te beijei no rosto — te puxei — vamos olhar o pôr do sol? — continuei te puxando — nos sentamos em um escadão em frente ao mar e observamos o pôr do sol — te olhei — sorri — te dei um abraço rápido e disse: você é linda.* Quanto mais detalhe, melhor. Quase não entrava mais no *fake*, pois tinha amigos fora da internet. Mas nas horas ruins, praticava um pouco.

Em 2010, quando estava no último ano do ensino médio, um grupo de alunos que fazia parte de uma célula da igreja evangélica e me chamou para participar dos encontros. Demorei, mas fui. Minhas orações foram ouvidas, ganhei muitos amigos fora da escola. Mal acreditava que aquilo estava acontecendo. Todos os sábados nos encontrávamos. Havia um vão debaixo de uma escada que dava acesso à área privativa que eu usava para me acalmar quando a socialização ficava insuportável. Todas as coisas boas da minha vida começaram a acontecer no final de 2009 e em 2010 inteiro. Os primeiros amigos, as primeiras palavras, os primeiros grupos de trabalho, as primeiras festas etc. 2010 foi o primeiro melhor ano da minha vida. Mas o corte na felicidade viria a seguir, em janeiro de 2011 meus pais precisaram mudar de cidade por falta de dinheiro para o aluguel, e eu fui obrigada a ir com eles.

Retornamos a Arav, um lugar sem amigos. A primeira vez em que morei lá, as ruas ainda eram de terra, havia muito mato ao redor da nossa casa e poucos vizinhos. Eu e minha mãe pulávamos o muro do Seu Orlando para sequestrar mangas, o pé ficava lotado, e o chão pipocado de tantos frutos. No nosso quintal tínhamos uma goiabeira que dava goiabas brancas, e eu tinha pavor de pensar em morder um bicho, não comia mesmo, preferia o limoeiro, o abacateiro e o pé de laranja bahia. Ah, e tinha dois pés de abiu — eu gostava de colar a minha boca com o látex e pensar que, assim que passasse manteiga nos lábios, a boca se abria e as palavras poderiam sair livremente. Dessa vez, não havia nada. Nem quintal havia. Perdi tudo o que havia conquistado. Não tinha para onde ir nem alguém para me ajudar. Depois de um mês, presa em meu quarto, eles finalmente vieram instalar a internet, retornei com afinco ao mundo *fake*. Queria esquecer que vivia sozinha e triste num quarto abafado e quente.

Todos os dias, perguntava para meus pais: *quando vamos voltar para S. Blander?* Era sempre a mesmíssima pergunta, e sempre o *não sei* como resposta. Só saía do meu quarto para tomar banho e pegar comida na cozinha. Cada dia dormia menos, pela vontade de acordar logo e entrar no mundo *fake*. Cada dia comia menos. Madrugava para entrar na internet. Tinha crises de choro e acordava com o travesseiro ainda molhado de lágrimas. Conheci, pela internet, muitas meninas melancólicas que se cortavam. Eu usava a lâmina do apontador para riscar a minha pele, serenava um pouco a dor, mas não tanto quanto precisava. O castigo era usar blusas de mangas compridas naquele calor insuportável.

Era comum os ladrões roubarem os fios do poste e muitas vezes arrancavam os da minha internet. Ficava descontrolada, gritava sem parar: *vocês me trouxeram para essa porcaria de cidade! Serei mendiga!* Jogava objetos no chão, debatia e chorava muito. Minha mãe só falava: *essa menina parece que está doida.* Como podia ignorar aquele escândalo todo? Não entendiam o meu desespero. Todos os dias, pesquisava no Google: "como viver na rua em S. Blander?". Nunca tinha desejado tanto alguma coisa. Tive ódio do mundo. Assisti a muitos vídeos sobre a morte e passei a desejar a minha.

Viajei para S. Blander apenas duas vezes, não tínhamos dinheiro para ficar indo e vindo. E a Carla, malvada, quando ligava ainda tinha coragem de implicar comigo: *ah, tia, será que ela pensa que dinheiro dá em árvore ou que a gente caga moedas?* Eu sabia que não tínhamos dinheiro para quase nada, mas eu estava desesperada. A primeira vez em que retornei foi na virada do ano de 2011 para 2012. Fui a uma festa de ano novo, e eu estava tão revoltada com o mundo que fiz uma das coisas que eu mais odiava na vida: bebi algo alcoólico pela primeira vez. Foram sete longos goles de cerveja, quase vomitei de tão ruim o gosto. Mas precisava descarregar a revolta que se instalou dentro de mim. No dia seguinte, bebi outro tipo de bebida, e no outro dia bebi mais, e acabei gostando. Antes odiava bebida por causa de minha mãe, por isso acreditava que eu nunca iria beber na vida. Por causa da minha revolta e da tristeza, tive que fazer coisas que desprezava.

De volta para casa, me enfiei dentro do quarto solitário e segui firme na vida *fake*. A rua parecia assustadora, e cada dia ficava mais difícil sair do portão para fora. Passava tanto tempo dentro do meu quarto e do mundo *fake*, que eu não percebia mais a realidade. Desconectei-me do mundo externo. Estranhava tudo que fosse real. Quando o meu computador dava problemas, o sentimento ruim beirava ao insuportável. O mundo tornou-se irreal e odiável. O mundo *fake* foi o lugar que me permitiu sobreviver. Na metade do ano de 2012, meu pai me matriculou em um curso de manutenção de computadores para que eu resolvesse sozinha os problemas que surgissem. Mas sair uma vez por semana de casa não foi uma tarefa fácil, pois a irrealidade do mundo *fake* invadia tudo. Nos primeiros dias, ia correndo pelas ruas até chegar ao curso. A Shakira, uma pessoa do mundo-*fake*, resolveu me ajudar me mandando mensagens pelo celular, enquanto eu caminhava. Todos os sábados, às 7h da manhã, ela se levantava apenas para me ajudar a chegar até ao meu destino. Funcionou, enquanto olhava as mensagens, esquecia que estava fora do quarto. Era como se o Orkut fosse uma entidade que me guiasse pelas ruas. Parava alguns minutos num jardim para sentir as substâncias terapêuticas que as plantas me forneciam. Tudo se tornava tão surreal que esse jardim era bem parecido com um virtual que criei.

E havia os perigos concretos. Arav se tornara uma cidade violenta. Era preciso tomar cuidado. Nunca me esqueci daquele desconhecido que me ofereceu uma carona. Assim que me sentei no banco, ele desatou a falar um monte de coisas feias e queria me obrigar a fazer coisas. Ainda bem que eu consegui abrir a porta e fugir. Noutra vez, um tarado me pediu um beijo. Balancei a cabeça dizendo não, mas ele me beijou à força, custei para escapar, quando consegui, corri como uma maratonista e guardei o nojo por anos. Deveria ter usado os poderes quânticos para atrair bons acontecimentos, mas estava sem energia para dominar a minha mente. O curso não foi o suficiente para que eu voltasse para a realidade, continuei no mundo *fake* para lidar com aquela tristeza imensa. Depois de tanta solidão em meu quarto quente — fazia 38° do lado de fora, mas a sensação de dentro era de pelo menos uns 50°. Sério! O ar que saía do computador era mais escaldante do que a água do chuveiro na posição de inverno (ou inferno?) —, a tão esperada volta para S. Blander aconteceu em janeiro de 2013. Recebi a notícia pulando de alegria e imaginando as várias aventuras que faria junto com meus amigos. Quando voltamos, demorei alguns meses para me acostumar com a realidade. Precisava encostar o dedo na Júnia para ter a certeza de que ela era a Júnia verdadeira. Prometi a mim mesma que nunca mais sairia de S. Blander.

Em 2014 o líder de célula era o Moacir, pena que era um chato. Ensinou todos a implicarem comigo. Dizia sempre: *fiquem de olho nela*. Não me deixava tocar violão, porque achava que eu ficaria endemoniada na hora do louvor. Não me deixava livre ou em paz. Assim fui me decepcionando com eles. No nosso grupo do WhatsApp, eu levava broncas por postar *emoticons*. E a Úrsula me chamava no privado para me reprimir. Confusa, nunca entendia o que eles consideravam certo. Eles viviam fazendo piadas bobas no grupo, e eu não podia mandar *emoticons* engraçados de cocô? A Guta, pessoa de quem eu mais gostava, foi transferida para outra célula. Automaticamente, a Úrsula se tornou uma *halebopp*. O problema é que ela ficava furiosa quando eu a seguia, dizia que eu fazia de propósito para irritá-la. Não era verdade, só queria me comunicar. Estava cada vez mais desanimada, pois não conseguia agradar meus amigos (agora sei: não eram amigos). Procurava todos os dias na internet por alguém ou algum lugar que pudesse me ajudar.

Em um dos encontros, levei um kit completo para me fazer mal. Cortei meu braço na frente deles. Foi a maneira brutal que encontrei para pedir ajuda. O resultado foi lastimável. O Moacir me disse com cara de sabichão: *você sabe o que você tem, Luna? Você tem esquizofrenia, e eu vou procurar um tratamento para você. Você confia em mim?* Não me senti ofendida com o diagnóstico dele, mas eu sabia que eu não era psicótica. Desde 2011 que eu pesquisava sobre Síndrome de Asperger. Analisava as postagens dos autistas nos grupos e me identificava com quase 90% dos relatos. O Moacir persistiu em sua estupidez: *eu estudei na faculdade, eu sei tudo sobre isso.* Aceitei que me ajudasse a procurar o tratamento, pois que era tudo que eu mais queria e precisava. Passaram-se meses, e nada dele cumprir a promessa. Havia urgência, eu sabia que estava prestes a fazer algo terrível. Encontrei o e-mail da clínica-escola de uma faculdade e me inscrevi para fazer terapia. Logo agendaram um horário, mas a psicóloga parecia um robô maligno, falava de forma decorada e mentia o tempo inteiro. Quando consegui contar sobre minhas aventuras, ela fez a careta mais feia do seu repertório de caretas. Que absurdo há em acampar no alto de uma montanha numa noite de luar? Ou em comprar carrinhos em miniaturas? Ou me esconder debaixo das mesas? Resultado: me encaminhou para o Kapaxis com uma cartinha pedindo para eu ser avaliada, *a paciente apresenta comportamentos estranhos e estereotipados.* Cheguei com a cartinha, entreguei para a pessoa que me atendeu sem dizer nada. Marcaram consulta com o médico, mas exigiram que eu fosse acompanhada por alguém da família. Também me encaminharam para o ginecologista. Nem preciso dizer que não voltei. Parei de ir à clínica porque era muito chato conversar com um robô mentiroso. Fiquei novamente na merda, sem nenhuma ajuda durante um ano. Por isso tomei os Dramins com energético. A Paula, ao contrário do Moacir, resolveu me ajudar de fato e me acompanhou à outra entrevista de acolhimento no Kapaxis perto do Supermercado Sales. Estava torcendo para que não falassem sobre família e ginecologista.

Foi aí que a Terra do Nunca entrou em festa, o momento em que você entrou na minha história. Mais não posso contar. Impossível falar de você para você.

Abraço de loba.

Luna

...

... não me lembro dos fatos, mas sei que estava com vontade de fazer xixi. Quando pedi para ir ao banheiro, percebi que havia pessoas desconhecidas ao meu redor. Não sei a ordem em que as coisas aconteceram. Não sei se primeiro eu queria ir ao banheiro ou se tentei tirar as agulhas do meu braço. Um funcionário veio em minha direção com uma espécie de penico, avisei que não conseguiria dessa forma. A Vanilsa do Kapaxis tentou convencer os funcionários, *eu posso ajudar? Vamos devagar.* Eles não ouviam ninguém. De repente, seguraram as minhas pernas, e eu, desesperada, tentava em vão me defender. O enfermeiro tinha um jeito de deboche e me provocou ainda mais com aquele jeito irritante de trabalhar. Era odiável, e bem sei que estava me provocando de propósito, não estava sendo natural. Sádico! Ele puxou com força as minhas calças, e eu chorando puxei de volta, ele puxou mais rápido e com mais força, mesmo eu mentindo que não queria mais fazer xixi. Não pude mais me controlar, tive um ataque de fúria, achei que tudo o que me encostava eram agulhas. Tentava tirar as agulhas que estavam grudadas em mim, achando que elas estavam sendo colocadas naquela hora. Gritei sem parar o mais alto que pude. Tenho uma leve impressão de que o soro caiu. Como se eu fosse um animal monstruoso, me amarraram na cama, e eu me descontrolei ainda mais. Um dos meus pés foi amarrado em uma ponta da cama e o outro em outra ponta. Uma mão em uma ponta e outra mão em outra ponta. Minha posição era idêntica à de Cristo. Quase mijando na roupa, eu gritava e chorava. Não bastasse o sofrimento de anos, me mostraram o inferno. Implorei para que a Vanilsa me soltasse, e ela me respondeu chorando: não posso, querida. Continuei implorando, chorando e prometendo ficar calma se me soltassem. Eu insisti que queria ir ao banheiro, não estava aguentando de tanta vontade. A Vanilsa enfim conseguiu convencer os enfermeiros, *prometo que cuido dela*. Tentei parecer calma ao ir ao banheiro só para não me prenderem na volta. Pedi para a ela vigiar a porta para que ninguém entrasse. Quando terminei, ela me perguntou se eu lembrava quem ela era. Eu disse que sim. Deve ter estranhado, pois minutos antes eu perguntei a ela quantos anos haviam se passado. Ela me respondeu: *cem anos*; e eu acreditei. Voltei para a cama, calmamente, demonstrando tranquilidade, mesmo assim eles me amarraram de novo. Chorei. Implorei. Repetia sem parar: *eu estou calma, estou calma, estou calma*. Não quiseram me ouvir ou me consolar, me crucificaram, mesmo eu tendo me comportado bem na ida e volta do banheiro. A sensação de estar amarrada é terrível, como se todas as palavras do mundo estivessem dentro de uma caixinha e só os moradores do ano 4000 pudessem revelar essas palavras. Como se eu precisasse liberar algo muito grande dentro de mim e não pudesse ao menos respirar. Fui torturada por sofrer. Não vi a Vanilsa indo embora, não vi se me soltou como me contou depois. Sei que quando acordei ainda estava amarrada. Eu tentava de tudo para conseguir soltar pelo menos o meu braço. Cheguei a supor que conseguiria, mas era ilusão. Não sei se permaneci assim por minutos, horas ou dias. A sonolência me tomava, acordava várias vezes e constatava que o animal perigoso permanecia preso. Quando consegui levantar um pouco a cabeça, vi sombras de pessoas se mexendo e mais nitidamente uma mulher sentada numa cadeira. Sempre que acordava, via a mesma cena. Pareci um *flash*, porque eu apagava no instante em que olhava. Parecia algum tipo de efeito delirante. Quando acordei foi que percebi que havia uma coisa horrível enfiada no meu nariz. Ser amarrado deixa qualquer um violento. Fui o mais violenta que pude, sem perceber e sem programar.

Me desculpe pelos dias que fiquei sem dar notícias, mas realmente não pude suportar.

Respondendo às suas perguntas: quando planejo morrer, tomo banho, cuido dos cabelos, coloco uma roupa melhor, porque descobri, há muitos anos, que existe uma equipe que apronta o corpo-morto para ir ao velório e depois para debaixo da terra. É bem incômodo pensar nesse monte de gente me arrumando depois de morta, por isso eu mesma me apronto, pra ninguém ficar me encostando. Além disso, corro o risco de a equipe da morte julgar que eu não me arrumava direito quando era viva. Sinistro, né? É mesmo sinistro! A única coisa em vida que vale a pena é fazer aventuras.

Eliminar? Talvez queira eliminar a falta de sentido das coisas. Sou uma pessoa que gosta de estudar sobre a gênese do universo. Mas em 2016 não me importei com a falta de sentido do mundo. Não sei o que há de errado comigo. Além disso, antes de 2017, eu não queria morrer de verdade, só treinava e me machucava. Em 2017 eu estava muito mal. Este ano estou melhor — mesmo assim tive vontade de morrer. Meu consolo é que te verei.

Ganhar? Com a morte apenas espero o nulo. Não haverá mais sentimentos. Dormirei para sempre, e dormir é calmaria. Às vezes, quando quero barrar o desejo de morrer, penso em experimentar drogas, acredito que poderia bloquear aquilo que me atormenta e que não sei o que é. Pois quando bebo um pouco que seja é como se o bicho do tormento que mora dentro de mim se acalmasse e ficasse alimentado por um tempo. Mas não tenho coragem; a cocaína pode arrancar o meu nariz; o *crack* me transformaria em zumbi; o Charlie se deu mal com LSD; tem gente que diz que a maconha pode endoidecer, mas eu não acredito nisso.

Tomei os quarenta comprimidos para me livrar do preconceito e para ter a certeza de que não teria que encarar a minha mãe. Se a UPA tivesse contatado ela, me mataria pela segunda vez. Sim, morri de alguma maneira. Ainda bem que nunca deixei qualquer contato dela na minha ficha do SUS. Eu avisei para todo mundo que ela iria brigar comigo. As pessoas achavam que era coisa da minha cabeça. Achavam que eu não conhecia bem a minha própria mãe. Se iludiam, dizendo: *pode ser tudo diferente daquilo que imagina*. Cansei de ouvir frases desse tipo. Ainda assim, continuei repetindo que ela iria brigar comigo. Minha mãe não quer ver quem eu sou, prefere se iludir com o resultado do teste do pezinho, não aceita ter gerado uma filha nefelibata e idiossincrática. Por que acham que escondi dela a vida toda que eu não falava nada na escola? Se soubesse, diria o de sempre: que eu não era muda e que bastava abrir a boca. Ela dizia isso quando chegava visita e ainda diz. Como se não falar fosse uma escolha, fosse minha culpa e que bastasse eu abrir a boca para as palavras saírem. Tentava explicar, *não consigo* e ela continuava dizendo: *consegue sim, você não é doida*. Quer dizer que quem não consegue falar é só doido? Ela brigava comigo quando eu me comportava como o meu primo de Moabe. Desde sempre, me proibiu de me parecer com ele. De tanto ela brigar comigo por ser quem eu era, o jeito foi me esconder dela. Eu me escondi todos esses anos. Sabia que devastaria o meu mundo. Me escondi uma vida inteira para mantê-la afastada, ela era uma intrusa, uma invasora, precisava preservar o meu mundo e seguir o meu destino de ser Luna. Muito triste não poder ser completamente salva. Só podia me mostrar fora de casa, nos poucos lugares em que me sentia aceita. Até os que praticavam *bullying* me aceitavam mais do que ela. É triste! Lembrar disso me deixa desanimada. Tomaria novamente toda a caixa de remédio, se não pudesse te mandar esse e-mail ou conversar com você. Por me ouvir, você me salvou diversas vezes. Não me importo quando não responde, sei que lê todas as centenas de mensagens que mando para você por dia. Não tomei mais comprimidos aquele dia porque tinha acabado! Quando engoli o último, desejei que tivesse mais. Fiquei procurando dentro da minha mochila, mas não encontrei nada. Mesmo assim procurava de novo, como se pudesse haver bolsos secretos repletos de pílulas da morte. Fui obrigada a me contentar com os que tomei.

• • •

(...) kshjffrruyzxmnplkjhgfd.
(...) o tubarão-do-zambeze, da ordem carcharhiniformes, vive tanto em água salgada quanto água doce...
... não sou militante do autismo como a Lídia pensa ou gostaria que eu fosse... Mesmo não sendo poeta, o que quis foi compor um longo poema sobre a amizade.

• • •

Não gosto de passar por outras ruas, se possível sempre atravesso no mesmo lugar, o novo me desorganiza. Quando mudo o modo de fazer algo, eu desaprendo tudo na hora, as informações se embaralham! Aí eu não me lembro de mais nada. Se mudo uma coisinha, me vejo obrigada a repetir, refaço do jeito de sempre. Nessas situações, sou como uma fita cassete que precisa ser rebobinada para recomeçar. Entende? Parece que tudo está decorado na minha mente, e, se trocar um só objeto de lugar, tudo fica confuso. Se eu atravessar a rua noutro lugar, não lembro mais onde estou. Quando observo um prédio que nunca havia notado numa rua em que sempre passo, essa descoberta provoca uma confusão repentina e esqueço onde estou. O pior é quando a crise dos mundos se mistura com a da depressão; por causa disso, uma vez eu tentei tomar quatro litros de energético para provocar um ataque cardíaco; noutra, tomei uma porção de Dramin; já cheguei a misturar Pamergan com antialérgico. A próxima crise será a crise do Pentobarbital, será uma crise sem volta.

...

Eu queria ir a Riolândia ver um disco voador. Em catorze de janeiro de 2008, foi registrada a vinda de um que deixou um agroglifo na plantação de cana. Se fosse em plantação de trigo, eu não acreditaria, podem forjar, mas na de cana não é possível. As canas envergaram, e nenhuma pessoa conseguiria dobrar todas na mesma posição. Anos atrás, vi uma bola laranja e luminosa estacionada no espaço. Depois, começou a voar em ziguezague. Alternava as cores, indo do vermelho ao lilás. Eu fiquei maravilhada. Manobrou velozmente em direção contrária e desapareceu num passe de mágica. Teria sido tragada por algum buraco espacial? A saída do espaço aéreo foi tão espetacular que soltou faíscas como o rabo de um meteorito entrando na atmosfera. Mas tudo isso aconteceu muito rápido, como um cochilo que termina quando esfregamos os olhos, mas que deixa pistas subliminares através das sensações. Em mim restou uma imensa alegria. Me sinto uma alienígena que nunca será parte deste mundo, acho que é por isso que me identifico com esses seres.

...

Fiquei brava quando ouvi uma garotinha dizendo: *cuidado, mãe, a menina que não fala está ali. Por que ela não fala?* Noutra época, eu poderia lhe dar razão, mas agora é uma calúnia que ouço. Pois hoje, se me perguntam algo, respondo.

...

Veja que esquisito e incrível o que senti no dia em que palestrei para professores na escola polivalente de S. Blander, quando olhei para os adolescentes que estavam no pátio, me senti superior a eles. Foi como ter dado um verdadeiro salto. Ao entrar por aquela porta junto dos professores, me senti poderosa. Sim, estou bem melhor. Tenho tido apoio dos amigos e minha mãe não brigou mais comigo. Sabia que a vakinha online está bem gordinha? No e-mail-carta do terceiro ano do ensino médio, esqueci-me de escrever que todos os dias eu chegava em casa e caía no sofá totalmente sem forças, mesmo sendo o melhor ano da minha vida escolar, socializar me causava danos. Deve ter sido muito impactante para o meu mundo ceder um pouco para ser aceita. Até hoje ainda acho impactante. Me perguntaram se estou feliz com as pessoas me reconhecendo na rua depois que apareci na televisão. Sim, estou, porque o mundo começa a me notar e me incluir nele. Tento não falar muitas palavras com a Lídia, é estressante falar demais. Mas depende, com você não era assim. Agora está se tornando, porque estou regredindo. Você disse que não estou, mas acho que sim. Reparou que não nos falamos mais por telefone? As crises aumentaram. Mas gosto dos convites para palestrar — me sinto bem falando para o público grande. Mas no dia a dia, quando falo uma palavra a mais, me sinto arrependida. Isso é um sinal de regressão. Por isso, fico o tempo inteiro tentando controlar a quantidade de palavras que digo. É horrível quando falo mais do que suporto. Isso é sinal de que pararei de falar em breve? Sinto medo. Ao mesmo tempo, necessito falar. Nhá! Necessito falar.

...

As coordenadas geográficas da grande pirâmide do Egito são iguais à velocidade da luz, que só foi de fato calculada em 1950. Não há vestígios de luz de fogo no interior das pirâmides, isso significa que não usavam tochas, suspeita-se de que usavam uma energia elétrica parecida como a que usamos hoje. Para a pirâmide ter sido construída em vinte anos, seria necessária a instalação de um bloco de toneladas a cada dois minutos. É verdade, foi o que li. Eu gostaria de saber como subiam os blocos no topo da pirâmide. O mais interessante é que as medidas da pirâmide levam ao número pi até o décimo quinto dígito, o detalhe é que naquela época só se conhecia o pi até o quinto dígito. Há quem acredite que a grande pirâmide existia antes dos egípcios.

...

Seu telefone ficou desligado ontem?

Estou dançando sem parar. Minha alegria é imensa. O que eu tenho para te falar e não estou me contendo de felicidade é que... uhruuuuuuuu! Comprei as passagens, mandarei uma foto para você ter a mesma certeza que eu tive quando finalizamos a compra. O grande mar oceano diminuiu de tamanho, agora é um rio belo, e eu avisto a outra margem... e Lisboa é o porto à minha espera. Chegarei ao aeroporto no dia doze de agosto às 11h:35. Combinado, não se preocupe, sei como te encontrar. A Lídia inteirou o dinheiro e me ajudou a fazer a reserva das passagens. Estou cheia de planos. Você é mesmo incrível. Levarei os meus patins. Aí em São João do Estoril há boas pistas? Jddjjdsjsfguiopdnricfcg: é a expressão do mundo da felicidade. Nhujjjiooopppffdsernvcb. Será que sou louca e não sei? Pois, se sim, te digo que ser louca é a fórmula da felicidade. Estou muito ansiosa para te reencontrar. Eu sei que todos os dias nos vemos na Terra do Nunca, mas agora nos veremos em Portugal. Seu pó é o mais poderoso que existe. Quando eu estiver no aeroporto de S. Pablo para o embarque, a Lídia fará uma transmissão ao vivo, gritaremos nossa alegria para transmitir esperança a todas as mães da associação. Os poderes quânticos se juntaram, e estou colhendo os resultados. Sou o elfo mais feliz de todos. Jddjjdsjsfguiopdnricfcg.

• • •

A sorte chegou, fui convidada para atendimento numa clínica particular especializada em autismo! Estou impressionada. É maravilhosa. Era disso que eu precisava. A psicóloga me deixou fazer a terapia em pé, caminhando ou pulando, e me disse que podemos ir para outros lugares; me concentro mais quando me mexo. Também conheci a musicoterapeuta, e nos comunicamos através dos sons. Que incrível! Tive muita sorte em ser convidada. Coitados dos autistas pobres, conviverão com o sofrimento eterno, porque esse tipo de clínica cobra muito dinheiro por cada encontro. O Pedro Paulo foi jogado num hospital psiquiátrico particular há muitos anos. Farei um vídeo, denunciando aquele ambiente. Ah, oras, mostrarei a realidade! Eles não passeiam com os internos, os coitados ficam parados sem fazer nada o dia todo. Pensei em colocar as críticas no meu doc, mas ia tirar a arte e virar uma coisa jornalística. Posso convocar as pessoas pelo Face para um grande protesto, levarei a minha arma de água e irei com minha espada de pirata. É muito difícil encontrarmos um local público especializado, para autistas adultos é ainda mais raro.

Minha mãe está aqui, ela está fazendo carne moída com batata. Pedi que fizesse feijão, e ela correu para catar a sujeira dos grãos. Ela adora me mimar com comida, sabe que a dela é a melhor do mundo.

• • •

Estou com febre, mas é uma gripe comum. Não é nada comparada com aquela gripe de sete dias que tive, depois que saí da UPA. Aquela se parecia com a gripe-suína, a tal H1N1. Aquilo foi terrível. As minhas pernas ficaram pesadas, o corpo ardendo feito brasa. Não, aquilo não era uma gripe simples. Quando dei um espirro, pareceu arrebentar tudo por dentro. Nunca havia dado um espirro tão forte como aquele. Nenhuma gripe havia me impedido de sair de casa, e aquela me impediu até mesmo de chegar à esquina. Tive sintomas nunca vistos antes na minha vida: andava me segurando nas coisas para não cair. Se não bastasse o mal-estar que sentia, o Guedes do grupo aspie ficou me assustando dizendo que era um princípio de pneumonia e eu não poderia mais ir a Portugal. É uma chatice ouvir asneiras! Estava tudo dando certo, a vakinha cheinha de dinheiro, o prêmio Bispo do Rosário depositado na poupança — sei que não resisti e gastei um tantão das economias com sorvetes, lasanha, cinema e comprando bonequinhos. Tinha momentos em que eu ficava sem perspectivas — mas a Lídia teve uma brilhante ideia e fez uma rifa milionária para cobrir o rombo que causei, e os Wolf planejaram um bingo para arrecadar dinheiro para comprarmos euros. Resumo: nenhuma gripe, mesmo que violenta, atrapalharia meus planos. Fiquei brava com o Guedes, ele estava utilizando a física quântica da maneira errada. Como crente, deveria ter percebido que a origem das orações foi baseada nos poderes quânticos.

Meus poderes se juntaram com os seus e se tornaram um superpoder invencível. Por isso, irei a Portugal e estarei com você no seu aniversário. A Úrsula ficará pasma quando souber. Quem sabe passará a ter fé de verdade. Ainda me lembro das palavras dela: *Luna, você não vai, conforme-se.*

...

O Nando me chamou para acamparmos em comemoração à nossa vitória. Vamos na sexta-feira, e levarei meu kit de aventuras terrestres.

...

A Lídia e o Nando vieram aqui com um montão de material de limpeza e limparam toda a sujeira. Quando um rato saiu tiçadão de dentro do forno do fogão, a Lídia correu em sentido contrário, gritando e esperneando. Rimos muito, enquanto o Nando corria atrás do bicho com uma vassoura — que jogarei no lixo assim que forem embora. O problema é que esse quarto é muito ruim, e nisso concordaram comigo. O que seria de mim sem meus amigos. Me diz? Meus amigos vão comigo ao médico, comigo vão aos bancos, me ajudam a pegar remédio, me dão abrigo nas noites de crise, me levam para viajar com eles, me ajudaram a divulgar a vakinha online até ela atingir o valor necessário, me ouvem sem críticas, me entendem, sabem que sorvetes são essenciais para a sobrevivência humana, sabem que necessito de documentários arqueológicos, me entendem em tudo e não me julgam, fazem lasanha e nhoque para mim, me convidam para visitá-los, fazem aventuras comigo, gostam de mim como sou, me dão *Skol Beats*, e os que conseguem me mandam pó mágico.

...

Minha mãe está mais carinhosa, me acalmou dizendo que está procurando outro quarto no bairro, *esse é barato, mas que buraco. A mãe vai encontrar um bom lugar para você, o problema é que está tudo caro.* Acreditei nela, ainda mais quando ela me disse que está negociando um na mesma rua da nossa antiga casa. Ela me disse que vem nesta sexta-feira. E me mandou um beijo e um abraço no final da ligação. Com quem ela aprendeu a fazer isso? Seja lá quem ensinou, eu estou gostando. De uns tempos para cá, reparei que, quando ela vai embora, tem me dado um abraço rápido, mas apertado. Assim que dei tchau para ela, antes de desligar o telefone, ouvi quando disse para alguém, que deve ser a Lucinha, vizinha de parede: é a bichinha... Ela fala assim por quem tem carinho. Fico contente quando ela é carinhosa por telefone, pessoalmente fico com vergonha, e ela não demonstra tanto. Meus olhos queriam encher de lágrimas, quando ela mandou o abraço e o beijo. Foi emocionante. É que isso não acontecia antes. Gostava quando o meu pai me levava no colo para ver a torre brilhante do supermercado Extra que fica na Anchieta. Nessa época, minha mãe sempre me perguntava brincando: *de quem é essa menininha?* Eu tinha uma resposta pronta: *da mamãe.* Era a nossa tradição. Será que está renascendo?

・・・

Às vezes penso que a minha mãe está me treinando para que eu consiga viver por minha conta, como o pai do garoto autista do filme *Ocean heaven.*

・・・

Se eu fosse responsável pelo Kapaxis, iria construir um paraíso com salão de jogos; piscina com salva-vidas; quadra de futebol; quadra de tênis; pista de patinação; pista de *skate*; neve artificial; sala de baladas com luzes coloridas e bolhas de sabão; bebedouros com água filtrada e copos descartáveis; quartos arejados com tela antimosquito nas janelas; muitas árvores frutíferas; biblioteca igual à que você montou; sala de informática; sala de cinema com bons filmes. As crises diminuiriam, com certeza. Com oferta de terapias individuais para todos os usuários, em grupo só para quem preferir. Se eu fosse milionária, eu abriria um Kapaxis clube, teria um belo projeto de hidroginástica individual...

• • •

Estou no carro com a Lídia, ela estava nervosa com o trânsito, mas eu tenho a certeza de que não perderei esse voo por nada desse mundo.

Apesar de ter prometido não fazer isto, ela pediu que uma funcionária me acompanhasse até a aeronave. Choramos na hora da despedida, mas eu estou tão ansiosa que deixei ela parada feito estátua e segui a moça. Estou levando as pipas, patins, *walkie-talkie*, meus bonequinhos, as roupas novas que ganhei... e um presente maravilhoso para nós duas: acredita que encontrei um cordão com pingente de garrafinha com uma boa poção de mágico dentro? Nem acreditei, comprei dois, um para você e outro para mim. Sei que você guarda pó mágico nas suas asas, mas é sempre bom prevenir.

• • •

Boa a sensação de estar praticamente sozinha dentro do avião. Eu sempre quis morar com uma família que não fosse a minha (ou que a minha num passe de mágica se transformasse noutra) e que me entendesse e me deixasse sossegada num quarto ventilado com *wi-fi* eterno. Já seria bom morar sozinha em um apartamento próprio, de preferência num condomínio com muitas árvores, os cômodos livres de ratos; cupins; goteiras; cogumelos; invasão de baratas. E sem problema de falta de luz. Talvez o medo de chuveiro persista, mas do resto eu me livraria. Para completar o paraíso, precisaria ganhar passagens grátis das companhias aéreas para te ver sempre, encontrar o Peter Pan, ter um canal de sucesso no YouTube e que sejam vídeos de minhas aventuras, tão boas quanto as do canal *Vivendo mundo afora*. Sorvetes infinitos. Eu sou tipo um pequeno mundo dentro do mundo, como um planeta Terra dentro do universo.

Apertarei os cintos e o botão de desligar do meu celular.

Até amanhã, minha Telminha.

• • •

© 2022, Letícia Soares
© 2022, Eltânia André

Todos os direitos desta edição reservados à
Laranja Original Editora e Produtora Eireli

1ª reimpressão, 2024

Edição **Filipe Moreau**
Revisão **Juliana Palermo**
Projeto gráfico **Arquivo [Hannah Uesugi e Pedro Botton]**
Foto de capa **Stan Celestian / Flickr**
Foto das autoras **Autorretrato [Letícia Soares]
e Jessica Cristina da Silva [Eltânia André]**
Produção executiva **Bruna Lima**

**LARANJA ORIGINAL EDITORA
E PRODUTORA EIRELI**
R. Isabel de Castela 126 Vila Madalena
CEP 05445 010 São Paulo SP
contato@laranjaoriginal.com.br
@laranjaoriginal
laranjaoriginal.com.br

Dados Internacionais de Catalogação na Publicação (CIP)

(Câmara Brasileira do Livro, SP, Brasil)

Soares, Letícia

    Diário dos mundos / Letícia Soares & Eltânia André; prefácio Benita Prieto — 1. ed. — São Paulo, SP: Editora Laranja Original, 2022. — (Coleção Prosa de Cor, v. 11)

    ISBN 978-65-86042-60-3

    1. Ficção Brasileira

    I. André, Eltânia. II. Título. III. Série

22-133536   CDD-B869.3

Índices para catálogo sistemático:

    1. Ficção: Literatura brasileira B869.3

Cibele Maria Dias — Bibliotecária — CRB 8/9427

COLEÇÃO **PROSA DE COR**

Flores de beira de estrada
Marcelo Soriano

A passagem invisível
Chico Lopes

Sete relatos enredados na cidade do Recife
José Alfredo Santos Abrão

Aboio — Oito contos e uma novela
João Meirelles Filho

À flor da pele
Krishnamurti Góes dos Anjos

Liame
Cláudio Furtado

A ponte no nevoeiro
Chico Lopes

Terra dividida
Eltânia André

Café-teatro
Ian Uviedo

Insensatez
Cláudio Furtado

Diário dos mundos
Letícia Soares & Eltânia André

O acorde insensível de Deus
Edmar Monteiro Filho

Cães noturnos
Ivan Nery Cardoso

Encontrados
Leonor Cione

Museu de Arte Efêmera
Eduardo A. A. Almeida

Uma outra história
Maria Helena Pugliesi

A morte não erra o endereço
Plínio Junqueira Smith

No meio do livro
Teresa Tavares de Miranda

Fonte **Tiempos**
Papel **Avena 80 g/m²**
Impressão **Infinity**
Tiragem **70**